문화 차이와 인간 관계

문화 차이와 인간 관계

에드워드 스튜어트

김 성 경 　편 역

KSI 한국학술정보[주]

● 역자의 말 ●

서로 다른 문화인들 사이의 인간 관계는 결코 쉬운 일이 아니다. 서로가 언어를 포함한 상대방의 문화를 알아야 할 뿐만 아니라, 한 걸음 더 나아가 서로의 문화를 비교적 (또는 교차적) 시각에서 이해할 수 있어야 한다. 또 문화적 가치관 면에서 상대성을 인정하는 자세가 필요하다. 자기 문화에 대한 무비판적인 선호와 다른 문화에 대한 편견은 흔히 말하는 문화적 국수주의 또는 자(自)민족 중심주의의 표현이다. 바로 이것이 문화를 달리하는 사람들 간의 우호와 협력을 위한 커뮤니케이션에 가장 큰 장애 요소다.

문화간 커뮤니케이션을 위해서는 서로의 문화를 이해하고 존중해야 한다. 이를 위해 문화와 커뮤니케이션의 상호 관계에 대해 간단히 짚고 넘어갈 필요가 있다.

우리가 흔히 '의사 소통'이라고 풀이하는 '커뮤니케이션'은 주로 언어에 의해 이루어진다. 그런데 언어는 문화에 뿌리박고 있으므로 '커뮤니케이션'과 '문화'는 "본질적으로 동의어에 해당한다."라고 보는 견해까지 있다.[1]

사실 문화와 커뮤니케이션이라는 두 개념의 밑바탕에는 '공통성'의 개념이 깔려 있다. communication의 어원은 라틴어의 *communis*— 즉, common(공통·공동·공유)이며, 문화라는 말도 따지고 보면 특정 사회 구성원들 간에 '공유된' 지식·태도·습관적 행위 유형 등을 나타내는 관념 체계다. 따라서 문화간 커뮤니케이션이란 "서로 다른 문화 사이에 어떤 공감대를 이루어내는 역동적 과정"[2]이라고 정의할

---

[1] Alfred G. Smith, *Communication and Culture: Readings in the Codes of Human Interaction* (New York: Holt, Rinehart & Winston, Inc., 1966), pp. 1-10.

수 있을 것이다.

현대 문화인류학의 거성 클리퍼드 거츠(Clifford Geertz)도 "문화 분석이란 어떤 법칙을 끌어내려는 실험과학이 아니라, 의미를 찾아 이해하는 해석학"이라고 말하고,[3] 문화를 연구하는 목적은 "인류의 대화 영역 확대에 있다."고 주장했다.[4]

'의미'와 '대화'를 강조한 이 말에서 우리는 문화간 커뮤니케이션 이란 주는 자가 받는 자에게 메시지를 전달하는 일방통행 관계가 아니라 쌍방통행으로 상호 교류되어야 함을 알 수 있다. 상대를 설득 하거나 강요하려고 준비된 메시지가 아니라, 대화를 통해 발전되는 의도와 의미를 이해하는 것이 중요한 것이다. 결국 문화 사이의 커뮤니케이션이란, '종속 관계'가 아니라 '상호 의존적'으로 공감대를 만들어 나아가는 과정이어야 한다.[5]

필자는 1980년부터 4년간 미국 미네소타 대학 미국학 프로그램에서 미국 문화와 문화간 커뮤니케이션에 관해 연구한 바 있다. 그때 이 책 (원명: *American Cultural Patterns: A Cross-Cultural Perspective*, Edward C. Stewart 저)을 읽었는데, 미국인의 가치관·통념·사고 방식이 그들의 일상에 어떻게 반영되는지 체계 있게 묘사되었음을 보고 깊은 감명을 받았다.

1971년 이후 20년간 중판을 거듭한 이 책은 미국 문화와 다른 문화와의 비교 연구를 위한 교과서로서 널리 쓰였으며, 이 분야에서 이 책의 내용을 인용하지 않은 책은 거의 없다.

---

2) Larry E. Sarbaugh, *Intercultural Communication* (Rochelle Park, New Jersey: Hayden Book Company, Inc., 1979), p. 2.
3) Clifford Geertz, *The Interpretation of Cultures* (New York: Basic Books, Inc., Publishers, 1973), p. 5.
4) 같은 책, p. 24.
5) Levoy S. Harms, *Intercultural Communication* (New York: Harpers & Row, Publishers, 1973), p. 41.

저자 스튜어트는 1924년 브라질 상파울루에서 태어나 그곳에서 유년기를 보내고 미국으로 이주하였다. 2차대전 때는 유럽에서 복무했으며, 메릴랜드 대학을 나온 뒤 1957년 텍사스 대학에서 심리학 박사 학위를 받았다. 1960~70년대 미국에서 문화간 커뮤니케이션이 새로운 학문 분야로 대두되던 시기에는 피츠버그 · 델라웨어 · 버지니아 · 조지타운 · 사우스캘리포니아 대학 등에서 강의하면서 비교문화 방법론을 발전시켰다.

스튜어트는 이 밖에도 평화봉사단 · AID · 웨스팅하우스 · 국무부 같은 곳에서 문화간 커뮤니케이션에 관한 자문관으로 활동했으며, 중남미와 유럽, 아시아를 순방하고 체재하며 풍부한 경험을 쌓았다. 그리고 도쿄의 국제기독교대학 커뮤니케이션학과 교수로 재직한 바도 있다.

이 책에서 저자는 비교문화론적 시각에서 미국인의 사고 방식과 행동의 전형적인 유형을 면밀히 파헤쳤는데, 그러한 가치관의 저변에 숨겨진 물질과 인간성에 관한 무의식적 통념까지도 체계적으로 분석하였다.

각 단계마다 저자는 미국 문화를 세계의 다른 문화들과 대조하고, 이 차이가 문화 사이의 커뮤니케이션 때 어떻게 상호 작용하는지 탐구하였다. 특히 그는 이질 문화 사이의 커뮤니케이션에 따르는 마찰과 갈등을 규명함에 있어서 구체적인 사례들을 들어가며 그 해결 방식까지도 제시하였는데, 여기에 이 책의 실용적 가치가 있다.

저자는 1960~70년대에 걸쳐 미국이 자유세계에 큰 영향력을 행사하던 때에 외국에서 활동했던 미국인 고문관 · 다국적 기업 관리자와 미국 내 외국인 유학생들의 경험을 상세히 수록하고, 이들 경험을 거울삼아 미국인 스스로가 자신의 문화적 특성을 먼저 깨닫기를 권하고 있다. 그럼으로써 문화의 상대성을 존중하는 태도를 지니고, 커뮤니케이션을 촉진시키거나 저해하는 요소를 식별할 능력을 갖출 수 있다고 주장했다.

한 가지 부언할 것은 저자의 영문 원본은 Ⅰ, Ⅱ, Ⅲ, Ⅳ부로 편성되어 있으나, 우리 독자의 이해를 돕기 위해 Ⅲ부를 제Ⅰ부로, 그리고 Ⅰ, Ⅱ, Ⅳ부를 제Ⅱ부로 묶어 순서를 조정·통합하여 본 역서를 구성하였음을 밝혀 둔다.

미국인의 자각을 위해 쓰인 이 책은 오히려 우리에게 더 많은 깨우침을 주는 것 같다. 미국인이 겪는 문화적 경험의 본질은, 그들과 비슷한 입장에서 전 세계인을 상대로 웅비하고 있는 우리에게도 풍부한 힌트를 제공해 준다고 본다.

또한 미국이 우리에게 가장 중요한 상대자 역할을 하고 있는 오늘날, 미국인에 대한 깊은 이해가 우리 자신에 대한 자각으로 이어질 수 있음은 틀림없는 사실이다. 이러한 자각은 세계의 또 다른 문화인들을 이해하고 그들과의 효과적인 인간 관계를 가능케 할 밑받침이 될 것이다. 이 역서가 그런 일에 작은 주춧돌이 되기를 바라며, 원고를 교열해 주신 이병철 님과 출판을 맡아 주신 채종준 사장님께 감사드린다.

2005년 10월
역자

● 차 례 ●

Ⅰ. 미국인의 의식 구조와 행동

어떤 문화 유형을 분석하는 데 쓰이는 요소들은 임의로 선정되며, 대개는 때와 목적에 따라 결정된다. 이 책에서는 미국인들의 '활동 형태' '인간 관계 형태' '세계관'* '자아 인식' 네 가지 요소를 선정하였다.

첫 번째 요소인 활동 형태는 의식 구조의 영향을 받는 개인의 행동 유형을 뜻한다. 이러한 활동 형태를 분석해 보면, 어떤 특정한 시간과 장소와 상황 속에서 나머지 세 가지 요소들이 어떻게 서로 관련되어 나타나는지도 알 수 있다.

문화를 구성하는 각 요소들은 서로 영향을 미친다. 그리고 보편화된 형태의 문화 요소 말고도 다양한 예외적 요소가 동일한 문화 유형 속에 존재하기도 한다. 통념과 가치관 내부의 상호 모순 현장도 어떤 사회에서나 보편적인 듯하다. 예컨대 미국 문화에서 만인 '평등'의 가치관은 개인의 '능력별 성취'나 '자유'라는 가치관과 양립할 수 없는 경우가 있다.1)

---

* 세계관: 세상이 무엇이고, 어떠한 실체나 요소들이 이를 통제하며, 인간은 무엇인가 따위에 관한 통일적이고 체계적이며 근본적인 가정. 이러한 의미에서 인생관보다도 더 포괄적임. (역자 주)

1) Robin M. Williams, Jr., "American Society in Transition : Trends and Emerging Developments in Social and Cultural Systems," *Our Changing Rural Society : Perspectives and Trends*, James H. Copp (편) (Ames : Iowa State University Press, 1964), pp. 27-28.

이러한 사회 내부의 다양성이나 모순에도 불구하고 미국 문화는 중류층 문화 유형으로 대체적으로 통합되어 있다. 이를 설명하기 위해서 문화의 구성 요소들을 한 가지씩 분리하여 고찰하고자 한다.

이러한 작업을 하려면 사람들의 행위에 나타나는 일반화된 통념과 가치관을 이해해야만 된다. 그런데 통념과 가치관은 설명하기 편하도록 '순수하고 하나하나씩 분리된 형태'로는 결코 존재하지 않는다. 따라서 한 가지 구체적인 행위를 설명하는 데에도 여러 가지 문화적 가치관과 통념을 동시에 참조할 필요가 있다.

지금부터 이 책의 각 장에서 앞서 말한 네 가지 요소의 다양한 측면들을 다루려고 한다. 여기에는 가장 체계 있게 설명할 수 있는 측면으로부터 미국인에게는 단지 상투적인 말, 또는 일상 생활의 행동 방식을 통일시키는 정도의 기능만을 갖는 문화적 규범들까지 포함된다. (문화적 규범이란 것은 인간의 행위를 체계적이고 일관성 있게 설명해 주는 정확한 준거는 못 된다.)*

---

* 문화적 규범이란 말의 뜻은 제7장의 「문화적 규범·통념·가치관의 개념 구분」에 자세히 설명되어 있음. (역자 주)

제1장 활동 형태

스스로 결정하고 스스로 책임진다

현실 세계에서의 행동은 반드시 근거를 필요로 한다. 미국인의 눈으로 볼 때 그것은 그냥 저절로 발생하는 것이 결코 아니다. 어떤 행동체, 또는 좀더 추상적인 의미에서 어떤 원인이 필요한 것이다.

미국인은 행동의 주체를 알아내는 데 그치지 않고, 그 주체가 행동을 결심하도록 이끈 배경과 이유를 계속하여 추적하기를 좋아한다. 그리고 행동의 주체란, 일을 성사시키기 위해 있는 존재라고 믿는다.

행동 지향 또는 행동 직전 단계는 흔히 의사 결정(decision-making) 또는 문제 해결(problem-solving)이라는 개념으로 인식된다. 이 두 개념은 뜻이 모호하며, 미국인들이 미국 사회의 문화적 규범을 가리킬 때 아무 때나 자주 쓰인다. 그러나 여기에는 미국 문화의 여러 가지 통념과 가치관들이 통합적으로 함축되어 있기 때문에 우리가 다루고자 하는 주제에 접근하는 데는 편리한 개념이다.

개인과 개인의 1대 1 상황에서 행동과 그 행동을 위한 결심의 소재는 개인에게 있으며, 그 기반은 유년 시절에 형성된다. 미국 어린이들은 아주 어릴 때부터 스스로 결정하는 훈련을 받는다. 즉, 자신이야말로 자기가 원하는 것과 해야 할 바를 결정할 최선의 판단자라고 믿도록 장려된다. 설혹 자신이 홀로 판단할 수 없는 경우에도, 자기 자신이 의사 결정의 주체여야 한다는 생각을 중요시한다.

따라서 미국인은 은행 직원이나 교사·상담자를 비롯한 여러 분야의 전문가와 상의할 때에도, 이는 단지 자신의 결심을 도와 줄 조언이나 정보를 얻을 뿐이라고 생각한다. 즉, 전문가란 의사 결정자가 아니라 참고인으로 간주된다.

미국인은 이상적으로 말해 자기 자신이 자신의 견해와 정보의 원천이어야 하고, 자신의 문제를 스스로 해결해야 된다고 믿는다. 심미적 판단도 개인의 취향과 일치할 때가 많다. 이는 미국인들이 예술 작품 평가를 위한 보편화된 기준에 무작정 따르기를 싫어하기 때문이다. 가치 기준은 자신의 내부에 존재한다고 보며, 자기가 어느 작품을 좋아하면 그 작품은 훌륭한 것이 된다.

이렇듯 강한 자기중심주의적인 미국인의 특성은 너무나 뚜렷하여, 어느 미국 심리학자는 이를 가리켜 모든 인간에게 보편적인 가치관인 것처럼 지적하기도 하였다.1)

미국 문화에도 어떤 개인의 행동을 위해 타인이 결정을 내려 주는 경우가 있다. 그러나 이처럼 의사 결정 당사자가 뒤바뀌는 일은 비서양 세계에서 더 흔하다. 세계의 많은 지역에서는 부모가 며느리를 고른다. 이때 의사 결정자는 결정된 사항에 따라 행동할 당사자가 아니라 가족이라는 집단 내에서 전통적 역할을 맡는 인물, 즉 부모가 된다.

미국과 비서양 국가에서 똑같이 찾아볼 수 있는 또 다른 형태의 의사 결정 방식은, 결정권이 어떤 집단에 귀속되는 경우다. 이것도 미국에서보다는 비서양 사회에서 더 흔한 일이다. 비서양 사회에서는 가족이나 지역 사회가 공동으로 처리할 사항들이 미국에서라면 개인의 결정에 따라 해결될 수 있다.

집단의 결정에 개인이 참여하는 방식도 사회마다 상당히 다를 수 있다. 미국인은 자기 의사를 마음껏 표현하고, 최종 결정 과정에 공

1) Carl H. Rogers, "Toward a Modern Approach to Values," *Journal of Abnormal and Social Psychology*, Vol. 68, No. 2 (1964), p. 166.

평한 영향력을 행사할 수 있기를 기대한다. 따라서 자신의 기대감을 충족시키려고 '회의 진행 방식' '의제' '투표 절차' 따위에 비상한 관심을 갖는다. 이러한 관심은 일부 문화권에서처럼 의식적이거나 의례적인 것이 결코 아니다. 이는 모든 사람에게 공평성을 보장하고 참여 행위를 쉽게 해주기 위한 것이다.

정식 절차가 생략되는 경우일지라도 미국인은 모든 사람이 말할 수 있는 기회와 결정 과정에서의 동등한 발언권을 요구한다. 집단의 모든 구성원을 위한 공평성과 평등성을 중요시하지 않는 사람들이나 의사 진행 문제와 실질적 토의 내용을 구분하지 않는 문화권의 사람들과 회의를 할 때, 미국인이 절차나 의사 일정에 관해 질의하거나 반대하면 핑계나 회피 행위로 간주되어 비난을 받을지도 모른다.2)

다수결 원칙에 대한 미국인의 가치관은 전 세계에 걸쳐 보편적인 것은 아니다. 일본인은 의사 결정에 있어서 다수결로 결정하기보다는 다수와 소수를 결속시켜 결정에 도달한다. 도쿄 올림픽 당시 워싱턴포스트지에 실린 내용 하나를 소개해 보자.

비록 헌법과 법률에 명시되어 있음에도 불구하고 일본에서 결코 실질적으로 그 기능을 발휘하지 못하는 서양식 관념이 한 가지 있다. 그것은 다수결 지배 사상이다. 아직도 일본인의 생활을 지배하는 유교의 윤리는 전원 일치를 중요시한다. 또한 '소수의 권리'를 존중하기 위해 다수는 거의 모든 안건에 걸쳐 의견이 일치될 때까지 타협점을 모색하게 되어 있다.

이러한 원칙은 정부 기관뿐 아니라 기업의 중역 회의, 노조, 각종 협회, 가족 회의까지 적용된다. 단 한 사람이라도 완전히 패배하는 일이 있어서는 안 된다. 만약 그렇게 되면 그는 '얼굴을 들고 다닐 수가' 없기 때문이다.3)

---

2) Edmund S. Glenn, "Semantic Difficulties in International Communication," *ETC.*, Vol. 11, No. 3 (1954), p. 176.
3) Rafael Steinberg, "Olympics Only One Star Turn," *Washington Post* (June 7, 1964).

미국 사회에서는 될 수 있는 대로 많은 집단 구성원들이 집단의 결정 과정에 참여하는 것이 관행이다. 이는 이상적으로 말해, 집단의 결정 사항에 영향을 받을 가능한 한 모든 사람들이 집단의 결정 과정에 관여할 수 있어야 한다는 점을 염두에 둔 것이다.

다른 나라에서는 의사 결정에 있어서 집단의 기능이 미국인이 기대하는 바와는 아주 다를 수도 있다. 겉으로 보기에는 어떤 결정을 내리려고 모이는 회의가 사실은 집단의 핵심 요원들이 이미 막후에서 결정한 바를 단지 공개적으로 확정짓는 과정으로서의 의의밖에 없는 경우가 있다. 또한 그러한 회의의 심의 내용도 미국인의 관념에 비추어 보면 실질적이지도 합리적이지도 못할 수가 있다.

미국 생활의 어떤 분야에서는 지금까지 묘사한 미국식 방법과는 상당히 다른 방식에 의해 의사 결정에 이르는 수도 있다. 첫 번째 다른 점은 의사 결정의 주체에 관한 것이다.

지금까지의 예에서 집단의 각 구성원은 결정 과정의 한 개인 내지 투표권자로서, 또는 일정한 역할의 담당자로서 참여하였지만 미국 의사들은 환자의 증상에 관해 다른 방식으로 결정에 도달한다. 환자의 말과 의사의 관찰이 병명 분류 범주에 따라 합치되면, 그 병의 증후군이 속한 특정 범주에 따라 의사의 진단과 처방이 자동적으로 따른다. 병의 발작이 증상과 병명을 규정하는 범주에 가까이 들어맞지 않으면 의사는 그 증상을 '양성(良性)'이라고 부르게 된다. 이는 증상이 병명 범주에 해당하지 않음을 나타내는 표시다.

이러한 의사의 진단과 처방 절차는 일부 비서양 세계의 사람들이 행동 방향을 결정하는 관습적인 방식과 일치한다. 즉, 개인은 어떠한 문제점을 진단할 때 이미 정립되어 있는 원칙만을 단순히 적용하여 움직일 뿐이다. 다시 말해, 그의 행동은 미리 분류된 결과를 따르는 것이다. 이는 개인으로서 자신이 처하게 될 결과를 '예상'하여 자신의 의사를 결정하는 미국식 사고유형과는 대조적인 것이다.

이러한 사물의 분류방식과 관련된 구체적인 보기를 들어 보자. 캄보디아에서 경찰관 훈련 임무를 맡았던 어느 미국인 **AID** 기술관이 다음과 같은 경험담을 소개한 적이 있다.

  "우리가 처음으로 사고 희생자에 대한 응급 치료 훈련 프로그램을 시행하려고 했을 때는 약간의 어려움을 겪었다. 왜냐 하면, 가령 어떤 사람이 차에 치었다고 했을 때 캄보디아 사람들은 그것이 그의 운명이며, 과거의 죄에 대한 응분의 벌을 받고 있는 것이므로 인간이 개입할 바가 아니라며 구조를 주저했기 때문이다.
  우리는 그들에게 자동차 사고는 운명과는 다르다고 깨우쳐 주어야만 했다. 우리는 사고란 초자연적 힘의 개입에 의한 것이 아니라, 어떤 원인, 즉 교통 법규 위반 때문임을 납득시키려고 애썼다. 그 결과 이제는 경찰관들이 응급 치료를 해주도록 만들어 놓는 데 성공하였다."

여기에서 주목할 것은 이 **AID** 기술관이 미국식 사고 방식에 따라 캄보디아인들의 행동 방식을 바꾸어 보려고 하지 않았다는 점이다. 그는 희생자 개인의 고통과 그에게 닥칠 위험을 강조하거나 사사로운 인도주의와 캄보디아 경찰관의 의무감에 호소하지 않았다.

기술관은 자동차 사고에 대한 캄보디아인들의 인식, 즉, 희생자는 자기들의 관심 대상이 아니라고 생각하는 관념상의 분류 방식을 수정해 주었다. 다시 말해, 자동차 사고는 인간에 의해 생겼으므로 인간이 치유할 수 있다고 그들의 관념을 근본적으로 재분류시켜 주었다.

앞서 말했듯이 미국인은 개인 각자가 의사 결정의 주체라고 믿는다. 또한 그 개인으로부터 행동의 동기가 발생해야 된다고 생각한다. 따라서 결정과 행동의 책임은 어디까지나 개인이 진다. 이러한 사상은 "누가 이걸 했지? (Who did this?)"라든가 "누가 책임을 져야 하나? (Who is responsible?)"와 같은 전형적인 질문에 잘 나타난다.

결정의 주체가 대부분 개인이 아닌 문화권에서는 책임의 문제가

20

별다른 의미를 갖지 못한다. 또한 직계 가족 및 지역 사회 내의 유대 의식이 강하거나 의견의 전원 일치를 통해 결정에 도달하는 문화권에서는 책임이 분산되기도 쉽다.

일본인들은 공식적이거나 비공식적인 집단의 의사 결정에 있어서 전체가 바라는 것을 두루 헤아려서 결정에 도달하는 관습을 갖고 있다. 즉, 집단 전체의 의견 일치를 나타내 줄 한 대변자를 찾아내며, 대개 의장이 이 일을 맡는다.

관례적으로 일본에서는 모든 집단원이 함께 결정에 도달하는데, 이는 일종의 감정이입(感情移入)에 따르고 있다.

의장의 기능은 사람들이 의사를 숨김없이 나타내도록 도와주는 것이 아니다. 그는 집단의 의지를 미리 예견하여 간파하고, 그 무언의 의지를 대변하며, 간파된 집단의 의지에 따라 도달되었다고 보이는 결정 사항을 발표하는 것이다. 이러한 의장의 능력을 '하라게이(腹藝: 術數)'라고 부른다.4)

일본인은 자기 자신이나 다른 사람을 위해 명확한 결정을 내리는 것은 경솔하다고 여긴다. 또 자기 견해를 다른 사람이 그대로 받아들이도록 재촉하는 것도 무례한 행위라고 생각한다. 이럴 때는 완곡한 표현을 쓰는 한편, 엄격히 자기의 의사 표현을 자제해야 된다.5) 이러한 일본식 의사 결정 방식은 결정의 책임이 결정 당사자에게 따르는 미국식 관행과는 좋은 대조가 된다.

미국인에게 있어서 개인은 이상적으로 말해 의사 결정의 주체임과 동시에 그 결정에 대한 책임의 소재이기도 하다. 이렇듯 결정과 책임은 대칭 관계인데, 때에 따라서는 어떤 사람이 결정을 내리고 다

---

4) Fred N. Kerlinger, "Decision-Making in Japan," *Social Forces*, No. 33 (October 1951), p. 38.
5) 같은 글, p. 38.

른 사람이 책임을 떠맡는 상황도 있기는 하다. 예를 들면, 정부 기관에서 행정 관료가 어떤 사람을 초빙하여 당면한 문제점에 대해 결정을 내려 주도록 요청하는 일이 가끔 있다. 이때 결정이 내려지면 결정자는 떠나가고, 그 문제점과 결정 사항은 행정 관료의 관장 사항으로 남는다.

일본인들에게 있어서는 의사 결정의 주체와 책임 소재의 관계가 비대칭적이다. 개인으로서의 일본인은 집단에 종속되며, 행동을 요구하는 어떤 결심 사항에 당면하면 심리적으로 위축되어 믿기 어려우리만큼 오랫동안 결심을 회피하는 수도 있다. 설혹 말로는 어떻게 하겠다고 나선다 하더라도 결국은 아무 것도 안 하고 마는 경우도 흔하다.

일본인은 대체로 개인별 책임 관념이 결여되어 있으며 오직 집단 책임 의식만을 느낄 뿐이다. 가능하기만 하다면 그들은 결심과 결정의 책임이라는 무거운 짐을 집단에, 또는 기껏해야 다른 어떤 개인에게 전가하려고 든다.6)

일본식 의사 결정 방식은 개인의 소속 근거가 집단이거나 사모아인들처럼 전원일치제로 결정하는 민족들에게 얼마쯤 특징적인 현상이다.7)

미국인들은 현실 세계에서 일어나는 모든 일들은 설명될 수 있다고 믿는다. 또한 어떤 사건의 발생 원인을 확인할 수 있다고 믿는다는 점에서 미국인의 세계관은 합리적이라고 하겠다.

그런데 개인이 현실 세계에서 합리적으로 활동할 수 있으려면 어떤 훈련과 교육이 필요하다. 경험 그 자체가 효과적인 직무 수행을 위한 유일한 자산은 아니다. 훈련과 교육과 지식은 실용성 있고 응

---

6) 같은 글, pp. 37-38.
7) Ward H. Goodenough, *Cooperation in Change* (New York: Russell Sage Foundation, 1963), pp. 511-515.

용이 가능할 때 미국인들에게 가치를 인정받을 수 있다.

그런데 해외에서 일하는 각종 분야의 미국인 고문이나 자문관들은 비서양인들에게 무엇을 해야 하고 어떻게 해야 하는지만 조언하면 된다고 믿고, 자신의 합리성과 지식을 기반으로 행동하기 쉽다. 그리 하여 비서양인들의 통념이나 가치관은 무시될 때가 많다.

합리주의는 전형적으로 미국적인 색채를 띠는 사상이다. 이 사상 은 기계론적인 세계관과 노력을 기울여 추구할 가치가 있는 것은 물 질이라는 통념에서 비롯된다.

그런데 미국인은 세계관에 있어서 '수단지향적'이므로 합리주의는 사실·숫자·기법 등으로 가득 차 있다. 미국인은 철학자나 논리학 자가 아니다. 이론 따위로는 만족할 수 없기 때문이다. 그 대신 물 질적인 이 세계에서 그들이 설정한 과학·기술상의 목표는 합리적 인 문제 해결자라면 누구나 성취할 수 있다고 믿는다.

이 세계는 모두가 풀어야 할 문젯거리 투성이라는 관점이 미국인 의 의식 구조 속에 매우 깊이 스며든 문화적 규범이다. 따라서 미국 인 자신이 이를 평가하기는 어렵다. 아마도 이러한 문제 의식 때문 에 '문젯거리'가 되었던 외국인만이 이를 효과적으로 분석하고 반론 을 제기할 수 있을 것 같다.

미국인의 문제 의식에 대한 외국인의 부정적인 감정은 자신의 나 라와 자기 자신, 그리고 자기가 하는 일이 각각 상대방 미국인에게 문젯거리가 될지도 모른다고 생각하는 데서 연유할 수도 있다. 다시 말해 자기가 미국인의 순조로운 전도에 장애물임을 깨달을 때, 그의 마음에 미국인에 대한 부정적인 감정이 싹트게 된다.

모든 세상일을 당장 해결해야 할 문제로 인식하려다 보면 비인간화 란 감정을 낳게 되고, 다른 사람들과 그들의 주변 형편에 대한 인간적 배려를 소홀히 할 가능성이 있다. 소위 어떤 '문제'라는 것은 그것과 관계되는 다른 모든 것들도 다 문젯거리로 만드는 특징을 나타낸다.

의사를 결정할 때 사람들은 대개 행동의 예비 단계에 초점을 맞추지만 '문제' 해결이라는 관점에서 세상사를 인식하려는 사람은 행동 그 자체에 초점을 맞춘다.

그런데 미국인은 주어진 문제에 대해 가능한 행동 방책을 하나만 계획하지는 않는다. 그들은 몇 가지 대안을 생각해서 그중의 하나를 선택하는 경향이 있다. 이는 비교 평가적인 태도로서, 특정한 목적을 추구함에 있어서 어떤 한 방책이 그중 낫다는 것이지 유일한 방책은 아니라는 생각이다. 행동의 세계에서 절대적으로 옳은 방법이 있다는 관념은 미국인에게는 거슬린다. 그들이 어떤 한 방책을 선택했다면 명확히 겉으로 나타나지는 않더라도 그 나름대로 어떤 계획이나 의도가 있기 마련이다.8)

'계획'을 행동하기 위한 단계라고 본다면, '행동'은 (그리고 실로 인간 세계 자체도) 사건의 연쇄라고 보아야 한다. '행동 과정'이라는 용어가 이미 이를 시사하고 있다.

관념적인 의미에서 이 세계는 미래를 향해 어느 한 방향으로 돌출되어 있는 인과 관계의 연속이라고 볼 수 있다.

미국인은 현재나 과거보다 미래에 초점을 맞추기 때문에 과거에 속하는 결정적인 원인을 분리시켜 찾아내는 것은 매우 중요한 일이다.

만약 세상에서 일어나는 사건들을 원인의 다중성이라는 시각에서 파악하든지, 아니면 좀더 극단적으로 중국인들처럼 복합적인 우발 상황들 때문에 일어난다는 관점에서 파악하려 하면, 일이나 행동을 위한 계획과 통제는 더욱 어려워진다. 따라서 미국인의 행동지향성은 세상사를 단순히 일직선적인 인과 관계 고리로 보고 그 원인을 찾아 나아가려고 한다.

미국인의 행동지향에 관한 또 한 가지 특징은 선택 행위를 중시한

---

8) Edmund S. Glenn, 같은 글.

다는 점이다. 그들은 미래를 내다보고, 특히 자신이 할 행동의 결과나 효과를 예측한 후 바람직한 결과를 가져 올 진로를 선택하는데, 이는 실용적인 경험주의를 바탕으로 결정된다. 그리고 그가 기대하는 성과는 가능하다면 눈에 보이고, 측정할 수 있고, 물질적인 것이어야 한다.

그런데 물질적이거나 경험적인 현상은 다소 객관성이 있지만 실용적인 것은 그렇지 못하다. 어떤 사람에게 실용성 있는 것이 다른 사람에게는 비실용적일 수도 있다. 실용성이란 당장의 상황에 적합한 것이지 이론이 지니는 장기적 효과를 고려한 것은 아니다. 미국인의 수단지향적 성향이나 조작주의(操作主義: operationism)*는 비서양인이 보면 수단을 위해 목적을 희생하는 것처럼 보일 수도 있다.

끊임없이 행동하는 사람들

미국을 방문하는 외국인은 빠른 속도로 영위되는 생활과 끊임없이 행동하는 사람들이 주는 인상을 즉각 받게 된다. 이러한 인상은 '행동(doing)'이 미국인의 지배적인 활동 유형임을 반영하는 것이다. '일을 해냄(getting things done)'은 가치 있다는 일상 생활의 통념이 의문시되는 경우는 거의 없다.9)

'행동'에 관한 통념은 여러 가지 형태로 다른 문화적 가치관 및 통념과 깊이 연관되어 있으며, 미국인의 언어 생활에도 널리 침투해 있다. 예컨대 "어떻게 지내십니까? (How are you doing?)"라든가 "저는 잘 지내지요. 댁은 어떻게 지내고 계신지요? (I am doing fine—how are you coming along?)"처럼 흔히 쓰는 인사말에도 행동 관념이 잘 나타난다. 이같이 미국인의 생활은 모든 면에서 '행동'으로부터 지배

---

* 조작주의는 제6장의 「분석형 사고와 통합·상관형 사고」에 예시되어 있음. (역자 주)
9) Florence R. Kluckhohn과 Fred L. Strodtbeck, *Variations in Value Orientations* (New York: Row, Peterson, 1961), p. 17.

받고 있다.

'행동' 관념의 가장 두드러진 특징은 어떤 업적을 성취할 수 있는 '활동(activity)'을 요구한다는 것이다. 이러한 업적은 가시적이고 객관적 기준으로 측정할 수 있어야만 한다.

'활동' 내용의 성격에 비추어 자신이나 남을 평가할 때는 인간이나 사물, 또는 상황에 대해 행동하여 이룩한 측정 가능한 업적을 참조한다. "이 사람은 무슨 일을 하고 있으며, 무엇을 할 수 있는가?"라는 질문, 또는 "무엇을 해낼 것인가?"라는 질문은 미국인들이 인간을 평가할 때 가장 중요한 기준이다.10)

이상은 '행동'에 대한 플로렌스 클럭혼(Florence Kluckhohn)의 정의다. 이는 미국인의 다른 특성들―성취를 중시하고, 가시적 업적을 강조하며, 측정에 역점을 두는 습성과 합치된다.

그러나 '행동'은 능동과 수동으로 나뉘는 2분법의 한 구성 요소로서 해석되어서는 안 된다. '행동'지향형 활동을 별로 하지 않는 사람도 대단히 능동적일 수가 있기 때문이다.11) 이와 반대로 '행동'지향형 인물이 비교적 비능동적일 수도 있다.

하지만 미국 문화에는 행동의 통념과 더불어 "게으름으로부터 악이 싹 튼다"라는 속담도 있듯이, '언제나 바쁘게 삶'을 추구하는 보편화된 가치관이 있다. '늘 바쁨'이란 말과 대략 비슷한 뜻으로, 어떤 사람을 '활동적(active)' 또는 '정력적(energetic)'이라고 묘사하여 칭찬하기도 한다.

그런데 활동적이라는 말은 직업과 경력에 관련된 활동을 가리키기

---

10) Florence R. Kluckhohn, "Some Reflections on the Nature of Cultural Integration and Change," *Sociological Theory, Values and Sociocultural Change: Essays in Honor of p. A. Sorokin*, E. A. Tiryakian (편) (New York: Free Press, 1963), p. 17.

11) Florence R. Kluckhohn과 Fred L. Strodtbeck, 같은 책, p. 16.

도 한다. 어떤 사람이 더 이상 '활동'하지 않는다라는 말은 흔히 그
가 은퇴했다는 뜻으로 쓰인다.

이렇듯 '행동'을 중시하는 통념과 활동적이기를 바라는 가치관은
미국인의 일반화된 생활 양식이라고 할 수 있다.

비서양 세계에서는 '활동'의 또 다른 두 가지 형태인 '존재(存在:
being)'와 '생성 과정의 존재(being in becoming)'가 지배적인 활동
유형이다.12) 그리하여 가시적인 업적을 쌓는 미국 문화의 영웅 대신,
오히려 심사숙고형의 지성적 인물을 더 존경하고 따르는 일이 많다.

지도자의 자질에 관한 가치관과 통념은 문화마다 다르다. 미국인
은 해외의 어느 지역 사회에 갔을 때 그곳의 영향력 있는 인물이 행
동력이 뛰어나리라고 기대했다가 당혹감을 느끼는 경우가 더러 있
다. 즉, 기대와는 달리 지성적인 사람이나 심사숙고형의 인물이 존경
과 영예로운 대접을 받고, 또 그의 말을 사람들이 따른다는 사실을
깨닫게 된다.

'존재'형 활동 형태라는 것은 인간성에 '타고난' 속성이나 능력이 자연
스럽게 표출되는 그러한 개념의 '활동'을 뜻한다. '생성 과정의 존재'나
'행동'지향성과 비교해 보면 이것은 발전적 '활동'개념이 아니며, 충동과
욕구가 저절로 드러나는 '활동'이라고도 말할 수 있겠다. 그러나 이러한
설명을 지나치게 문자 그대로 이해해서는 안 된다.13)

사람들은 몇 가지 일반화된 가치관과 통념에 따라 구체적인 행동
을 실제로 해 보인다. 그러나 '존재'형 활동에서는 특이한 가치관과
통념에 의해 자신의 충동을 자신이 만족시키고 싶어 하는 순수한 욕
구를 억제시킬 수 있다.14)

---

12) 같은 책, pp. 15-17.
13) 같은 책, p. 16.
14) 같은 책, p. 16.

'존재'라는 개념은 자아 실현-'충분히 성숙한 사람의 의욕적이고 인식력이 있는 생활'과 같은 것은 아닐지라도 아주 유사하다고 에이브러햄 메이슬로우(Abraham Maslow)는 말했다.15) 그가 말한 자아 실현 단계에 있는 사람들의 경험, 또는 대개의 사람들이 각자의 인생에서 저마다 드물게 갖는 최고 경지의 경험은 '존재'형 활동의 이상적 발로다.

메이슬로우는 미국 이외의 문화권에서 흔히 나타난다고 일컬어지는 최고 경험의 특성을 몇 가지 열거하였다.

최고 경험의 경지에 들어가면 지각의 대상물은 모두 필적할 상대가 없이 그 자체가 본래적으로 갖추어진 완벽한 전체로서 보이게 된다. 또한 지각은 어느 정도 자아를 초월할 수 있어서 자극과 욕구를 벗어난 듯이 보인다.

최고 경험은 본래에 가치가 부여되는 것이며, 목표 도달이나 욕구 감소를 통해 그 가치가 확인될 필요는 없다. 이러한 경지에서 인간은 통상적인 시간과 공간의 좌표축 바깥에서 발생하는 경험-시공을 초월하는 경험-과 일체가 된다.16)

이상 열거한 최고 경험의 특징들은 '존재'를 바람직한 활동 유형으로 생각하는 사회에서 정의하는 '존재'라는 개념과 비슷한 것이다.

'생성 과정의 존재'형 활동에서는 초점이 인간 자체에 집중되는데, 이는 이미 말했듯이 가시적이고 측정 가능한 업적을 강조하는 미국인의 '행동'과는 대조된다. 생성 과정의 존재는 행동이나 존재형 활동에서는 찾아볼 수 없는 인간의 성장 사상을 도입하고 있다. 다시 말해,

---

15) Abraham H. Maslow, *Toward a Psychology of Being* (Princeton: D. Van Nostrand, 1968), p. 72.
16) 같은 책, pp. 74-76.

완성된 전체로서의 자아의 모든 면에 걸친 발전을 목표로 삼는 그러한 활동을 강조한다.17)

따라서 인간성의 모든 면이 반드시 관심의 대상이 되며, 지성·감성·동기 등은 발전하는 자아 속에 통합된다고 보는 것이다.

일할 때 일하고 놀 때 논다

미국인의 일상적인 활동에 있어서 한 가지 중요한 특색은 일과 놀이를 분리하는 것이다. 이러한 양자택일식 행동 방식은 불균형적인 2분법을 낳는다.

즉, 일은 생계 유지를 위한 필수 요소이며, 그것이 꼭 즐겁다고 할 수는 없다. 한편 논다는 것은 힘들고 단조로움으로부터 벗어나려 함이며 그 자체를 즐길 수 있다. 물론 일하는 목적의 '진지함'에 못지않은 진지한 태도로 레크리에이션을 즐기는 미국인들도 많기는 하다.

그런데 미국인은 그가 상대하는 외국인들이 일과 놀이를 구분하지 않는다고 지적할 때가 많다. 이를테면 무사태평식으로 일을 한다는 지적이다. 비서양인들은 일이 생활의 즐거움을 방해하는 것을 바라지 않는다. 따라서 그들이 상대하는 미국인도 사생활과 일을 함께 묶어 영위하기를 기대하기 쉽다.

중남미에서 사업가를 방문하는 미국인의 경우, 그가 용무를 신속히 끝맺기란 무척 어렵다. 중남미인들은 사업상의 활동도 하나의 사교 행위로 생각하므로 대화에 있어서 간명하고 사무적이어야 한다고는 생각하지 않기 때문이다.18)

근본적으로 그들은 일하기와 놀기를 미국인처럼 구별하지 않는다.

---

17) Florence R. Kluckhohn과 Fred L. Strodtbeck, 같은 책.
18) Edward T. Hall과 William F. Whyte, "Intercultural Communication: A Guide to Men of Action," *Human Organization*, Vol. 19, No. 1 (Spring 1960).

이와 같은 상반된 두 가지 태도는 북미 문화와 중남미 문화가 각각 갖고 있는 인간 관계에 대한 관념과 일치한다.

미래지향적이므로 행동지향적이다

일과 행동에 대한 미국인의 관념은 그들의 미래지향성과 결부되어 있으며, 일에 수반되기도 하는 불쾌감이나 행동에 따르는 강박감은 변화와 진보를 중시하는 가치관을 낳게 한다.

그러나 이러한 가치관은 (중남미처럼) 현재를 지향하는 사회나, (중국처럼) 과거를 지향하는 사회의 산물이 아니다. 그러한 사회에서는 미래를 향한 변화나 진보에 요구되는 중간 단계보다는 목전의 상황이나 전통을 더 중요시한다.

이와 같은 시간적 지향성의 차이는 각 문화의 특징적 표시로서 대단히 중요하다. 시간 개념이야말로 어떠한 가치관을 논할 때 빼놓을 수 없는 요소이기 때문이다. 가령 인간은 자신의 현재를 개선할 수 있다고 믿는 미국인들의 신념은 그들의 행동지향 및 미래지향성으로부터 나온다. 미국인들은 행동과 근면은 개인이 원하는 바를 가져다준다고 믿으므로, 그들을 일컬어 노력형 낙관주의자라고 하는 것이다.[19]

자신의 노력이나 근면을 통해 개인은 포부를 실현한다. 의지와 결의가 있고 노력을 기울이는 자에게는 도달하기 힘든 머나먼 목표란 있을 수 없고 도저히 극복하지 못할 장애물도 없다. 열심히 일하면 성공으로 보상받는 법이다.

그 반대도 마찬가지다. 실패란 자신이 충분한 노력을 기울이지 않았든지, 게을렀든지, 아니면 쓸모없는 인간이었음을 의미한다. 운이

---

19) Clyde Kluckhohn과 Florence Kluckhohn, "American Culture: Generalized Orientations and Class Patterns," *Conflicts of Power in Modern Culture: Seventh Symposium*, Lyman Bryson (편) (New York: Harper and Bros., 1947).

나쁜 경우도 있으므로 이런 가혹한 평가를 다소 늦출 수도 있겠지만, 어쨌든 이는 아주 중요한 미국인의 가치관이다.

이렇듯 미래지향적 가치관을 지닌 미국인이 현재를 중시하는 외국인들과 함께 일하면서 행동을 주도하고 구체적인 업적을 성취시키기는 무척 어렵다. 이럴 때 미국인이 겪는 좌절감을 우리는 이해할 수 있다. 현재에 집착하는 사람들은 미래에 대해 운명론적인 인생관을 갖고 있으므로, 그들 나름의 개성과 능력은 미국인의 추진력과 행동력을 미처 따라가지 못하고 오히려 와해되어 버린다.

미래를 지향하는 노력형 낙관주의로 말미암아 미국인 고문이나 조언자가 해외에서 어떤 일을 성취시켜 보려고 시도할 때 겪는 가장 흔한 문제로, 그는 일이 연기되거나 지연됨을 못마땅하게 여긴다. 또 문화가 다른 현지민들에게 조언을 할 때 뒤따르는 좌절감을 견디어내기가 어렵다고 느끼게 된다. 그 결과 사기는 떨어지고, 낙관주의는 무디어지며, 목표 달성에 실패함으로써 그의 가치 체계에 타격을 입는다.

외국인 유학생 상담관이 이렇다 할 성과를 얻지 못하는 경우도 마찬가지일 것이다. 아마도 외국인 유학생은 그의 상담관이나 그 밖의 다른 사람들이 조언한 바를 '행동'으로 옮기기보다는, 그들과의 인간관계를 더욱 중요시하고 있을지도 모른다.

어떤 미국인 조언자들은 해외에서의 좌절 경험을 자기들이 한 일에 대한 장기적 효과라는 관점에서 평가하든지, 아니면 해외 체류 그 자체와 개인적으로 보여준 행동의 모범이 유익한 것이었다고 자위하기도 한다.

실패를 부정하고 싶어 하는 또 다른 태도는, 해외에서의 경험을 하나의 학습 과정으로 보는 것이다. 즉, 다음번 임무는 좀더 성공적일 수가 있다. 그것은 지난번 임무 때의 좌절감과 경험으로부터 그런대로 터득한 바가 있다고 보기 때문이다. 이러한 태도는 다음번 임무를 위한 미래지향적 자세일 뿐만 아니라, 교육과 훈련을 중시하는 미국인의 가치관을 여실히 반영하는 태도라고도 볼 수 있다.

성취 동기는 미국 문화의 구동력

행동이란 사람이 어떤 행위로써 자신을 표현하는 것이다. 그런데 이미 말했듯이, 미국인은 늘 목적이 있고 연속된 행동을 수행할 수 있는 주체를 찾아내려고 한다.

'동기(motive)'와 '동기 유발(motivation)'이라는 것이 행동과 행위자 (및 그의 의도) 사이의 연결체 구실을 한다. 동기는 개인으로 하여금 행동하게 만드는 그 자신의 속성이다. 동기 유발이라는 개념은 일련의 행동 방향과 그 계속 상태를 나타내주고, 일상 생활에 있어서 일의 수행을 평가하는 데 편리하게 쓰이는 개념이다.

어떤 사람이 훌륭한 동기를 부여받았기 때문에 성공했다거나 우수하다고 말한다면 이는 타당한 표현이리라. 대개 이런 표현은 같은 말을 중복하는 것에 해당한다. 왜냐하면 어떤 개인의 동기에 대한 평가는 일의 수행 상태를 관찰함으로써 가능하지, 그 사람에 관해 따로 알고 있는 지식으로부터 나오지는 않기 때문이다. 그러나 이러한 표현은 일반적으로 쓰이는 말이므로 그리 문제시할 것은 못된다.

미국 사회에서 동기 유발이 중요한 이유는 미국인이 갖고 있는 자아(自我)라는 이미지가 통상 모호하고 불확정적이라는 사실과 관계가 있다. 동기 유발이 이러한 막연함에서 오는 공백을 채워 준다.

동기 유발이란 역동적인 개념으로서 자아로 하여금 행동으로 이르게 할 뿐만 아니라 자아는 자아가 성취한 것 바로 그 자체라고 믿도록 만든다. 다시 말해, 기계적인 이 세계에서 고립되어 있는 개개인의 자아 충족은 업적의 성취를 통해 이루어진다는 뜻이다. 이러한 성취욕이 미국인을 추진시키고, 그들의 문화에 '구동력(driveness)'을 유발시키는 동기다.[20]

모호하고 불확정적인 자아의 이미지로 말미암아 미국인은 자신의 역량과 존재를 입증한 후, 자신이 성취한 업적을 통해 주체성을 찾고 성공을 거두어야겠다는 끊임없는 요구를 충족시켜야 한다. 따라서 그의 업적은 자기 개인의 것이어야 하며, 가시적이고 측정이 가능해야 한다. 그것은 미국 문화에는 일의 수행 상태나 목표 달성과 같은 외형적 기준 말고는 자신을 평가하고 알 수 있는 수단이 없는 탓이다. 지금까지 '성취(achievement)'라고 불러온 개념은 바로 이러한 종류의 동기를 일컫는 말이다.

성취 동기에 대해서는 미국을 비롯한 많은 나라에서 심도 깊게 연구되어 왔다. 데이비드 맥클레런드(David McClelland)의 연구 보고에 따르면 높은 성취 동기를 지닌 사람은 의사 결정의 주도적 역할을 좋아하는 사람이다.21) 이러한 사람은 자신의 수완과 능력을 요하는 활동에 참여하고 싶어 한다. 그는 매사에 성공을 자신하지만 성공을 위한 여건들이 불확실할 때에도 지나치게 낙관하는 경향이 있다. 또한 성공의 객관적 가능성을 판단해 줄 정보를 얻으면 이를 이용하여 상황·능력·수완을 합리적으로 평가하고 작업 수행 지침으로 삼으려 한다.

기업인 중에서 흔히 찾아볼 수 있는 높은 성취지향성을 지닌 사람들은 모험가의 성향을 갖고 있다. 이러한 속성은 여러 가지 상황에 따라 다르게 나타나는 복잡한 특질이라고 한다.

맥클레런드는 결론적으로, 높은 성취 동기를 지닌 사람은 "'자기 자신의 수완과 능력으로 결과를 좌우할 수 있는 가능성이 보일 경우에만' 모험이 내포된 상황을 좋아하는 것 같다."고 말했다.22) 이 결론의 초점도 역시 자신의 능력에 따른 개인 성취 문제로 귀결되어 있다.

---

20) Jules Henry, *Culture Against Man* (New York: Random House, 1963), pp. 25-26.
21) David C. McClelland, *The Achieving Society* (Princeton: D. Van Nostrand, 1961).
22) 같은 책. p. 214.

　미국인의 지배적 동기 형태는 성취 동기이지만, 귀속(歸屬: ascription) 이란 것도 동기의 한 가지 형태로서 나타난다. 이는 '존재'형 활동을 중시하는데, 그 예는 미국 동북부의 뉴잉글랜드나 전통을 존중하는 남부 지역에서도 간혹 찾아볼 수 있다. 이 경우 가족의 한 구성원으로서 개인의 존재가 결정되기도 하고, 군대에서처럼 계급이나 직책에 따라 개인의 귀속이 결정될 수도 있다.

　성취욕보다는 바로 이러한 형태의 동기가 세계의 많은 문화권이 공유하고 있는 지배적 동기 유형이다. 즉, 비서양 문화권 사람들의 활동들은 사회 구조 속에서 자신들의 특정한 지위를 보존하고 높이려는 방향으로 지향된다. 실질적인 진보나 개선에 대한 고려는 한다고 하더라도 그 중요성은 2차적인 데에 지나지 않는다.

　귀속형 동기를 지닌 사람들은 대개 가족이나 지역 사회, 또는 동종업자나 전문 직업인 사회의 구성원들과 호혜 관계로 얽혀 있다. 이러한 사회적 유대 관계는 미국인들의 경우보다 훨씬 더 묶는 힘이 강하다.

　베트남에서 어떤 인쇄소 경영자가 정부의 조치로 인쇄업을 못 하게 된 이후에도, 그가 고용했던 직원들을 여섯 달이나 힘자라는 데까지 도와준 사례가 있다. 미국인이라면 아마도 그의 전 주인으로부터 이와 같은 의리를 기대하지 못하리라.

　미국인이 어떤 단체나 기업에 들어갈 때는 자유 의지의 행동인으로서 들어가는 것이다. 따라서 한 구성원으로서 자신의 목적을 더 이상 달성하지 못하게 될 때는 언제든지 나올 권리를 갖는다. 또한 그는 조직의 운명에 대개 순응하며, 조직의 사업이 실패했을 때 다른 직장을 구하는 일은 그의 책임이다. 그 조직이 봉급 수령자 명부에 고용인들의 이름을 더 이상 유지하리라고는 기대하지 않기 때문이다.

　중남미 지역에서 많이 볼 수 있는 후원자 제도도 어떤 개인과 그의 후원인 사이에 얽힌 하나의 사회적 인간 관계의 예다. 후원자는 그의 소유지 안에 사는 주민들의 대부(代父)일 수도 있으며, 일종의 의무처럼 개인적으로 그들을 돌보고 생각해 주기도 한다. 베트남 인쇄소 경영주처럼 중남미의 후원자가 걸머지는 책임은 실패나 금전적 핍박, 또는 사업 계획의 변경 같은 우발 상황이 발생한 이후까지도 계속되리라고 기대할 수 있다. 이러한 이야기들은 미국인에게는 낯설게 들리는 것들이다.

귀속형 동기에서 비롯된 행동은 그 근거와 목적에 있어서 성취 동기로부터 나오는 행동과는 다르다. 자신을 어떤 집단에 귀속된 존재로 보는 사람은 자신의 직업과 사회적 지위에 따르는 혜택과 책임과 특권을 의식하며 행동하는 자라고 볼 수 있다.

행동 동기가 개인의 속성에서 비롯되는 미국인들은 서로의 행위를 이해하고 이에 대응하려면 상대방의 심리 성향과 맞서야만 한다. 그러나 귀속적 사회에서는 동기의 근거가 거의 집단이나 사회 속에 있다. 아프리카 가나의 어느 정부 고용인은 말하기를 "우리는 미국인들처럼 동기 같은 것을 운운하지는 않는다. 우리는 우리에게 맡겨진 일이 무엇인지 알고 그것을 할 뿐이다."라고 하였다. 이 말은 귀속적 동기를 반영하는 좋은 예다.

행동의 원동력에 관한 미국인의 통념은 너무나도 철저히 어떤 동기 개념에 의존하고 있다. 그들은 다른 문화권에서는 인간의 행위를 개인의 역할이나 사회적 서열에 비추어 이해한다는 사실을 상상조차 못한다.

언젠가 네덜란드인 의료선교사들과 미국인들이 아프리카에서 함께 일을 한 적이 있었다. 그때 네덜란드인들의 업무와 병원의 제반 문제를 의사·간호사·기술자·병원 관리자들의 임무와 책임 및 특권이라는 측면에서 분석해 볼 필요가 있었다.

그리하여 직원들 간의 상충하는 동기가 병원의 업무와 운영에 미치는 영향을 중심으로 인간 관계를 분석해 보았지만 네덜란드인들에게는 별로 설득력이 없는 것이었다. 그런 식의 분석 방법으로는 미국식 표현으로 '커뮤니케이션'—즉, 의미 전달이 불가능했다.

그런데 이 의료선교단에 속했던 미국인들은 그 후 방글라데시에서 한 병원을 운영할 때에도, 병원 내의 문제점들을 개인 간에 상충하는 동기라는 관점에서 파악해 보았다. 그들은 병원 내 인간 관계의 문제점들이 의료 요원들 개개인의 종교·사회·전문 직업적 동기가 대립하는 데서 비롯됨을 쉽게 알 수 있었다.

그리하여 그 미국인들은 의료 요원들의 개인별 동기를 개략적으로 분석하여 인간 관계를 설명한 것을 당연하게 받아들였다. 그러나 네덜란드인들은 그들의 사고 방식에 있어서 미국적 의미의 동기는 중요한 개념이 아니었으므로 그러한 개념에 기초를 둔 분석 방법은 받아들이지 않았다.

성취는 가시적이고 측정 가능한 것이어야 한다

미국 문화에서 성취라 함은 물질적인 의미, 또는 적어도 가시적이고 측정 가능한 해석을 요한다. 따라서 미국인은 과학 기술을 중시하고, 알려지지 않은 업적을 눈에 띄도록 표현하는 홍보 활동을 강조한다.

이러한 통념에 따라 여러 현장에서 일하는 기술자나 자문관들은 통계상으로 입증되는 기술상의 발전을 진보라고 정의하는 경향이 있다. 한 예로, 사회적 진보를 학교 설립 숫자로 설명하는 일이 많은데, 이때 교사의 훈련에 관해서는 한 마디도 없는 경우도 있다.

눈에 보이는 성취에 관심이 깊은 미국인은 종종 실질적인 문제들을 지나쳐 버린다. 예를 들자면, 어떤 큰 화젯거리나 상대방에 대한 개인적 승리, 또는 가시성이 있어 하나의 성취라고 부를 수 있는 특정한 목표 달성에만 마음을 쓰기도 한다.

해외에 파견된 한 군사고문관이 어느 부대의 모자 결정에 직접 관여하여 마침내 부대모를 바꾸기로 하는 데 성공한 일이 있었다. 이것이 그의 성취였으며, 그는 자신의 현지 복무가 끝나기 전에 새 부대모가 착용되는 것을 꼭 보고 싶어 했다고 한다.

군대에서 흔히 눈에 띄는 이와 유사한 예로 변소 짓기가 있다. 이 것은 새 부대모의 경우처럼 그렇게 간단히 보아 넘길 일이 아니다. 세계 어느 곳에서나 미국인들은 변소 사용을 거부하는 사람들로 하여금 변소를 짓도록 만들려고 집착해 왔다. 이러한 위생 사업의 매력은 변소가 갖는 잠재적인 질병 예방 기능보다는 오히려 그것이 지니는 가시성 때문이라고 볼 수도 있다.

성취란 보고 측정할 수 있어야 하므로, 미국인은 아마 일본인을 제외하고는 어느 나라 사람보다도 더 칭찬과 비난에 예민한 듯하다. 영국인의 자기 확신과 자신의 판단에 대한 자신감, 그리고 프랑스인의 자기 충족 관념이 미국인들에게는 없다. 그 대신 동료로부터의 호응 정도와 가시적 업적에 따라 자신을 평가한다.

그런데 이 두 요소는 미국인이 해외에서 조언자로서 근무할 때는 기대하기 힘든 것들이다. 즉, 성취한 업적은 거의 없고 동료들의 호응은 지체되거나 모호하기 일쑤다. (이 점은 외국인 유학생들의 상담관이 겪는 많은 상황에서도 마찬가지다.)

미국인 조언자는 자신의 지도와 조언이 도대체 조금이라도 효과가 있는지 확신을 할 수 없는 경우가 많다. 또한 그가 맡은 일은 그의 성취지향성과도 양립할 수가 없다. 그가 상대방을 위해 구체적인 업적을 직접 성취해야 하는 사람이 아니라, 주로 정보·기술·판단만을 제공하는 촉매자여야 하기 때문이다.

상대방이 귀속지향성을 갖고 있어서 업적의 성취 따위에는 다소 무관심할 가능성도 있다. 따라서 자신이 직접 성취한 눈에 보이는 성과도 없고, 또 그러한 성과를 상대방에게서도 찾아볼 수 없게 되면 미국인 조언자는 자신이 실패했다고 느낀다. 미국인은 바로 이러한 상황에 잘 대처하지 못한다. 그리하여 다른 일을 성취해 보겠다고 관심을 바꾸거나 현재의 상황이 다른 사람들의 잘못 탓이라고 무시해 버리려는 경향마저 있다.

마침내는 "이따위 곳엔 더 있을 필요가 없다."라는 말을 내뱉으며 실패를 직시할는지도 모른다.23) 이러한 태도는 그의 활동이 애초에 잘못된 궤도에 들어섰음을 위장하여 시인하는 것이라고 하겠다. 그러나 이는 또한 실패를 배움의 한 과정으로 간주하여 그 오점을 제거하는 방법이기도 하다.

유대감보다 경쟁심을 부추겨라

미국인들 사이에서 경쟁은 단체 구성원들로 하여금 동기를 유발시키는 가장 중요한 방법으로 쓰인다. 어떤 사람들은 이를 미국 생활에서 가장 기본적으로 강조되는 것 중의 하나라고 말한다.24) 개인주의와 성취 사상을 중시하는 미국인은 이러한 경쟁심 이용 기법에 잘 반응한다.

그러나 미국인의 가치관과는 다른 가치관을 지닌 사람들에게 이와 똑같은 방법을 적용해 보면, 그 노력은 기껏해야 비효과적이거나 오히려 바람직하지 못한 결과를 낳을 수도 있다.

체면을 중시하고 상부상조 정신을 바람직하게 생각하는 사람들은 미국인처럼 열의를 갖고 집단 구성원 간에 경쟁하려 들지 않는다. 그래서 라오스나 베트남 같은 나라에서 경제·사회·군사 부문 활동을 지원하면서 상호 경쟁 정신을 고취시키려고 했던 미국인 고문관들의 시도는 별로 성공을 거두지 못했다. 그러한 나라 사람들이 그 가족이나 마을에 대해 갖는 강렬한 애착심을 미국인들이 미리 간파하지 못했던 탓이다.

라오스인과 베트남인들 사이에서는 서로 간에 느끼는 공동체 의식

---

23) Clyde Kluckhohn, "Some Aspects of American National Character," *Human Factors in Military Operations*, Richard H. Williams (편) (Maryland: The Johns Hopkins University, Chevy Chase, 1954), p. 120.

24) David M. Potter, *People of Plenty: Economic Abundance and the American Character* (Chicago: The University of Chicago Press, 1954), pp. 59-60.

이, 집단의 구성원으로서든 개인적으로든 남을 앞시고 싶다는 심리적 자극을 배격하고 있었다. 어느 미국인은 라오스인의 경쟁심 결여에 대해 얼마나 당혹감을 느꼈는지 다음과 같이 말한 적이 있다.

"라오스인들이 배구하는 것을 보았다. 미국인에게는 그것은 경기이다. 알다시피, 야구건 농구건 그 어떤 경기이건 간에 우리가 편을 짜서 서로 겨루게 되면 모두가 치열해진다. 이기고 싶어서 경기를 하기 때문이다.
   그런데 라오스인들은 그렇지가 않다. 편을 짜서 경기를 진행은 하되, 이기든 지든 간에 도대체 감정을 나타내지 않았다."

이처럼 경쟁을 기피하는 비서양인들의 경우, 그들은 자신들의 가족과 지역 사회에 대해 한층 더 강하게 발달된 '유대 의식(affiliation)'* 을 나타내는 경향이 있다. 그들은 전형적인 미국인에 비해 알고 지내는 사람의 수효나 그들에 관해 아는 바가 그리 많지 않다. 여행이나 일, 또는 사회 생활을 통해 맺는 직접적인 대인 관계나 매스미디어를 통한 간접적인 접촉 모두가 미국인보다 훨씬 더 제한되어 있는 듯하다.
   또한 미국인만큼 자아 의식이 강하지도 않으며,25) 개인으로서의 자신에 대해서도 덜 분석적이다. 매일같이 가까이 당면하고 있는 세계와 관심의 한계를 넘어서면 그들에게는 거의 알려지지 않은 세계가 있을 뿐이다.
   그들은 경솔하게 자신의 생활 영역을 넘어 미지 세계로 여행하는 것은 위험하다고 믿는다. 라오스에서 묘족(苗族)의 군사 훈련을 맡았던 한 미국인 고문관은 라오스인들이 그들의 생활 주변에서만 유

---

* 유대 의식: 다른 사람들과 친밀한 교분 관계를 맺고자 하는 사회적 욕구. 이는 귀속 의식, 즉 하나의 인물, 가족의 구성원, 또는 전문 직업인 사회의 일원이라는 소속감과는 다름.

25) Daniel Bell, "The Disjunction of Culture and Social Structure: Some Notes on Meaning of Social Reality," *Daedalus,* Vol. 94, No. 1 (Winter 1965), pp. 209-212.

능한 군인이었다고 지적한 적이 있다. 바깥 세상에 관한 그들의 지식은 보잘 것 없었다. 게다가 미신으로 가득 차 있어서 그들이 사는 지역 바깥에서 작전을 하면 겁부터 먹는 무력한 병사들이었다. 그러나 자신들이 사는 지역 안에서는 군대의 기율을 기꺼이 받아들이는 뛰어난 훈련병이 될 수 있었다.

묘족은 아마 극단의 예이겠지만, 그들은 국가라는 정치적 실체의 일원이라는 의식이 대체로 결여되어 있었다. 그러나 흔히 매스미디어가 비서양 세계의 개인이나 집단에 나타나는 강렬한 민족주의의 사례를 부각시킴으로써 묘족과 같은 예가 가려져 버리는 경우가 많다.

민족주의는 분명히 존재하기는 하지만 전 세계를 통해 대부분의 국가에서 보편화된 것은 아니다. 대다수 미국인이 자신들을 미합중국의 국민으로 생각하는 식으로, 라오스인이나 베트남인들이 모두 자기들 국가의 구성원으로서 자아를 의식하리라고 생각한다면 이는 잘못된 가정이다.

지금까지 미국인은 주로 성취 동기에 따라 행동한다는 점을 강조하였다. 그렇다고 미국인들 간에 다소간의 유대 의식마저 없다는 뜻은 아니다. 하지만 미국인의 유대 의식은 비서양인들의 인간 관계에 나타나는 강한 지역 사회적 점착성에 비하면 상당히 희석된 것이다.

미국인의 인사말로서 "저하고 비슷한 분인가요? 아, 잘 됐군요! 코카콜라 하나 어때요? (Are you the same kind of person I am? Good—how about a coke?)"라는 질문이 있다. 미국의 인류학자 마가레트 미드(Margaret Mead)는 이 말에 미국인의 향수심이 상징적으로 나타난다고 하였다.26)

그러나 미국인이 고향을 찾는 까닭은 귀속적 사회에서처럼 지위나 행동 규범이 미리 정해져 있는 가족이나 지역 사회와의 연고성 때문이

---

26) Margaret Mead, *And Keep Your Powder Dry* (New York: William Morrow, 1965), p. 29.

40

아니다. 그것은 미국인들처럼 '공통된 기원과 공통된 장래성'을 거의 갖지 못한 사람들이 서로 유대 관계를 맺는 수단이라고 볼 수 있다.27)

미국인의 가치관도 변하고 있음은 사실이다. 그들의 행동은 전보다 더욱 집단지향적이며, 그 자율성도 점점 더 약해져 가고 있다.

2차대전 중 미국 군인들의 주된 행동 동기가 유대 의식이었음을 밝혀 주는 좋은 논문이 있다. 이 논문에 따르면 그들의 행동 동기는 성취욕으로부터 나온 것이 아니었다. 전시의 징병제에 의한 병역은 단지 일반적인 미국인들의 경력과 생활의 중단을 의미했다. 그렇다고 그것은 귀속형·동기도 아니었다. 왜냐하면 당시의 미국 군대는 의무 징병제의 특성상 개인으로 하여금 자신이 원하는 자아의 정체성을 보존하고 가꾸어 나가게 해줄 집단은 못 되었기 때문이다.*

전형적인 미국 군인의 전투 의욕은 자신의 주변에 함께 있었던 전우들에 대한 충성심에서 나왔다.28) 그런데 그러한 충성심은 권위에 기초를 둔 수직적인 것이었다기보다는 평등을 바탕으로 한 수평적인 관념이었다.

미국 생활의 다른 분야에서도 유대 의식이 행동 동기로서 작용하는 경우가 있음은 물론이다. 그리고 미국인의 개인주의가 조직이나 집단, 제도의 목표에 종속되는 위치로 바뀌어 갈수록 그들의 유대 의식도 점점 더 자라나게 될지 모른다.

목표의 한계는 마음먹기에 달려 있다

성취 욕구는 전형적으로 미국인을 지배하는 행동 동기다. 이를 추구함으로써 미국은 추종을 불허하는 경제적 풍요를 이룩하였다.29) 말

---

27) 같은 책, p. 30

 * 오늘날의 미국 군대는 전원지원병제로 운영되며, 여성을 포함한 많은 젊은이들에게 하나의 직업의 기회를 제공하고 있음. (역자 주)

28) Samuel A. Stouffer 외, *The American Soldier* (Princeton: Princeton University Press, 1949).

하자면 성취 동기는 경제 발전의 한 가지 주요한 심리적 요인이었다.[30] 그런데 이러한 성취 동기 말고도 미국인에게는 자연을 적극 개발하고 지배하려는 의욕이 있었다.[31] 미국인의 개인적 특성이기도 한 이 두 가지 속성이야말로 미국의 번영을 가능케 한 핵심 요인이었다.

사실 미국인들은 지나간 역사 동안 그들의 자연 환경을 마치 무제한으로 존재하는 것인 양 개발하고 이용해 왔다. 광대한 땅과 이에 따른 풍부한 자원으로 말미암아 성취의 한계는 각 개인이 마음먹기에 달려 있다는 사회적 신념이 확고히 발전하게 되었다. 성공 여부는 자원의 유무나 타인의 영향, 또는 정부 당국의 조치나 운명의 작용으로 결정되는 것이 아니라, 신교도적 기독교 윤리가 규정하듯 인간이 의욕을 갖고 열심히 일만 하면 성공으로 보상받기 마련이다. "Where there's a will, there's a way."라는 말이 있듯이, 뜻이 있으면 길도 있는 법이다.

더군다나 개인의 성공은 다른 사람의 희생 위에 얻어지는 것이 아니다. 성공을 열망하고 시도하는 자라면 누구에게나 재산·명망·권위 등 충분한 보상이 따른다고 미국인들은 믿는다. 이와는 달리 이 세상의 유한한 재원은 대중을 착취하는 소수의 사람들만이 획득한다고 보아 계급 간의 투쟁을 필연적이라고 주장한 마르크스주의 같은 교리에 공감하는 미국인은 거의 없었다.

미국인은 전통적으로 실패란 개인의 의지와 노력의 부족 탓이라고 생각해 왔다. 또한 이 세상의 부귀를 축적하는 데 성공한다는 것은 신의 은총을 받은 선택된 인간의 표시로 생각했다. 이와 같은 사상이 형태를 달리하여 오늘날에도 존재한다. 이를테면 "부자가 전적으로 나쁜 사람일 수는 없다. 그래 가지고야 어찌 부자가 될 수 있겠

---

29) David M. Potter, 같은 책, pp. 78-90.
30) David C. McClelland, 같은 책, p. 61, p. 105, p. 157.
31) David M. Potter, 같은 책, pp. 164-165.

는가?"라고 생각하는 사람들이 많다.

　이러한 대범하고도 개방된 성취 사상과 경제적 풍요를 믿는 세계관은 흔히 미국 이외의 나라에서 세상의 재화를 유한하다고 보는 인식과 뚜렷한 대조를 이룬다. 후자는 개인의 열망과 성취 가능성이 필연적인 한계를 갖는 궁핍한 사회의 경제 관념이라고만 단순히 규정할 수는 없다. 이는 인간 관계의 현상 유지를 바라는 경향이 있는 귀속형 사회의 중심 사상이다.

　이러한 사회―특히 전통적이고 빈곤한 농촌 사회의 행동 규범을 설명함에 있어서 조지 포스터(George Foster)는 '유한한 선(善)의 이미지(Image of the Limited Good)'라는 개념을 사용하였다.* 어떤 '좋은 것(善)'―특히 경제적으로 좋은 것을 자기 몫 이상으로 차지하는 개인이나 가족은 다른 사람들의 의혹의 대상이 된다.32)

　이와 마찬가지로 지도자의 역할을 수락하는 사람도 그의 동기를 의심받을지도 모르며,

　　주위 사람들의 비판의 대상이 될 수도 있다. 권력형 지위를 스스로 추구하거나 타의로 제안된 것을 수락하기만 해도 이상형 인물로 여겨졌던 사람은 더 이상 이상적으로 여겨질 수 없게 된다.
　　따라서 '선량한' 사람은 대개 의례적인 일을 제외하고는 지역 사회의 책임질 만한 일들은 기피한다. 그렇게 해야만 자신의 명망을 보전할 수 있다.33)

　이렇듯 사람들은 지도자의 위치에 오르려는 권력 경쟁을 하지 않으며 옷이나 집, 또는 음식 같은 '물질'을 놓고 경쟁을 벌이지도 않

---

　* 이 개념은 제3장에서 「나아질 수 있는 기회는 누구에게나」 있음을 논할 때 다시 소개됨. (역자 주)
32) George M. Foster, "Peasant Society and the Image of Limited Good," *American Anthropologist*, Vol. 67, No. 2 (April 1965).
33) 같은 글, p. 303.

는다. 이런 것들로 인해 다른 사람들보다 유난히 눈에 띄게 될지도 모르기 때문이다.

따라서 이러한 농촌 사람들은 다른 사람들과 똑같이 보이게 행동하기를 원하게 된다. 즉, 획일성을 추구함으로써 지위와 행동에 있어서 눈에 띠지 않으려고 노력하는 것이다.34)

가난한 농촌에서는 이처럼 생활 수준의 일치가 강조되지만 각자의 개성을 발휘할 여지는 있다. 개인이 가족과 지역 사회에 대한 책임과 인습상 해야 할 의무를 다한 다음에는 자신의 개성을 나타낼 상당한 자유가 허용될 수도 있다. 귀속적인 관점에서 개인의 존재를 인식하는 비서양 사회에도 획일성과 개성이 공존하고 있다는 말이다. 하지만 서양과 비서양에서 각각 개성 또는 획일성이 적용되는 영역을 확인해 볼 필요는 있다.

노력과 일과 합리적 판단에 기초한 모험을 강조하는 성취 동기는 비서양 사회에서는 그다지 흔하게 찾아볼 수 없다. 개인은 생존을 위해 일할 뿐이지, 토지처럼 자연 속에 본래 고유하게 존재한다고 생각되는 부(富)를 쌓아 모으려고 일하지는 않는다.35)

유한한 부를 갖가지 방식으로 나누어 가질 수는 있다. 그러나 전통적이고 빈한한 농촌 세계 속에서 그러한 부는 증식되는 법이 없다. 역사와 전통이 각 가족과 개인의 몫을 결정해 버린 것이다.

이러한 부는 고정된 것이 아니며, 분명히 변할 수도 있다. 그러나 각자의 형편이 상대적으로 나아지게 되면 그 이유는 언젠가는 알려진다. 또한 어떤 중요한 변화가 있을 때마다 이에 대해 해명할 필요가 있다.36)

따라서 농민들은 작업 혁신이나 새로운 농경법 같은 것도 재화 또

---

34) 같은 글, p. 303.
35) 같은 글, p. 298.
36) 같은 글, p. 298.

는 미국식 용어로 '성취'와 관련시켜 생각하지는 않는다. 즉, 성취는 운명에 따른 문제이며, 마을 사람들 간의 유대 관계를 교란시키지 않는 외부적 요인에 따른 것이다. 복권이 바로 그 예다. 당첨된다고 하더라도 개인은 주민들 간의 심리적 공감대를 위태롭게 함이 없이 자신의 지위를 개선할 수 있다고 믿는다.37)

'복권당첨형'동기를 지녔거나 외부로부터의 우연성 개입을 믿는 사람들은 근면 · 노력 · 검소 · 적극성 같은 미덕을 잘 믿으려 하지 않는다.

그런데 이러한 미덕을 갖추고 있지 않은 경우든, 또는 이런 미덕이 깊숙이 몸에 밴 경우든, 자신의 지위를 개선해야겠다는 필요성을 도무지 느끼지 못하는 사람도 있다. 자신의 형편이 개선되면 자신의 의무도 증대되리라고 믿는 탓이다.

페루의 한 어부는 그의 어로 기술 현대화를 위한 원조를 거절했는데, 이유인즉 그가 돈을 더 벌게 되면 돌봐주어야 할 친척만 더 많아지게 된다는 것이었다. 그는 책임이 증가될 터이므로 자신의 형편이 실질적으로 더 나아지리라고 기대할 수 없었다.38)

성취 동기의 결여는 경제 · 사회적 여건이 빈한한 농촌 같은 곳에서만 발견되는 현상은 아니다. 인구도 과밀하지 않고 토지 소유도 제한받지 않는 일부 비서양 사회에서도 '운명'이나 '운'을 믿는 곳이 분명히 있다.

브라질의 내륙 지방에는 변경 개척지(frontier)와 같은 환경이 존재한다. 이곳에는 토지 제한이나 인구 과밀 문제가 없으며, 서부에는 경제적 성공을 위한 새로운 땅이 얼마든지 펼쳐져 있다. 그러나 사람들은 아직도 '운'을 믿고 행동하려 하며, 자기 지역의 자원을 개발

---

37) 같은 글, pp. 308-309.
38) George M. Foster, *Traditional Cultures and the Impact of Technological Change* (New York: Harper and Row, 1962), p. 92.

하거나 서부로 이주하는 대신, 그 지방의 비초* 게임에 들어갈 입장권을 사는 데 더 관심이 많다.39)

이런 사람들은 정신적 시야가 좁거나 토지 획득과 성공의 기회가 있음을 몰라서 그러는 것이 아니다. 이 지방에는 미개지 입주자의 권리에 관한 관례가 있어서, 개인이든 가족이든 땅을 취득하여 개발하면 궁극적으로 이에 대한 소유권을 차지할 수 있다.

이러한 관례가 있음으로 미루어, 이 지방 사람들이 땅의 소유를 제한된 것으로 생각한다고는 볼 수 없다. 설사 서부에 새로운 땅이 있는지 모른다고 해도 그것을 획득하는 방법들은 있다.

이와 같은 브라질의 예를 통해 알 수 있듯이, 성취 동기의 결여는 반드시 인구가 조밀하고 보유지가 제한된 폐쇄 사회에서만 지역적으로 나타나는 것은 아니다.

개인의 성취에 대한 무관심은 인생에는 '운'이 따른다는 믿음과도 결부되어 있다. 즉, 성취에 대한 무관심과 빈한한 경제 여건은 별로 상관 관계가 없다고 믿는 사람들에게서도 성취 동기를 찾아보기 힘들다. 이러한 사람들의 태도에는 동기나 운명에 대한 그들의 관념뿐만 아니라, 자아와 세계에 대한 그들의 인식이 어떠한지도 잘 반영되어 있다.

비서양 문화의 행동 동기: 권위주의

성취 목표보다 귀속적인 지위에 따라 행동 동기가 부여되는 사회에서는 문화의 규범이 서양과 다르다. 따라서 신분과 불평등이 가치 체계의 특징이 되며, 각 개인은 수직적 서열 층에 고정된 자신의 위

---

* 비초(bicho) 게임: 곤충이나 벌레 등 여러 가지 작은 동물들을 번호별로 나열한 후 각각의 번호를 알아맞히는 노름. (역자 주)

39) George M. Foster, "Peasant Society and the Image of Limited Good," *American Anthropologist*, Vol. 67, No. 2 (April 1965), pp. 308-310.

치를 차지하고 있다.

지금까지 살펴보았듯이 다 그렇지는 않지만 귀속형 행동 동기는 부의 원천을 제한된 것으로 믿는 세계관과 유관한 경우가 있다. 이는 미국인의 풍요한 세계관과는 매우 대조적이다. 미국 사회의 특징인 기회 균등과 경쟁성의 어떤 면들은 누구에게나 물질적 재원이 충분히 가용하다는 신념으로부터 비롯되었다.

데이비드 포터(David Potter)에 따르면, 유럽을 포함한 세계의 대부분의 지역에서 제한된 재원으로 인한 궁핍한 경제가 당연시되어 부의 양은 고정된 것으로 인식된다고 한다.[40] 그러나 설혹 누구에게나 돌아갈 만큼 모든 것이 충분치 않고 상당한 양의 재화가 소수의 상류층에게만 돌아가는 사회일지라도, 사회·경제적 착취를 위한 끊임없는 (그리고 상호 파괴적일 수도 있는) 경쟁을 장려하지는 않을 것이다.

이보다는 세습제에 따라 계승되고 권위에 의해 엄격히 유지되는 하나의 사회적 지위를 각 개인에게 임의로 부여하는 편이 더 나을는지도 모른다. 말하자면, 특혜를 누리는 소수와 그렇지 못한 대다수 계층이 대대로 각자의 신분을 전수받는 사회를 오히려 원할 수도 있다.

정해진 신분에 묶여버린 사람들은 자신의 협소한 영역 속에서 주어진 운명에 대한 만족감과 심지어는 존엄성까지 느끼게 된다. 이러한 심리적 만족감과 존엄성을 얻기 위해 그들이 희생하는 것이 있다면 그것은 확률상 무시해도 될 만한 사회적 출세의 가능성이다.[41]

궁핍한 경제에서 흔히 나타나는 귀속형 생활 방식은 그 한계 안에서 비교적 엄격한 권위주의 문화 유형을 발달시킬 가능성이 높으며, 자아나 개인보다는 권위가 행동 동기의 중심이 된다.

이와는 대조적으로 미국에서는 권위라는 것이 동기의 문제라기보

---

40) David M. Potter, 같은 책, p. 118.
41) 같은 책, p. 115

다는 오히려 사회적 문제로서 인식된다. 미국 문화의 일반화된 가치관에 따라 권위의 역할은 봉사 활동·개인의 권리 보호·협력 촉진·이해 관계나 의견 대립 중재와 같은 문제에 국한되기 때문이다.

물론 지배적인 가치관 이외에 예외적 가치관들도 존재하기 마련이다. 그 예로써 군대라든지, 아니면 강력하고 명확한 권위를 좋아하는 사람들을 들 수 있다.

그러나 이와 같이 미국 사회에 존재하는 예외적인 유형의 권위와 많은 아시아 및 중동 국가 등의 정부에 전통적으로 철저하게 나타나는 권위주의는 서로 다르다. 이러한 국가에서는 흔히 정부 관료에게 절대 권력이 부여되기 쉬우며, 중앙집권화된 정치·사회적 권력은 사회 깊숙이 침투하여 개인의 생활에 심오한 영향을 끼친다. 그리하여 지위에 의한 권위와 충성심과 귀속 의식이 미국적인 경쟁심과 성취욕을 대신하게 된다.

칼 위트포겔(Karl Wittfogel)이 말한 '절대 권력(total power)'에 따라 조직된 사회의 몇 가지 특성을 살펴보면, 비서양인들의 권위주의와 대조적인 미국인의 권위 의식을 투시해 보는 데 도움이 될 것이다. 그런데 여기에서 그러한 절대 권력 현상이 나타나는 어느 한 국가를 선정하여 미국과 대조하기보다는, 위트포겔이 분석한 절대 권력의 정치·사회·심리적 특성 자체만을 살펴보는 것이 더 좋을 듯하다.

위트포겔은 과거 역사와 오늘날의 실례에서 자료를 뽑아내어 절대 권력에 관한 논제를 발전시켰다. 이는 어떤 특정 사회에 정확히 해당되지는 않지만 세계의 많은 지역에서 볼 수 있는 일반적인 특징이다.

다소 전제성을 띤 정부를 가진 사회에서는 정치 권력이 여러 서방 국가와는 달리 비정치적 힘에 의해 견제되지 못한다. 오랫동안 서양에서는 중앙 정부의 힘이 헌법이나 대지주, 그리고 정치·문화·사회 체제적 하부 구조에 의해 제한되어 왔다.

그러나 전제주의 정치 체제 아래서는 이러한 견제가 불가능하거나

효과가 없다. 종교 세력이나 군대는 국가 권력과 동일시되며 정부에
대한 견제 역할은 하지 않는다.42) 정부 말고는 권력의 중추 기관이
없다는 말이다.43)

또한 미국식 제도에서 볼 수 있는 정부 기관 간의 권력 균형도 존
재하지 않는다.44) 따라서 '견제 받지 않은 권력의 누적 경향
(cumulative tendency of unchecked power)'이라고 불리는 현상이 발
생한다.45)

견제 받지 않는 권위를 행사함은 독단적이 되기 쉽고, 협박 · 비밀
정치 · 예측 불가의 결과를 초래하게 된다. 심지어 공포정치나 폭정
으로 끌고 갈 수도 있다.46) 이렇게 해서 조성되는 심리 풍토는 정부
관료 상호 간에 불신과 의혹을 낳게 하며, 관리들은 권력자와의 인
간 관계를 가장 중요시하게 된다.47)

승진은 재능이나 적성에 따르기도 하지만 개인의 복종심과 충성심
에 좌우되는 경우가 더 많다. 말하자면 승진에 요구되는 자질은 '철
저한 굴종의 처세술'이라고 말할 수 있다.48)

전제적 국가에서는 사회의 일부가 권력 체계의 영향권 밖에 존재
하는 수도 있다. 예를 들자면, 정도의 차이는 있으나 가족이나 부락
이 스스로의 문제를 운영할 자치권을 부여받을 수도 있다. 이 경우
에도 공식적인 요구 사항, 중앙 정부로부터의 의무 부과, 경찰권, 조
세 징수 문제가 있지만 외부로부터의 통제는 이러한 것들 외에는 거
의 없게 된다.49) 중앙 정부는 그 권위와 세입이 위협받지 않는 한

---

42) Karl A. Wittfogel, *Oriental Despotism: A Comparative Study of Total Power*
   (New Haven: Yale University Press, 1957).
43) 같은 책, pp. 101-103.
44) 같은 책, pp. 101-103.
45) 같은 책, p. 106.
46) 같은 책, p. 137, p. 141.
47) 같은 책, p. 345.
48) 같은 책, p. 364.

자치권의 영역을 침범하지는 않는다.

절대 권력 아래에서 국민들은 대체로 정부와 관료들에 대해 좋은 감정을 갖지 않는다. 사회는 통치자와 피치자로 명확히 구분되어 있어 사람들은 정부와 관련되기를 두려워한다.50) 또 특별한 유대 관계가 없는 사람들이나 정부에 대해서는 무관심하다.

미국인에게는 이러한 것이 병리 현상으로까지 보일는지도 모른다. 그래서 그런지 사람들은 사고를 당한 자나 익사 직전의 사람조차 선뜻 구해 주려 하지 않는다. 자칫 사건의 책임을 떠맡게 될까봐 두려워서다. 이런 일을 기피하는 현상이 권위주의와 전제적 정부의 속성에만 기인하지는 않겠지만 이런 것들이 부분적인 원인은 된다.

절대 권력이 존재하는 국가에 대해 지금까지 아주 간략하게 설명하였는데, 이는 어느 특정 시기의 한 국가를 특별히 지칭하고자 함은 아니다. 그러나 이러한 설명을 통해 고도로 중앙집권화된 정부를 갖는 국가의 몇 가지 특성을 알 수가 있다. 또한 그러한 국가에서 형성되는 가치 체계의 어떤 단면들을 이해할 수도 있다.

전제주의 국가에서는 지위를 유지하는 일이나 개인의 처세술에 따라 공적·사회적 대인 관계를 맺는 일에 행동의 동기가 부여되지만 성취나 변화를 위한 자극은 찾아보기 힘들다. 게다가 상하 서열 관계를 중시하므로 성공이나 변화에의 기동력은 대부분 위로부터 내려온다. 따라서 창의적인 생각이나 정보, 의견 등이 사람들로부터 스스로 건의되어 지도자에게 올라가는 적은 별로 없다.

의무적으로 자기들에게 국민이 예속되어 있다고 보는 정부 관료들 간에는 심각한 이해 관계 대립도 없다. 이들은 좀더 분권화된 정부가 행하는 방식으로 국민에 대해 책임을 지려하지도 않는다. 그런 예로, 미얀마에서는 정부가 문제 해결이나 사회 개선에 관심을 두지

---

49) 같은 책, pp. 122-124.
50) 같은 책, p. 156.

않고 국민의 충성심과 통치자의 지위를 유지하는 데 더 신경을 쓴다.51) 이처럼 권위가 사회 통제의 원천이자 동기 부여의 근거가 되기도 하는 것이다.

지금까지의 사례들을 통해 분명히 알 수 있듯이, 비서양 국가의 중앙집권화된 정부 밑에서는 행동 동기의 특징이 미국인들과는 아주 다를 수도 있다. 특히 주목할 만한 사실은 상급자와 부하 사이의 인간적인 결속을 무엇보다도 중요시하고 권력자의 존재를 동기의 원천으로 인정한다는 점이다.

직접적인 명령, 명확한 지시, 개인의 순응과 복종이 미국에서보다 비서양 사회에서 훨씬 더 쉽게 용인되며, 심지어는 바람직하다고 인식되기도 한다. 그리고 미국인이 좋아하는 설득식 태도는 유약하다고 오해받을 소지가 있고, 자결(自決) 정신은 자기중심주의 내지 타인에 대한 위협으로 받아들여질 수도 있다.

---

51) Lucian W. Pye, *Politics, Personality, and Nation Building:. Burma's Search for Identity* (New Haven: Yale University Press, 1962), p. 78.

제2장 인간 관계의 형태

대인 관계에서 느껴지는 일정한 거리감

미국인들 사이의 대인 관계는 폭넓고 우호적이며 형식에 얽매이지 않는 것이 특징이다. 그러나 깊고 오래 지속되는 친교를 맺는 일은 드물다. 지위와 거주지가 변함에 따라 친구나 회원 자격이 쉽사리 바뀌기 때문에 미국인의 사회 생활은 영속성과 깊이를 갖추지 못하고 있다.[1] 비록 사회적인 교제 활동에 대부분의 시간을 보내지만 남의 일에 말려들거나 불필요하게 관여하기를 회피한다.

초대나 선물주기와 같은 사교 행위는 받아들이고 감사함을 표시하지만 받는 사람이 똑같은 방식으로 답례할 의무는 지지 않는다. 물론 답례를 하겠다는 듯한 모호한 태도를 보이는 예법이 있기는 하다. 그러나 할 수도, 안 할 수도 있는 답례에 대한 이 정도의 부담감에는 다른 문화권에서 명백하게 나타나는 사회적 의무의 구속감이나 격식성이 없다.

미국인은 대체로 대인 관계의 의무를 최소한으로 지는 조건 속에서 생활하기를 원한다. 그래서 선물 같은 것도 생일이나 기념일, 또는 크리스마스 같은 축일에나 관습적으로 주고받곤 한다.

이러한 경우를 제외하고는 될 수 있는 대로 선물을 주는 사람이

---

1) Clyde Kluckhohn, "American Culture—A General Description," *Human Factors in Military Operations*, Richard H. Williams (편) (Maryland: The Johns Hopkins University, Chevy Chase, 1954), p. 96.

누구인지 나타나지 않도록 유의한다. 또한 선물이 뇌물이나 특별한 부탁, 또는 반드시 답례를 요구한다고 해석될 수 있는 사사로운 의미를 띠지 않도록 주의를 기울인다. 어떤 활동을 할 때도 관심 있는 사람들로부터만 헌금을 모으되 익명이 사용되는 때가 많고 나중에 가서 어떤 특별한 송별회나 기념일, 또는 퇴직일에 헌금자에게 선물을 주게 된다.

미국인들은 대인 관계에서 서로 부담을 지지 않으려고 세심하게 주의하지만 세계 대부분 지역의 관례는 이와는 정반대다. 미국식 인사말로 "감사합니다. 즐겁게 잘 보냈습니다 (Thank you; I had a fine time.)."라고 말하는 정도로는 저녁 초대에 대한 충분한 보답이 결코 못 된다.

독일에서는 손님이 꽃을 사오리라고 주인은 기대할 것이다. 또한, 미국인이라면 답례하겠다는 듯한 모호한 태도를 보이겠지만 비서양인들의 경우에는 귀찮을 정도의 답례 부담을 정말로 지려고 할 것이다.

사교상 의무를 해결하는 각자 부담(Dutch treat) 형식이 있다. 그러나 이것도 연속적인 상호 답례—번갈아가며 물주가 되어 한 턱씩 내는—관습을 지닌 사람들에게는 미련한 짓처럼 보일는지도 모르는 일이다.

어떤 문화권에서는 미국식으로 선물에 익명을 사용하면 선물을 주는 의의가 감소된다고 생각한다. 선물을 받는 것이 준 사람에게 폐가 안 되거나 그를 축나게 하지 못하면 받는 사람에게도 의의가 감소된다.

인도의 일부 지역에는 "고맙습니다."에 해당하는 표현이 없다. 이는 사회 인습상 그런 말을 만들어 낼 필요가 없었기 때문이다. 즉, 말로써 감사 표시를 하기보다는 의무나 책임을 실제로 이행하는 것이 사회적 답례 행위라고 보았다.

이 경우 설혹 선물주기 같은 행위가 어떤 부담이나 의무를 이행하려는 것이 아니더라도 감사를 표시함은 좋지 못하다. 고맙다는 명백한 구두 표현은 그것으로써 사회 생활에서의 상호 주고받음을 끝내겠다는 뜻을 암시한다. 그렇게 되면 선물의 가치는 유한하게 되고 그 의의도 감소된다.

분명히 미국인들의 인간 관계 유형에는 여러 가지 예외도 있다. 지금까지 소개한 내용은 주로 평등·비격식·비영속성, 그리고 거리를 두고 대인 관계를 맺는 초연함 등 미국 생활의 일반적 특징만을 시사하는 것들이었다. 그러면 이제 한 가지 중요한 예외에 관해 살펴보자.

미국 군대에서는 일반적인 미국인들 사이에서보다 인간 관계의 여러 가지 면에서 서로를 더 잘 알고 지내며 남의 일에 대해 더 관심을 갖는다. 장교들은 전 세계를 돌아다니며 복무하는 동안 전에 함께 근무했던 적이 있는 동료 장교들을 이따금 다시 만나게 된다. 그리하여 통상 모든 가족이 다 포함되는 두터운 친목 관계로 발전하는 일이 아주 흔하다.

그리고 이러한 관계가 맺어지면 일반 민간인들 사이에서는 막연하게 느낄 뿐인 상호 교제에 대한 기대감을 구체적으로 말로 나타내는 경향이 있다. 비록 어떤 사교 행위 때에 명백한 답례 의사 표시가 요구되지는 않더라도 친목 관계가 돈독히 유지되기를 서로 기대한다. 이러한 비공식적인 사교 규범은 격식과 명백함을 좋아하고 서로의 의무를 중시하는 군대 사회의 관습을 반영한다고도 말할 수 있겠다.

아래 위 구별 없는 평등한 분위기

미국인의 대인 관계에서 언제나 느낄 수 있는 것으로서 평등 관념이 있다. 모든 개인은 고유하게 지닌 인간성으로 인해 침범할 수 없는 가치를 부여받는다. 이러한 관념은 "어쨌든 우리는 모두 다 똑같은 인간이다"라는 말에 잘 나타난다.

개개인 사이의 관계는 평등이라는 기초 위에서 수평적으로 이루어지는 것이 전형이다. 따라서 계급과 지위가 다른 두 사람 사이에 사사로운 대립이 생기면 묵시적으로 서로 평등한 분위기를 조성하려는

54

경향이 있다.

모든 것이 권위주의 식으로 보이는 군대에서조차 대화를 시작하기에 앞서 지휘관이 부하에게 개인적인 질문을 건네거나 커피를 권하기도 한다. 이럴 때 지휘관은 부하에게 자신의 계급이나 권위를 과시하려 하거나 권한을 행사하려고 하지는 않는다.

병사의 입장에서 보면 훌륭한 장교란 부대 지휘에 있어서 '계급으로 누르거나' '권위로 버티는' 사람이 아니다. 훌륭한 장교는 미국인들이 좋아하는 생활 방식인 평등감을 조성하려고 노력하는 사람이다.

마가레트 미드는 다음과 같은 관찰을 한 적이 있다.

미국인들은 상황에 따라 자신들의 높은 지위를 낮은 지위의 입장으로 바꾸어 생각한다든지, 대인 관계를 원만히 할 수 있는 처신 방법에 끊임없이 신경을 쓰는 일에 무척이나 애를 먹는다.

이런 데서 오는 불안감을 해소하기 위해 겉으로나마 평등한 분위기를 조성하려고 일방적인 시도를 해본다. 예컨대 누구나 서로 성을 빼고 이름만 부르는 관계를 맺어 보려고 시도한다. 그러나 이러한 호칭은 다른 많은 문화권에서는 사람을 가장 어리둥절하게 만드는 행위다.

이 밖에도 가문이나 학벌 같은 요소들이 엄격히 배제된 수직적인 상하 관계를 확립해 보려고 시도하는 경우도 있다.2)

분명히 미국 문화의 가치관은 미국인들로 하여금 평등한 입장의 인간 관계에서 가장 효과적으로 행동할 수 있게 해준다. 미국인은 사회적 지위가 다른 사람과 맞서게 되면 난처해한다. 특히 그 지위가 특권으로서 물려받은 경우에 더욱 그러하다.

평등이라는 이상에 젖은 미국인은 해외에서 그 나라 사람들의 종

---

2) Margaret Mead, "The Factor of Culture," *The Selection of Personnel for International Services*, Mottram Torre (편) (Geneva: Federation for Mental Health, 1963), pp. 7-8.

적인 조직 구조를 잘 이해하지 못하기 때문에, 정치적 문제는 무시
해버리려는 경향이 있다. 그리고 조직 구성원의 충성심이야말로 그
들의 행동 동기와 승진 이유를 밝혀 주는 가장 중요한 원칙일지도
모른다는 사실을 감안하지 않는다. 또한 성취욕과 평등성이 중요시
되지 않는 경우에 의사 결정자와 최종 결심권자를 결정짓는 요소들
이 과연 무엇인지 간파하지 못하는 수도 많다.

빈곤한 귀족들이나 걸인 행색을 한 승려들은 옷차림이나 외모로 보아
겉으로는 이렇다 할 성취나 '성공'의 표시가 보이지 않는다. 그런데도 이
들이 존경과 섬김을 받는 이유를 미국인들은 잘 이해하지 못할 것이다.
일본인들에게도 한 가지 불가사의한 점이 있다. 그들에게는 일종의 얼
굴 없는 리더십을 행사하는 관례가 있다. 즉, 겉으로는 뚜렷이 나타나되
힘이 없는 '꼭두각시형' 인물이 있는 반면에, 그 같은 '의전용' 인물의
배후에서 진짜 실력자가 끈으로 조종하다시피 권위를 행사하는 것이다.3)

평등이라는 가치관은 미국 사회에서 실제로는 제한적으로 적용되
어 왔다. 어떤 특정 인종이나 민족, 특히 흑인에 대한 경우가 그렇
다. 또한 대규모의 정치 · 경제 조직에서는 엄격한 계층성과 권위주
의가 강조된다.4)
이러한 예 말고도 평등이라는 가치관이 유보되는 이유가 또 있다.
모든 사람에게 평등한 권리와 책임이 있다고는 믿지만5) 누구나 다
똑같은 재능과 능력이 있다고 보지는 않는 까닭에서다.
잠재 능력이 불평등함을 인정하는 것은 어떤 집단에든지 잠재 능력
과 리더십을 지닌 사람이 있다는 미국인의 전형적인 믿음에 연유하고

---

3) Conrad M. Arensberg와 Arthur H. Niehoff, *Introducing Social Change* (Chicago:
   Aldine Publishing Company, 1964), p. 135.
4) Robin M. Williams, Jr., *American Society: A Sociological Interpretation* (New
   York: Alfred A. Knopf, 1961), p. 441.
5) 같은 책, p. 442.

56

있다. 말하자면, 그러한 리더는 기회만 주어지면 나타난다고 믿는다.

이렇듯 미국 문화에서 강조되는 것은 기회의 평등성이다. 평등이란 성취와 성공, 또는 보상에까지 확대되지는 않는다.[6] 여기서 알 수 있듯이 미국인은 대체로 일의 성취에 관심을 보이되, 자신의 업적에 상응하는 대가를 기대한다고 말할 수 있다.

비록 미국인들은 그들의 역사를 통해 평등의 의미를 변질시키고 소란스러울 정도로 위배해 왔지만, 그 가치관은 아직도 모든 생활 영역에 스며든 문화적 규범으로서 남아 있다.

미국인이 미국 안팎에서 평등이라는 가치관을 지니지 않은 사람들과 함께 일할 때 매우 이해하기 어렵다고 느끼는 점이 있다. 왜 어떤 사람들은 평등의 의미를 깨닫고 있으면서도 이를 거부하는가라는 의문이다.

수직형 계층 사회를 신봉하는 사람들은 인간 관계의 평등이 기존 사회의 생활 방식 체계에 유해하다고 생각하며, 그 때문에 사람들의 행동 방향에 대한 예측 가능성을 감소시킨다고 믿는 것 같다.

평등 관념이 만연되면 개인적·사회적 특성들은 거의 고려되지 않은 채 누구나 다 똑같이 대우받는 경향이 생긴다. 그러나 신분 차이를 인정하는 사회에서는 미국인들이 그 누구를 대하더라도 상하 구별 없이 인식하고 행동하는 것을 못마땅하게 여기는 경우가 많다.

사회학자 막스 쉘러(Max Scheler)는 평등 관념은 재능을 가장 덜 타고난 자라도 할 수 있는 것에 대해서만 정신적 가치를 부여한다고 보았다. 만약 모든 인간이 정신적 가치와 재능에 있어서 평등한 대우를 받으려면 재능을 가장 덜 타고 난 자의 정신 수준이 모든 인간의 값어치를 매기는 기준이 되어야 한다는 뜻이다.[7]

쉘러는 이러한 평등 관념에 이의를 제기하고, 문화의 가치를 드높

---

6) 같은 책, p. 442.6) 같은 책, p. 442.
7) Max Scheler, *Ressentiment* (Glencoe: Free Press, 1961), pp. 139-144.

이는 활력과 정신적 노력의 '신성함'을 주창하였다.8) 또 그는 '실용성'같은 것을 신봉하는 미국인의 생활 원칙을 수단에 대한 목적의 종속이라고 경멸하기도 하였다.

셸러의 견해는 귀족이나 특권 계층이 더 좋아할 절대 가치를 신봉하는 데에는 도움이 되겠지만 마찰의 여지가 있고 미국인의 가치 체계에 대해서는 위험스럽게 보인다. 또한 그러한 생각은 문화적·인종적 우월 사상을 내포할 수도 있는지라 그는 '국수주의자'로 불려왔다.

미국인들이 평등의 통념을 자주 위배한 것은 사실이다. 그러나 일관되게 이러한 통념을 고수해 왔다는 것도 사실이다. 어떻게 보면 환상이고 어떻게 보면 현실인 평등이라는 문화적 규범 속에 하나의 가치관을 영속화시키려고 미국인들은 노력해 왔다. 이처럼 새로운 각 세대는 가치관의 환상과 현실에 맞붙어 싸우고 자신들의 목적을 위해 그것을 새롭게 정의해 나아가야만 할 것이다.

완곡법을 모르는 정면 대결

일본인처럼 '체면 세우기'를 중시하는 사람들은 간접적으로 의사를 표현하는 일이 잦다. 이는 직접적인 대결 관념과 관련된 미국인의 통념 및 가치관과 좋은 대조를 이룬다.

가장 직접적인 형태의 대결은 각각의 미국인을 에워싸고 있는 신체 주변의 공간을 다른 사람이 침범할 때 시작된다. 어떤 사람이 팔하나의 길이보다 더 가까이 다가오면 미국인은 필경 그 접근자와 싸우든지 아니면 도망가야 할 상황이라고 생각할 것이다. 그래서 중남미인이나 아랍인들이 대화를 할 때 아주 가까이 다가서려고 하면 미국인은 당혹스러워 한다. 그 같은 접근은 미국인에게 성적 또는 교전적 의미를 지니는 것이다.

만약 미국인이 뒤로 물러서면 중남미인이나 아랍인은 미국인이 자

---

8) 같은 책, p. 152.

기를 적대시하지는 않더라도 냉담한 태도로 대한다고 느낄지도 모른다. 그러나 태국이나 일본 같은 곳에서는 대화 도중에 지나치게 가까이 붙는 쪽은 오히려 미국인이라고 생각한다.

대결이라는 개념은 신체적 거리 유지 문제를 넘어서도 적용된다. 어떤 문제에 직면하면 미국인은 그 문제의 근원에까지 파고들어가기를 좋아한다. 사실을 직시하고, 문제를 정면으로 대하고, 솔직히 털어놓고 나서 '상대방의 입으로부터 직접' 정보를 얻어내려 한다는 뜻이다.

미국인은 또한 사람들과 상대할 때 똑바로 대면해 상대방을 마주 보아야 한다고 생각한다.

대결 관념과 대조되는 것으로서, 일본인들이 사회 생활에서 자신의 목적을 달성하기 위한 기법으로 즐겨 쓰는 완곡법이 있다.9) 프레더릭 헐스(Frederick Hulse)가 관찰한 바에 따르면, "겉으로 명백히 나타나는 일본 문화의 대부분은 순전히 임의적인 인습들이다. 이는 마치 자동차는 길의 오른쪽에서 몰아야 된다는 규칙처럼 받아들여야만 한다. 따라서 반드시 믿어야만 하는 객관적 사실(진상)의 중요성은 상대적으로 가볍게 취급된다."10)

일본인들 사이에는 심지어 볼 수 있는 것과 보아서는 안 될 것에 대한 규칙도 있다. "일본을 다녀온 많은 여행자들이 지적하듯이, 방문객은 주인이 단정하게 옷을 다 차려 입을 때까지 주인을 쳐다보지 않는다."11)

헐스의 말대로, 고도로 의식화(儀式化)된 일본 문화에서 표현의 완곡법은 '인습을 우회하는 인습적 방법'이다.12) 사회 생활에 있어

---

9) Frederick S. Hulse, "Convention and Reality in Japanese Culture," *Japanese Character and Culture*, Bernard S. Silberman (편) (Arizona: University of Arizona Press, Tucson, 1962), p. 303.
10) 같은 글, p. 304.
11) 같은 글, pp. 304-305.
12) 같은 글, p. 303.

서 처신술이 훌륭하면 존경을 받고, 서툴면 우인들을 당혹하게 만들
거나 남들로부터 조롱을 받는다.

그리고 어떤 방향이 정해지고 행동이 일단 시작되면 그것이 '남들
은 말할 것도 없고 자기 자신에게까지 냉혹한 것이더라도' 필연적이
거나 극단의 결과에 도달할 때까지 추진한다. 또,

> 약간의 거만함이나 자신의 힘을 과시함으로써, 심지어 통상적인 인습
> 이나 의식을 정면으로 무시함으로써도 상당한 성공을 거둘 수가 있다.
> 왜냐하면 그렇게 함으로써 자신의 우월한 지위와 능력에 대한 자기 확신
> 을 다른 사람들에게 나타내 보여 줄 수 있기 때문이다.[13]

일본인의 '체면' 관념은 자신의 입장을 위한 것인 반면, 중국인의
'체면'은 타인의 감정을 더 많이 고려한다.[14] 라바레(La Barre)는 일
본인의 체면 관념에는 다소 적극성이 있다고 보았는데, 이에 대해
다른 학자들은 의문을 제기해 왔다.[15] 어쨌든 이러한 자타의 체면
유지 문제 때문에 미국인으로서는 헤아리기 힘든 간접적 완곡법이
사용되고 있다.

미국인의 대결 관념과 대조되는 또 하나의 예는 태국 등 많은 나
라에서 쓰이는 제3자 사용 방식이다. 이는 업무 처리에 있어서 거래
당사자들이 직접 마주 대하는 대신, 중간에 중매자를 끼어 넣어 상
담하는 관습이다.

이러한 간접 접근 방법은 미국인이 보기에는 사적이고 독자적이어

---

13) 같은 글, p. 302.

14) Weston La Barre, "Some Observations on Character Structure in the Orient:
The Japanese," *Japanese Character and Culture*, Bernard S. Silberman (편)
(Arizona: The University of Arizona Press, Tucson, 1962), p. 335.

15) Fred N. Kerlinger, "A Critique of Three Studies of Japanese Personality,"
Japanese Character and Culture, Bernard S. Silberman (편) (Arizona: University
of Arizona Press, Tucson, 1962), p. 407.

야 할 결혼 상대를 고르는 일에도 적용된다. 중매인에 의존함으로써 쌍방이 모두 체면을 잃지 않고 상대방을 승낙하거나 거절할 수 있기 때문이다.

해외나 미국 내에서 외국인을 상대하는 미국인은 대결 의식과 간접 접근 방식의 상충으로 말미암아 발생하는 여러 가지 문제점들을 경험한다. 이는 통역자를 통할 경우에도 역시 마찬가지다.

미국인은 통역자를 마치 한 언어에서 다른 언어로 메시지를 통과시키는 유리창처럼 생각한다. 그러나 제3자의 역할이 관습화된 문화에서는 통역인의 역할이 훨씬 더 중요하고 활발할 수도 있는데, 이를 비능률적이고 불성실하다고 생각하기 쉬운 미국인에게는 적지 않게 놀랄 일일는지도 모른다.

비격식은 서로에게 편한 것

미국인의 대인 관계에서 나타나는 비격식(非格式)과 솔직함으로부터 대결 의식의 또 한 가지 측면을 발견할 수 있다. 미국에 유학하는 외국 학생들은 이러한 특성에 적응하기까지 많은 어려움을 겪는다. 이는 또한 해외에 근무하는 미국인에게도 불리한 점이다. 미국인이 직선적이고 쌀쌀한 듯한 태도로 사람들을 대하면 그들은 창피하게 생각하거나 당혹스러워 할 가능성이 많다.

많은 문화권에서 찾아볼 수 있는 화려한 수식어나 복잡한 표현 방식, 그리고 의례적인 태도 등은 그 문화권의 사회 구조를 반영하는 것이다. 만약 미국인이 그곳에서 통용되는 표현과 언어와 처신 방식을 사용하지 않으면 적절한 존대법을 따르지 못하는 행위가 될 수도 있다. 최악의 경우 그 문화가 규정하고 있는 인간 관계의 구성 방식을 위반하게 될는지도 모른다.

많은 미국인들은 격식·의식·의전 따위를 건방지거나 뽐내는 것 정도로 생각한다. 반면, 다른 문화권에서는 이러한 것들이 사회 생활

에서 타인의 행동을 예측할 수 있게 해주는 기능을 발휘한다.16)

이러한 기능은 일본인들 사이에서 특히 현저하게 작용한다. 일본인은 상대방의 지위를 알기 전까지는 말을 잘 건네지 못하는데, 그 이유는 상대방과 자신의 신분을 비교한 후 상대방의 지위에 부합되는 어법을 사용해야 하기 때문이다.

격식이 몸에 밴 사람들은 미국인이 격식을 차리지 않아서 일어나는 한 가지 현상을 곧잘 지적하곤 한다. 근본적으로 미국인은 그 누구를 호칭하더라도 똑같은 방식을 사용한다. 이럴 때 좋아하는 방식이 평등이다. 이러한 대인 관계는 쉽사리 성을 빼고 이름(first name)만 부르는 관계로 발전한다.

그러나 미국인이 어떤 사람에 대하여 특별히 점점 더 강한 호감을 갖게 되면 이러한 감정을 미묘하고 섬세하게 표시하는 데 어려움을 느낄지도 모른다. 미국인이 남과 의사를 소통할 수 있는 유일한 통로는 직선적이고 꾸밈없는 비격식성이다.

그런데 처음에는 사적으로 친근하고 허물없이 대하는 듯이 여겨지던 미국인의 비격식이 나중에는 사사로운 감정이 메마른 듯한 인간 관계를 형성시키는 요소로 변한다. 그 까닭은 유머나 쾌활함 또는 농담 같은 비격식이 허물없는 사이가 아니라도 누구에게나 똑같이 사용되는 탓이다.

미국인들은 상호 간에 거의 차별이 없이 지내며, 누구나 서로를 대할 때 사적인 감정이 배제된 일정한 거리감을 두고 상대하게 된다. 심지어는 '적'도 적당히 친절하게 대해 준다. 적대감을 공공연하게 드러내어 '구경거리를 만들거나 소란을 피워' 사교적인 모임의 판을 깨는 것을 싫어하기 때문이다.

---

16) James W. Woodard, "The Role of Fictions in Cultural Organization," *Transactions of the New York Academy of Sciences*, Series II, Vol. 6, No. 8 (June 1944), pp. 311-344. Robin M. Williams, Jr., 같은 책.

친구는 다양해도 정은 깊지 않다

미국인들 사이에 일반화된 'friend(친구)'는 지나가다가 잠깐 만난 사람으로부터 평생의 벗에 이르기까지 누구에게나 쓰이는 말이다.

그런데 친구는 사회 활동의 성격에 따라 달라진다. 다시 말해, 미국인의 친구 관계는 각종 활동이나 사물 또는 사건이나 공통된 과거 경력 등을 중심으로 맺어지므로 '직업·자녀 문제·정치적 견해·자선 사업·스포츠·각종 파티 등을 인연으로' 우정이 생겨난다.17)

이러한 여러 가지 우정들은 각각 따로따로 유지된다. 예를 들어, 직장 동료 간의 우정은 레크리에이션 활동의 친구 관계에는 끼어들지 않는다. 다만 하는 일이나 활동이 비슷하거나 개인적·사회적 관계를 동시에 맺고 있는 사람들 간에는 우정이 구분되지 않고 일반화되는 경향이 있다.

이와 같이 미국인들이 우정 관습, 특히 친구 관계의 종류를 구별한다고 해서 그것이 곧 타인에 대한 불신을 뜻하지는 않는다. 그보다는 오히려 남의 일에 깊이 개입되기를 꺼리는 탓이라고 하겠다. 외국인들이라면 도움이나 지지, 또는 위로를 받기 위해 친구를 찾아갈 상황에서, 미국인은 차라리 자신의 문제를 상담해 줄 전문가를 찾아감으로써 친구에게는 폐가 되지 않는 길을 택할 것이다.

미국인과는 대조적으로 러시아인들은 친구를 사귈 때 깊은 연분과 '거의 항구적인' 친교의 의무를 기대한다. 또한 친구 간에 '속마음을 드러내지 않거나 비밀을 갖는 일이 있어서는 안 된다'고 생각한다.18) 미국인은 우정의 영역을 공통의 관심사나 이해 관계에 국한시키는 성향이 있지만 '러시아인은 친구의 인간성 전체를 포용한다.'19)

미국식과 러시아식의 양면을 결합한 형태인 프랑스인의 우정도 종

---

17) Edmund S. Glenn, *Mind, Culture, Politics*, (복사판) (1966), p. 270.
18) 같은 책, p. 270.
19) 같은 책, p. 271.

류별로 구분이 된다. 그러나 이는

> 오랫동안 지속되는 유형으로 맺어지는 경향이 있으며, 가족 간의 우정이
> 한 세대 이상 계속되기를 기대하는 경우도 많다.
>   미국인은 친구끼리도 경쟁을 벌이지만, 프랑스인은 러시아인들처럼 친구
> 사이의 경쟁을 배제해 버린다. 미국인에게는 아주 자연스럽게 보이는 협력
> 과 경쟁의 공존이 프랑스인과 러시아인에게는 이해하기 힘든 것이다.20)

미국인과 러시아인의 우정은 시종일관된 형태로 유지되지만, 프랑
스인의 우정은 각자의 사생활과 독립성뿐만 아니라 항구성과 친밀함
도 동시에 요구하는 모순이 있다. 그러나 이러한 여러 가지 모순된
요소들은 프랑스의 문화적 규범인 '잠정적 불화(*brouille*)'를 통해 잘
조화될 수 있다.

> 우정은 깨어지는 법이 없고 잠시 정지될 수는 있다. 이럴 때 친구들은
> 서로 말을 하며 지내는 사이는 아니더라도 언젠가는 화해하리라 기대한
> 다. 그리하여 가족 중에서 누가 죽든지 하는 큰일을 당하면 다시 서로
> 도울 준비 태세가 되어 있다.
>   친구 사이가 소원해지는 이와 비슷한 상황에서 미국인이라면 조용히
> 서로 갈라설 것이며, 러시아인은 한바탕 격렬히 다툰 뒤 즉각 다시 화해
> 할 것이다.21)

비서양 사회에서는 흔히 친구 관계의 성격과 범위가 미국인들보다
더욱 엄격하게 제한된다. 친구는 활동 분야에 따라 생기는 것이 아
니라, 특정 계층의 사람에게만 한정될 수도 있다.

친구 관계에서 가장 흔히 제외되는 대상은 이성이다. 그 예로, 아
랍 남자들은 좀처럼 친구 사이에 여자를 끼어 들이려 하지 않는다.

---

20) 같은 책, p. 271.
21) 같은 책, p. 271.

그들은 여성과의 관계는 가족·결혼, 또는 성적인 관계에 국한시킨다. 그리고 미국인들처럼 부모를 종종 친구로 포함시키거나* 친구를 공유하는 관습은 비서양 사회에서는 찾아보기 힘들다.

미국에서는 비슷한 활동 분야에서 일하는 사람들이 서로 친구로서 공유되는 것이 예사다. 그러나 비서양인들은 기존의 친구 사이에 다른 친구가 끼어들어와 우정이 사라지거나 엷어질까 두려워 배타적으로 우정을 지키기도 한다. 조지 포스터가 지적했듯이, 중남미인들은 진정한 우정을 희소가치가 있는 일용품처럼 여기는 경우도 많다.22)

인간적 친밀성과 사감정* 은 분리해야 한다

한 인간으로서, 그리고 한 문화권의 일원으로서 인간적 면모를 상실한 인물로 여겨지기를 좋아할 사람은 아무도 없다. 이는 문화의 규범을 이탈하여 행동하는 사람도 마찬가지다.

그런데 어떤 사람에게는 사적이고 친밀하게 느껴지는 것이, 다른 문화권 사람에게는 그렇지 않게 느껴질 수도 있다. 어느 경우든 사적인 친밀감은 문화 규범과 사회 인습, 그리고 개인의 자아 개념에 부합되게 표시된다.

미국 사회에서 사람을 개인적으로 친밀하게 대하는 방식에는 성을 빼고 이름만 부르기, 상대방의 신상 경력에 관해 자세히 알기, 또는 상대의 특정 행동이나 용모, 좋아하는 것들이나 선택한 것을 인정하고 알아주는 일 따위가 있다.

이와 같은 전형적인 예로써 세일즈맨과 비행기 스튜어디스를 들

---

* 부모가 친구라 함은 손윗사람으로서가 아니라 단지 친구처럼 허물없이 함께 어울릴 수 있는 상대라는 뜻임. (역자 주)

22) George M. Foster, "Peasant Society and the Image of Limited Good," *American Anthropologist*, Vol. 67, No. 2 (April 1965), p. 298.

* 私感 (personal feeling): 사적인 감정, 또는 개인적인 친밀한 감정. 이는 私憾(grudge) —즉, 개인 간의 사사로운 이해 관계로 언짢게 여기는 마음과는 다름. (역자 주)

수 있겠다. 그들의 유쾌한 미소, 악의 없이 꾸며댄 프라이버시 침해, 장난삼아 속이기(kidding), 개인적 경험담을 주고받기 따위가 인간미 있게 친밀감을 나타내는 상투적인 행위들이다.

사적인 감정을 표현하는 정도는 문화마다 다르다. 예를 들어 인도인은 친구나 동료 등 가까운 사람에 관해 토론할 때보다 어떤 다른 주제를 놓고 토의할 때 더욱 감정적이 되는 경향이 있는데, 이는 미국인과 반대다.

어느 미국 대학에서 연수를 받고 있던 인도인들이 자기 나라의 정부 관료들을 감정 섞인 말을 써가며 성토하고 있었는데, 각 개인의 의견은 추상적이고 지적인 것이었다. 그런데 대화의 주제가 자신들 사이의 인간 관계로 옮아가자, '사적인' 감정을 나타내면서 토론할 수 있는 다른 주제를 선정하자고 누군가 설득력 있게 제안하였다. 즉, 동료 간의 문제를 토론하면서 감정에 치우쳐서는 안 되겠다는 것이었다. 이는 사감정에 관한 미국인의 태도와는 정반대라고 할 수 있다.

전형적으로 미국인은 자신을 남이 접근할 수 없는 사적인 핵심을 지닌 고유한 존재라고 생각한다. 그러나 대체로 자기 이외의 다른 사람들은 어떤 부류를 대표하는 자들이라고 인식한다. 즉, 다른 사람들은 자기 자신에게 부여된 것과 똑같은 사적인 고유성을 지니고 있다고는 보지 않는다. 따라서 미국인의 인간 관계는 대부분의 비서양인들의 사감정에 좌우되는 친밀한 인간 관계와 비교해 상대적으로 더 공평무사하고 객관적이다.

사감정에 기초한 인간 관계의 예는 일본인의 가부장적 자애심, 중남미 지방 호족(豪族: caudillos)의 '인간적인' 리더십, 그리고 비서양 지역에 흔한 족벌 정치 등에서 찾아볼 수 있다. 이 중 어느 것에 대해서도 미국인은 필경 '바람직하지 못하다'라는 가치 판단을 내릴 것이다. 미국인이 볼 때 이러한 것들은 사사로운 감정이 배제되어야 할 영역에 침범한 사감정적 인간 관계에 해당한다.

'사적인 친밀'은 원래 대개의 미국인이 바람직하게 생각하는 개념으로서 선의와 신뢰, 그리고 타인을 있는 그대로 받아들임을 의미한다. 미국인의 인간 관계를 '사감이 배제된'것으로 묘사하고, 비서양인의 인간 관계를 '사감정적으로 친밀하다'고 묘사한 것은, 일부러 비위에 거슬리게 양자를 비교하려 했기 때문은 아니다.

신뢰나 선의는 사감정화할 필요가 없는 것들이다. 사실 비서양 사회의 사감정적인 인간 관계의 한 가지 큰 특징은 사람들 간에 자주 나타나는 불신과 의혹이다. 이는 인간 관계에서 사적인 친밀성이 반드시 선의와 신뢰를 내포하는 것은 아님을 말해준다.

사사로운 감정이 배제된 미국인의 행동 방식은 성취·평등의 가치관과 함께 인간 관계의 수단인 경쟁심을 길러주기도 한다. 각 개인은 자신의 목표를 향해 노력하는데, 이러한 기질은 미국 남성들의 대인 관계에 잘 나타난다. 예를 들면 친근하게 놀리기, 기탄없는 조언, 재치 있는 응답, 우호적인 진언 등이 일종의 미묘한 경쟁심의 형태들이다.

대화나 토론에서 마지막으로 결정적인 말을 한 사람이 다른 동료들보다 '한 수 위'가 된다. 만약 다른 사람이 더 멋있는 농담을 한다든지, 어떤 방법을 써서 경쟁의 위상을 틀어 놓으면 그 사람이 다시 한 수 위에 올라서게 된다.

대인 관계에 있어서 이 같은 행위는 미국인에게는 무해하다고 인식된다. 그러나 다른 문화권 사람들에게는 상호 경쟁 심리를 밑에 깔고 상대방에게 미묘한 위압감을 준다고 느껴질 수도 있다.23)

기회가 공평하면 타협하고 협력한다

23) Rosalie H. Wax와 Robert K. Thomas, "American Indians and White People," *Phylon*, Vol. 22, No. 4 (Winter 1961).

　미국인들의 경쟁은 협력 관계 속에서 이루어진다. 경쟁이란 개인이나 집단 간의 상당한 조정을 필요로 하기 때문이다. 각 개인은 경쟁을 하면서도 동시에 협력을 한다.

　이와 같은 특징적인 미국인의 협동 능력은 해외에서 활동하는 각종 분야의 조언자들에게 가장 중요한 자질이 된다. 그들은 다른 사람들이 함께 협력해서 일하도록 분위기를 조성해 주는 촉매자의 역할을 해야 하기 때문이다.

　미국인의 이러한 자질은 잘 알려져 있는데, 이런 역할을 해낼 수 있는 한 가지 이유는 그들이 집단이나 조직에만 전심전력하지는 않기 때문이다. 그들은 자기 자신의 개인적 목표를 추구하면서, 이와 마찬가지로 자신들의 목표를 추구하는 타인들과도 협력한다.

　또한 미국인은 집단의 목표를 받아들이되, 자신의 기대가 충족되지 않을 경우에는 자유롭게 그 집단을 떠나 다른 집단에 가담할 수 있다고 생각한다.

　집단의 일원으로서의 신분과 개인적 목표는 분리되지만, 만약 집단에 대한 공동의 행동이 필요해지면 자신의 목표를 집단 내의 다른 구성원들의 목표와 조화시킬 수가 있다. 미국인에게는 이것이 현실적인 타협이며, 혼자서는 얻지 못하는 혜택을 쟁취할 수 있도록 해 주는 것이다.

　이처럼 협력이란 자신의 일을 성취하기 위한 행동일 뿐이지, 결코 자신의 원칙을 양보함을 의미하는 것은 아니다. 다시 말해, 미국 문화의 지배적 가치관인 '행동'지향적 활동을 수행하고 목표 성취를 위해 다른 사람의 원칙이나 관념 또는 가치관도 받아들이는 것이다.

　미국인은 각자의 목표나 원칙이 완전히 달라도 어떤 일을 우선 성사시키는 것이 중요하고 또한 긴급하다고 인식하게 되면 서로 협력한다.

　그리하여 여러 집단 내의 토의 과정 중에 개인 간의 상위점을 극복하는 수단으로서 '최종 양보선(deadline)'이나 다음번 기회에 대한 가망성을 곧잘 얘기한다. 예를 들면, "우선 이 일을 하나 마무리 짓고 나면 딴 문제들도 손볼 수 있을 것이다"라든지, "이번에는 우리가 하자는 대로 하고, 다음번엔 너희 뜻대로 하자"라는 등의 제안을 내놓는다.

그러나 다음번이라는 것은 종종 막연한 미래로 밀려나기도 한다. 이처럼 미국인들은 각 안건별로 타협하는 경향이 있는데, 이런 경우 전원이 보조를 맞출 것으로 기대한다.

이와 대조적인 것이 프랑스인이다. 프랑스인은 타협하지 않든지, 상대방과 완전히 보조를 맞추어 서로 순번대로 자기 몫을 찾으려고 하든지 할 것이다.

이렇듯 사회 생활의 협력 분야에 있어서 미국인은 '각자 부담' 형식과 비슷한 방식으로 행동한다고 볼 수 있다.

목적하는 바를 성취하려 행동하기를 좋아하는 미국인들의 성향은 분명히 그들의 개인주의에 역행하여 작용할 수도 있다. 이는 협력 활동에 있어서 타협의 필요성으로 말미암아 개인의 가치관이나 원칙, 또는 목표들이 약화되기도 하는 까닭에서다.

그래서 필요 이상으로 집단에 순응하거나 타협하는 일이 없도록 하기 위해, 미국인은 집단의 결정 과정에 사용되는 수단을 중요시한다. 가령 집단의 토의 과정에서 개인의 권리를 공식적으로 보호해 줄 의사 일정이나 의사 진행 발언 문제 등에 적극적인 관심을 갖는다.

미국인의 협력심과 조직력은 다른 나라에서는 대체로 찾아보기 힘들다.

중남미인들에게 있어서 집단의 목표에 자신의 목표를 맞추거나, '일을 성사시키기 위해' 실리적 조정을 하기가 그리 쉬운 일이 아니다. 이는 자신의 원칙을 양보하는 것이라고 믿는 탓이다.

뿐만 아니라, 공식적인 회의에서 의사 일정이나 심의 내용 따위를 문제 삼아 이의를 제기하면 문제를 회피하려는 행위로 본다. 반면,

미국인은 그러한 이의 제기는 모두에게 공평한 결정이 내려지도록 하려는 절차라고 생각한다.

미국인이라면 우선 공평성의 문제를 따질 상황에서도 중남미인은 토론의 문제점들이 '사람의 위신' '명예' '소신의 원칙'에 관련되는 문제라고 생각할 때가 많다. 그러나 이러한 것들은 미국인의 일상 생활에서는 문젯거리가 되는 적이 거의 없다.

공평성이라는 가치관은 공식적 집단의 구성원 개개인 관계에만 적용되는 것은 아니다. 이는 미국 생활의 많은 영역에 걸쳐 '정정당당한 승부(fair-play)' 정신으로 자주 나타난다. 이 정신의 핵심은 쌍방이 지켜야 할 규칙 자체가 아니라,

그 규칙 내에 상대방의 약함을 명시함으로써 다른 한 쪽이 상대적으로 강세임을 나타내 주는 것이다.

그러므로 약한 상대방을 이기게 되면 정정당당한 것이 되질 못한다.24)

'fair-play'라는 영어의 개념은 미국에서 다소 수정되어 인간 관계의 판정 기준, 또는 정당한 행동의 동기를 부여하는 자극제 구실을 한다.

미국인은 정당한 자기 몫을 지키고, 타인에 대한 공평성에도 관심을 가지려 한다. 또한 먼저 싸움걸기를 좋아하지 않는다. 만약 자신의 행동이 타인에 대한 침해가 된다면 그 행동을 먼저 시작하지 못한다. 따라서 "그들이 먼저 싸움을 걸어왔다. 하지만 우린 그걸 끝내주겠다."라고 말할 수 있는 입장이 된다는 것은 미국인에게 아주 중요한 문제가 된다.

다른 사람이 상대적으로 약함을 고려해 주는 가치관의 의의는 이 가치관에 대한 미국인과 다른 문화인들 간의 상호 오해 속에 잘 드

---

24) Margaret Mead, *And Keep Your Powder Dry* (New York: William Morrow, 1965), p. 143.

러난다.

미국인은 다른 문화권에서 약한 적을 힘과 지위로 의도적이고 무자비하게 착취하는 것을 이해하지 못한다. 반면에 다른 문화권에서는 **fair-play**의 관념이 어리석고 위선적으로 보일 수도 있으며 실제로 어떤 언어, 예를 들어 독일어로는 정확한 어감으로 번역되지도 않는다.25)

인기 없는 존재야말로 인생 실패작

미국인은 다른 사람을 완성된 인격체로서보다는 어떤 활동의 참여자 또는 성취 과정의 인간으로서 대한다. 그런 까닭에 미국인은 대체로 어떤 공통된 활동이나 관심의 기반 위에서 인간 관계를 맺으며, 상대를 완성된 전인적 인격체라고는 거의 생각하지 않는다.

또한 타인을 자기에게 반응을 나타내 주는 상대로서 인식하기 때문에 대개의 미국인은 자신의 언행이 남에게 어떠한 영향을 미칠지 예측해 보려고 노력한다.* 그래서 그는 바람직한 상대방의 반응을 마음속에 그려 가며 이에 따라 자신의 행동 방향을 맞추려고 한다.

상대방을 자기에 대한 반응체로 보는 관념은 상호 간의 커뮤니케이션을 강조하거나 상대의 호감을 얻는 것을 중요시하는 데 잘 나타난다. 이러한 성향 때문에 미국인은 해외에서 일할 때 모든 나라의 일반 평민들이 다 자기를 좋아한다고 믿고 싶어 한다.

운이 좋으면 미국인을 편견 없이 또는 우호적으로 대해주는 나라로 가게 되기도 한다. 만약 미국인을 좋아하지 않는 나라로 가서 일해야만 된다고 미국인에게 말해 주었을 때, 그의 반응이 어떠할지 상상하기란 꽤 거북하기조차 하다. 미국인은 상대방이 자기를 좋아

---

25) 같은 책, p. 143.
* 미국인이 상대방의 반응을 중요시함은, 동양인들이 서로의 언행으로 인해 상대방이나 자신의 체면이 손상됨을 염려하는 것과는 다름. 동양인에게는 상대방이 비록 하찮은 자일지라도 하나의 인격체로서 보이겠지만, 미국인은 상대방을 자신의 언행에 대한 반응체로서 인식하는 경우가 많음.

해야 그도 또한 상대방을 존경하기 때문이다.26) 이러한 전제 조건 때문에, '인기 없는' 측면을 반드시 포함하는 어떤 일을 미국인으로 하여금 수행토록 시키기란 매우 어렵다.

영국의 인류학자 제프리 고어러(Geoffrey Gorer)의 말을 빌리면, 우정이나 애정의 표시는

미국인들이 일종의 필수품처럼 탐욕스러울 정도로 원하는 것이다.

어떠한 경우든 타인으로부터 우호의 표시를 느끼지 못하면, 미국인은 자신이 필경 사랑스럽지 못한 존재이며, 따라서 실패한 사람일 것이라는 끊임없는 자기 의심의 고통에 빠진다.27)

호감을 사고 싶어 하는 욕구는 외국인 유학생 상담관에게는 분명 히 짐이 된다. 그는 상대방이 좋아하든지 싫어하든지 그것과는 본질 적으로 무관한 조언 활동을 해야 하는 사람이기에 그렇다.

우정의 표시, 반가운 악수, 습관화된 미소, 정다움의 표시로 등을 툭 쳐주기, 또는 서류나 광고문의 별 의미 없는 어떤 관행적인 표현 따위도 일상 생활의 미국식 행동 방식이 되었다. 상대방이 의도적으 로 우정을 표시하지 않거나 인기를 인정해 주지 않으면 미국인은 당 황해 할 것이다. 자기 확신을 위한 한 가지 필수 요건을 거부당한 셈이기 때문이다.

사회적 성공도 미국인이 자신의 성취를 가늠하고 확신하는 데 필 요한 요소다. 그런데 미국인은 자신의 성공을 인기의 정도—즉, 거 의 글자 그대로 해석하여 자신을 좋아하는 사람들의 숫자에 의해 판 단하려는 경향마저 있다.

---

26) Paul M. A. Linebarger, "Problems in the Utilization of Troops in Foreign Areas," *Human Factors in Military Operations*, Richard H. Williams (편) (Maryland: The Johns Hopkins University, Chevy Chase, 1954), pp. 384-385.

27) Geoffrey Gorer, *The American People: A Study in National Character* (New York: W. W. Norton, 1948), p. 133.

그런데 여기서 주목해야 할 점은, 호감을 받는다고 하여 그 대가로 반드시 남을 좋아해야만 하는 것은 아니라는 사실이다. 호감을 사거나 사랑받는다는 것은 단지 사랑받을 가치가 있는 사람이란 뜻이다.28) 인기와 우정은 어디까지나 사회적 성공을 위한 문제이지, 따뜻하고 개인적인 인간 관계를 맺기 위한 조건이라고는 생각하지 않는다.

사회 구조*의 제1 특징: 역할 전문화

미국 사회에 있어서의 인간 관계를 고찰하면서 지금까지는 개인에 대하여 시각을 맞추어 왔다. 이러한 시각은 사회적 역할이라는 관점에서 개인을 되돌아보기 위해 역방향으로 전환시켜 볼 수도 있겠다.

사회적 역할이라는 것은 세계의 모든 문화권에서 각 개인을 각자의 기능을 가진 구성원으로서 사회 속에 통합시키려고 규정해 놓은 것이다. 개인은 자신의 개인적·사회적 특성과 그가 종사하는 특정 활동 분야의 조건에 따라 규정된 기능과 역할을 받아들이고 행하게 된다.

중류층 미국인이 집을 떠나 직장에 나가면, 그는 가족의 일원으로서의 역할을 떠나 개인적인 문제와 직장의 일을 분명히 구분해야 하는 세계로 들어간다. 그가 하는 일은 곧 직업상의 역할 속으로 분리되어 들어간다.

미국 문화에서는 전문적 역할이 발달되며, 이는 특정 기능과 문제들을 취급하는 전문가들이 도맡게 된다. 미국식 사회 조직의 기본 특징은 정책 결정직과 참모직의 분리다. 이렇게 분리된 조직 구조 속에서 역할의 전문화가 거의 억제됨이 없이 발전되고 진행되어 나아간다. 누구나 다 상상할 수 있듯이 전문 분야의 기술과 복잡한 기계 설비를 다루어야 할 경우에-특히 산업계와 군대에서 이러한 현

---

28) 같은 책, p. 107.

　* 사회 구조: 역할이나 지위의 구조로 파악되는 사회나 집단의 조직. 또는 사회에서 지속되는 지위 관계의 전체를 일관하는 유형(類型)을 형식적으로 추상화한 원리. (역자 주)

상이 나타난다.

　그런데 역할 전문화와 유사한 현상이 개인 간의 관계에서도 나타나는 경향이 있다. 그것은 미국인이 인간성의 됨됨이와 개인의 능력을 여러 모로 단편화하여 파악하고 대하는 그들의 태도 때문에 타인을 완성된 인격체로서보다는 성취 과정의 인간으로서 인식하는 까닭이다.

　미국 문화에서 사회적·직업적 역할 및 기능들을 분화시키는 관행은 다른 문화권과 대조적이다. 가령, 미국인들이 계획 수립과 계획 집행을 굳이 분리하는 것을 잘 이해하지 못하는 외국 사람들이 많다.

　역할 전문화라는 것 자체도 또한 문제가 된다. 해외에서 근무하는 많은 미국인들은 그들과 대등한 지위에 있는 현지민들이 권한을 아랫사람들에게 위임하지 않음을 보고 불평한다. 이는 역할이 전문화되지 않았다고 해석해서다. 모든 기능은 지도자 한 사람에게만 부여되는 경우가 많은데, 이러한 리더십 유형은 완성된 인격을 갖춘 전인(全人: whole person) 개념과 합치되는 것이다.

　정책 결정직과 참모직을 분리하는 전형적인 미국식 조직을 중남미와 비교해 보자. 중남미에서는 조직 속의 각 개인이 권력의 중심이 되곤 하는데, 이는 귀속적 지향 특성과 부합되는 것이다. 이럴 때 조직 내의 권한 계통에 대한 미국식 관념*은 모호해지고, 이해 관계의 상충 현상이 나타나며 권위와 권력은 흩어져 버린다. 이렇게 되면 업무의 효율성이 희생된다는 것은 말할 필요도 없다.

　이런 형태의 사회 조직이 중남미 문화의 통념과 가치관에 부합되는 것이므로, 중남미에 이식된 북미 스타일의 사회 조직은 효과적이지 못할 수가 있다. 따라서 해외에 근무하는 각종 미국인 고문이나

　＊ 오늘날 미국인의 조직구조는 고전적인 피라미드형 구조로부터 다이아몬드형으로 변한 경우가 많음. 특히 군대에서 지휘관을 위해 '실질적인' 결정을 내려주는 전문·기술직 요원의 필요성 증대로 인해 참모와 준지휘관격 직책의 소요가 팽창하여 다이아몬드형 계급 구조를 형성하게 된 것은 좋은 예임. (Morris Janowitz의 *Sociology and the Military Establishment* 참조)

조언자는 그 지역의 가치관에 기꺼이 적응해야 할 뿐만 아니라, 권한 계통이 중복되는 조직 형태, 또는 정책 결정직과 참모직이 점진적으로 병합되는 조직 형태를 실험해 보는 것이 좋을는지도 모른다.

일반적으로 미국 문화에서 역할의 전문화는 일본만큼, 또는 이보다는 조금 덜하지만 독일만큼 극단적이지는 않다.

그러나 앓고 있는 병자의 역할 같은 것은 미국 문화에서는 너무나 특수화되어서 사회에서 아무런 구실도 맡지 못한다. 만약 그가 기운을 차리고 일을 하면 신병에도 불구하고 일을 한다고 하여 칭찬을 받을 것이다. 그가 집 안에 틀어박혀 있으면 친구나 가족들이 병문안을 오겠지만, 그의 사생활적인 면을 침범하려 하지는 않는다.

만약 입원을 하게 되면 병자는 하나의 증세로서 취급되며 기껏해야 환자 대접 정도나 받게 된다. 그의 생활은 병원의 규칙과 일과에 따라 규제를 받고 보통 사람의 생활로부터는 격리되어 버린다. 질병은 하나의 신체적 상태로서 정의될 뿐이며, 병자의 사회적 역할은 박탈되어 버리는 것이다.

미국 문화에서 병자의 역할이 어떠한지 간략히 살펴보았다. 그런데 병자도 어엿이 사회적 존재로 인정받고 중요한 관심 대상이 되는 수도 있음을 알아야 한다.

어떤 문화에서는 병자에게도 사회적 역할이 주어진다. 그리하여 누가 병이 나면 그는 가족과 친지들을 함께 불러들일 수 있는 촉매자가 된다. 이때 병자의 건강에 유해한 행사가 치러지기도 하며, 적절한 행사가 있기도 전에 병자가 회복해 버리면 실망하기도 한다.

질병은 사회·윤리적 또는 마술적 의미를 지녔다고 인식되기도 하며, 심지어는 조상이나 친척이 쌓은 악에 대한 속죄라고 믿기도 한다. 또 어떤 문화에서는 병이란 악심을 품은 이웃 사람의 고의적 계획에 따른 것이라고 믿는다. 이는 병의 근원을 사회적 측면에서 인식하는 예이다.

이와 비슷한 질병 관념이 미국 사회에도 존재하지만 그것은 억압된 의식 속에 존재할 뿐 마술적인 의미는 없으며, 감정과 의지로부터 영향 받는 정신·신체 상관적 병이라고 불린다.

이렇듯 미국 문화는 병자에게 사회적 의미가 있는 역할을 부여하지 않는다.

미국 문화에서 각 개인은 저마다 어느 정도씩 병을 통제한다고 볼 수 있다. 미국인들이 쓰는 통제 방식은 주로 운동·음식 조절(dieting)·신체 검사 등을 통해 병의 발생을 미리 막는 것이다. 이와 비슷한 개인별 예방 요법이 다른 문화에도 있기는 한데, 그러한 예방적 통제는 각각의 문화에 특유한 방식으로 해석될 수 있다.

남미 콜롬비아의 아리타마(가명) 지방에 사는 원주민과 백인 간의 혼혈족은, 병이란 단지 그것을 야기시킨 악을 극복하려는 병자의 의지에 관련된 문제라고 생각한다. 그들은 아내나 자식 또는 친척이나 친구일 수도 있는 '가까운 사람'의 증오심을 불러내는 마술이 병의 진짜 원인이라고 믿는다. 그들은 사람들의 악심을 병 자체보다 더 두려워한다.[29]

아리타마 지방의 '사악한' 사회 분위기 속에서 건강한 사람은

위험한 존재로 여겨지며, 그에 따라 반사회적 분자가 된다. 자신이 건강하다고 공공연하게 떠벌리는 것은 사회 질서에 도전하는 행위다. 좀더 일반적으로 용인될 수 있는 처신은 사소한 부스럼이나 기침 또는 재채기 따위도 그 심각성을 과장해서 엄살을 떠는 것이다.

'고통'(조난·투병·인내……)을 실천하듯 나타내며 살아가는 것은 아마 기독교적 미덕은 아니리라. 그러나 아리타마에서는 그렇게 하는 것이 자신은 선량한 사람으로서 사회에 해가 되지 않음을 나타내는 가장 좋은

29) Gerardo Reichel-Dolmatoff와 Alicia Reichel-Dolmatoff, *The People of Aritama: The Cultural Personality of a Colombian Mestizo Village* (Chicago: The University of Chicago Press, 1961), pp. 209-311.

방법이다.30)

만약 건강한 사람이 위험한 존재라면 아픈 사람은 반대로 특권적
인 역할을 맡아야만 할 것이다. 바로 이것이 아리타마의 관습이다.

병자는 특권을 누리는 입장에 있다. 그는 의무도 면제되고, 옛날의 적과
화해할 수도 있으며 호의를 받아들이되 반드시 보답하지 않아도 된다.
병자는 결코 불순하거나 악한 자가 아니며, 오히려 거의 '신성'할 정도
라고 여겨진다. 그 까닭은 세계를 지배하는 힘이 병자의 몸속에 작용하
고 있기 때문이다. 이 힘이 그 권능을 나타내 보이기 위한 수단으로 병
자를 희생물로 삼은 것이다.31)

아리타마에서 병자는 이러한 역할을 통하여 자신이 무해한 존재임
을 보여주고 사회적 권위를 획득한다. 그의 병은 그의 인생 행로의
중요한 부분을 차지하며, 병자로서의 그의 역할은 아리타마인의 사
회 생활 속에 기능적으로 통합된다.
이처럼 병자에게 사회적 역할을 부여하는 아리타마의 특이한 질병
관념은 병자를 고립시키고 그로부터 사회적 역할과 기능을 빼앗아버
리는 미국 문화와는 재미있는 대조가 된다.

---

30) 같은 책, p. 313.
31) 같은 책, p. 312.

제3장 세계관

사람은 환경의 산물이자 환경의 개선자

인간은 그에게 주어진 인간성으로 인해 다른 어떤 생물에서도 찾아볼 수 없는 고유한 가치를 부여받았다. 이러한 미국인의 인간관에 따르면, 인간은 정신을 소유하므로 특수한 존재이며, 자연과 그 밖의 모든 생명체들로부터 분명하게 구별된다. 자연과 물질 세계도 살아 있다고는 보지만 그런 것들은 물리적이고 기계적이라고 생각한다.

반면에 다른 많은 문화권에서는 인간을 단지 하나의 생명체로서, 그리고 다른 생명체와는 정도에 있어서만 차이가 나는 존재로서 생각한다. 자연은 살아있으며 영령을 지니고 있다. 동물 또는 무생물까지도 그들 자체의 정수를 지니고 있다고 본다. 비서양 문화권의 어떤 지역에서는 인간을 식물이나 바위·강·산·골짜기 같은 것들과도 구분하지 않는다.

인도의 힌두교도와 불교도들은 생명 자체가 무한히 윤회한다고 믿으며, 그 윤회 과정 속에서 하나의 영혼이 무한대하고 다양한 형태를 나타낸다고 믿는다. 윤회의 한 주기 동안 영혼은 인간의 형태 속에 존재할 수도 있고, 또 다른 주기 과정 속에서는 또 하나의 다른 형태-동물이나 곤충 따위-로 나타날 수도 있다고 믿는다.[1]

인도에 관한 불가지론적인 몇 마디로 세계와 인간에 관한 광대하

---

1) Conrad M. Arensberg와 Arthur H. Niehoff, *Introducing Social Change* (Chicago: Aldine Publishing Company, 1964), pp. 127-128.

고 복잡한 인도 사상의 구조를 다 설명할 수는 없다. 3000년도 더 되는 역사를 통해 인도인들은 그들의 숭고한 전통 속에 종교와 철학을 한데 묶어 놓았다. 그리하여 무한한 것과 미지 세계에 대한 강렬한 희구와 우주를 지배하는 절대·보편적 존재(Universal Being)에 대한 심오한 경외심을 보여주는 사고 체계를 만들어 내었다.

종교는 인도인의 일상 생활에서 극히 세세한 면까지도 규제하는데,2) 한 가지 잘 알려진 예로써, 힌두교도는 소가 신성하다는 이유로 식용으로 사육하지 않는다. 식물 재배에 있어서도 역시 종교적인 문제를 야기시킨다. 하지만 이러한 문제들은 인간을 동물과 자연으로부터 구분하는 미국인들에게는 생기지 않으리라.

미국에서 종교는 인간이 천성적으로 악하다는 교리에 집착하고 있지만, 대부분의 미국인은 이러한 관념에 별로 신경 쓰지는 않는 것 같다. 오히려 인간은 선과 악의 양면을 모두 갖고 있다고 보거나 아니면 인간이 환경과 경험의 산물이란 사조가 더 강한 듯하다.

또한 무엇보다 중요한 것은, 인간은 자신을 변화시킬 능력이 있음을 강조한다는 것이다. "일반적으로 현대 미국의 종교는 인간에 관해 괄목할 정도의 완전론과 낙관주의를 지향하는 경향이 있다."3) 이러한 낙관론적인 신념은 인간이 자신을 변화시킬 수 있고, 더 낫게 변화시킬 수 있다고 확신하는 데에 잘 나타난다.

그리고 인간의 완전성은 합리적 수단을 통해 이룩된다고 생각한다. 한 사람 한 사람을 개선시킬 수 있는 교육의 힘을 미국인들만큼 신뢰한 국민은 역사상 아마 없었으리라.

인간은 날 때부터 악하다는 교리보다는 완전한 인간과 진보의 가

---

2) Hajime Nakamura, *Ways of Thinking of Eastern Peoples: India-China-Tibet-Japan* (Honolulu: East-West Center Press. 1964), p. 157.
3) Robin M, Williams, Jr., *American Society: A Sociological Interpretation* (New York: Alfred A. Knopf, 1961), p. 338.

능성에 대한 신념이 더욱 미국적인 특성인 것 같다. 곧 인간성에 관한 교리보다는 인간이 자신의 환경을 변화시키고 그것에 영향을 받을 수 있다는 신념이 더 호소력과 설득력이 있다. 인간은 스스로 변화할 수 있고 자신을 개선할 수도 있으며, 또한 그렇게 하는 것이 그의 책임이라고 보는 것이다.

자연은 부른다 인간의 지배를

미국 역사의 주 무대는 사회나 문명이나 다른 민족과의 관계가 아니라 자연이었다.4) 신대륙이 개척되면서 풍부한 자원이 발견되었고, 이는 기술 발달을 촉진시켰으며, 물질면에서 풍요한 사회를 만들었다.

그러나 미국의 경제·사회 발전은 분명히 그 땅에 정착한 사람들의 가치관과 통념에 기초한 것이었다. 인간과 자연을 구분하는 미국 문화의 2원론적 분류 방식은 자연을 마음껏 개발하고 이용하려는 태도를 형성시킨 중요한 요소가 되었으며, 미국을 풍요한 사회로 만드는 데 기여해 왔다.

자연과 물질 세계는 인간을 위해 지배되어야 한다는 것이 미국인의 통념이다.5) 물질을 지배하고자 하는 미국인의 추진력은 때로는 무모하게 보일 정도로 무서운 것으로서, 아마 다른 어떤 사회의 지배적 통념도 비교 상대가 되지 못할 것이다. 이러한 미국인의 통념은 공학자들이 과학 기술을 기반으로 이 세계를 개발하려는 태도에 가장 잘 나타나며, '인간·사회 공학'이라고 부르는 사회과학 분야에도 적용된다.

이렇듯 적절히 지배된 자연 환경 속에서 미국인들이 번영해 온 것은 그들의 자연관 때문이었다. 곧 물질 세계를 지배하는 자연의 법

---

4) Daniel J. Boorstin, *America and the Image of Europe: Reflections on American Thought* (Cleveland: The World Publishing Company, 1960), p. 175.

5) Florence R. Kluckhohn과 Fred L. Strodtbeck, *Variations in Value Orientations* (New York: Row, Peterson, 1961).

칙들은 물질적 복지를 위해 이용되도록 인간에게 맡겨졌다는 관점이 미국인들의 자연관이다.

물론 이와는 다른 자연관도 미국 사회에 존재하며, 다른 문화권에서는 이 같은 자연관과 반대되는 통념이 지배적인 경우가 더 많다. 극동아시아 지역에서는 일반적으로 모든 형태의 생명체와 무생물 간의 일체성을 강조한다. 인간은 자연과 물질 세계 속에 융화되어 있는 것이지, 대립하고 있는 것이 아니라고 생각한다.

융화의 관념은 일본식 건축에 아름답게 잘 표현된다. 일반 건축물이나 사원·정원 같은 인공 구조물은 그 모양과 선이 자연 환경과 혼연일체를 이루어 사람의 눈을 끈다. 이를 보며 걷는 사람은 한 장소에서 다른 장소로 자연스럽게 옮아가게 된다. 마치 주위를 위압하듯 지어진 미국식 건축물을 들락날락 할 때의 불연속적인 분위기를 여기서는 느낄 수가 없다.

융화 관념이 지배적인 문화권 사람들은 인간과 자연의 관계를 미묘하게 표현한다. 일본의 철학자 니시다(西田幾多郎)는 역사적 현실의 세계를 주체와 환경으로 구성되었다고 보았다.6) (주체란 서양식 개념의 '인간'이고, 환경은 세계와 비슷한 것이다.) 환경은 주체를 형성시키고, 또한 주체는 환경을 형성시킨다는 말이다. 이처럼 니시다는 역사적 현실 세계를 환경과 주체의 변증법적 과정에 따른 결과라고 생각한 듯하다.

니시다는 서양 문화가 대체로 환경으로부터 주체로 움직여가고 있다고 묘사하였다. 이러한 형태의 움직임은 환경 속에 중력의 중심이 오게 하되, 이 중심을 주관적인 것으로 만든다. 이를 서양식으로 표현하면 자연과 물질 세계가 문화·역사적 관심의 초점이 된다는 뜻이다.

---

6) Ryusaku Tsunoda외, *Sources of Japanese Tradition* (New York: Colombia University Press, 1958), p. 868.

이와 대조적으로 동양 문화는 "아마도 주체로부터 환경으로 움직여 가는 것 같다."7) 주체 자체는 부정되어 환경 또는 (서양식으로 말해서) 자연 세계의 일부가 된다. 일본 문화는 동양 문화의 한 경향을 나타내며, 그 정신적 본질은 사물과 사건 속에 하나가 됨, 즉 주체와 세계를 일체가 되게 하는 것이다.8)

구미인의 사고 방식은 세계와 과학 기술 발달에 대해 객관성을 부여한다. 이와 대조적인 사고 방식이 극동아시아 지역의 예술과 종교에 나타난다.

그러나 일본을 예로 들면, 동양의 주관주의란 서양에 알려진 것처럼 그렇게 과학 기술 발달을 저해하는 것은 아니다. 니시다는 일본의 경제·과학 기술 발전의 원동력이 된 또 다른 특성을 일본인들 자신으로부터 식별해 내었다. 그것은 인간에 대한 친화력과 외국 문화에 대한 수용성이다.

인간과 외국 문화에 대한 이와 같은 개방성 속에서 '일본의 정신'은 (인도인과는 달리) 보편적 원리로부터 개개의 구체적 사건으로 움직여 나아간다. 니시다에 따르면, 그 정신의 구체성은 개인의 정서에 영향을 미치고, 그를 '형성되어지는 존재로부터 스스로 형성하는 존재'로 전환시켜 준다.9)

일본과 서양 문화에 대한 니시다의 분석은 일본의 경이적인 기술·경제 발전을 이해하는 데 필요한 약간의 실마리를 제공해 준다. 인간은 자연 세계와는 구별되므로 자연을 지배해야 한다는 통념이 서양의 기술 발달의 저류에 흐른다는 견해가 자주 인용되어 왔다. 그러나 일본의 예를 보면, 인간과 자연을 더욱 일체시하여 보는 관념이 다른 일본 문화의 특성과 더불어 일본의 발전에 기초가 되었다

---

7) 같은 책, p. 869.
8) 같은 책, p. 869.
9) 같은 책, p. 872.

고 말할 수도 있겠다.

세계의 모든 민족들이 다 자연을 지배해야 된다든지, 아니면 자연
과 융화해야 된다는 통념을 갖고 있지는 않다. 환경에 대해 숙명론
적인 태도를 지니고 환경에 압도되는 사람들도 있다.

콜롬비아의 혼혈족은 자연이란 위험한 것이며 영령들의 존재에 의
해 움직여진다고 믿는다.

해·달·별·바람과 비, 더위와 추위, 빛과 어두움—이 모든 것들은 이
따금 인간의 심신에 해로운 힘을 발휘한다고 그들은 믿는다. 강가의 서
늘한 바람, 바위나 길의 표면에서 반사되는 열도 위험하다고 생각하며,
어떤 나무의 그림자나 숲 속의 습기에 대해서도 마찬가지다.
자연의 도처에 위험이 존재하며, 그것을 이해하려 하거나 극복하려는
행위는 어리석은 짓이라고 생각한다.10)

물리적 환경에 대한 이러한 무력감과 불신감은 비단 자연계에만
국한되지 않고 정치·사회 질서에까지 파급되어 있다.

이상과 같은 자연관이나 세계 곳곳의 빈곤한 문화권의 사람들이
갖고 있는 생각들은, 인간이란 그의 환경에 예속된 존재라고 보는
관념을 예시해 준다.11)

물질적 안락은 인간이 누릴 권리

해외의 저개발국 같은 곳에서 봉사하는 미국인은 물질적인 것을 강
조하는 시각에서 해당 지역 사회를 바라본다. 그리하여 언제나 심신의
쾌적함과 건강을 포함한 넓은 의미의 물질적 복지 수준에 기준하여 그

---

10) Gerardo Reichel-Dolmatoff와 Alicia Reichel-Dolmatoff, *The People of Aritama:*
    The Cultural Personality of a Colombian Mestizo Village (Chicago: The University
    of Chicago Press, 1961), p. 440.
11) Florence R. Kluckhohn과 Fred L. Strodtbeck, 같은 책.

사회를 판단한다. 또한 자신이 하는 일이 자신의 가치관에 부합된다고
보며, 자신의 건강과 현지민들의 복지를 증진시키고자 힘쓴다.

그러나 미국인은 청결한 변소나 왁친 주사 같은 간단한 위생법이
건강에 효과가 있음을 현지민들에게 납득시키기란 그리 쉽지 않다는
사실을 잊고 있다. 미국인은 아마 그러한 위생법을 입증된 효과에
근거해서라기보다는, 자기들 문화의 일부로서 당연하게 받아들이는
듯하다. 건강 유지 수단으로서의 이점을 분명하게 보여 주려면 장기
간에 걸친 고도의 관찰과 지속적인 측정이 필요할 때가 많다.

미국인이 물질적인 것을 중히 여김은 사유 재산의 불가침성에 대
한 신념과도 관련된다. 이러한 가치관이 미국 헌법과 미국적 민주주
의 개념에 그 근원을 두고 있음은 자주 지적되어 온 사실이다.

사유 재산을 침해할 수 없다는 일반의 통념은 다른 나라의 주민들
이나 정부 관료들과 미국인 사이에 자주 마찰을 야기시켰으며, 그
결과 정부의 최고위층에까지 영향을 파급시키기도 하였다.

미국과 중남미 국가의 관계는 사유 재산 문제 때문에 긴장된 적이
많았다. 미국인의 사유 재산권이 위태롭다고 판단되면 미국은 그 지
역에 개입하거나 무력 행사를 위협적으로 시사하곤 하였다. 1964년
의 파나마 폭동은 이러한 이유 때문에 행해진 미국의 조치와 이에
대한 반발의 예다.

신문 보도에 따르면, 사유 재산이 폭도들에 의해 위협을 받기 전
까지는 미군이 발포를 보류하고 있었다. 그리고 미국과 중남미 국가
들 간의 협상은, 미국인의 사유 재산권과 중남미인의 인권이라는 대
립된 문제를 놓고 공전될 때가 많았다.12) 이들 나라들은 미국인이
생각하는 합당한 이유나 공정한 보상 없이, 미국인의 재산이나 심지
어는 자국민의 재산까지도 수용해 버린 적이 있었다.

---

12) F. S. C. Northrop, *The Meeting of East and West, An Inquiry Concerning World Understanding* (New York: Macmillan, 1946), pp. 42-48, 94-98.

　개인 간의 문제에서도 미국인은 사유 재산과 공유 재산을 분명히 구분하지 않는 비서양인들을 대하면 곤란을 겪을 때가 많다. 재산 소유는 여러 가지 요인으로부터 영향을 받겠지만 개인의 사회적 지위와 욕구에 의해서도 좋지 않은 영향을 받는다. 이러한 부정적 영향 탓으로 사유 및 공유 재산의 간단한 경계가 흐려지기도 한다.

　미국인은 물질적으로 풍요해지고 신체적으로 편안해지는 것을 하나의 권리처럼 생각한다. 그들은 신속하고 편리한 교통 수단을 원한다. 그것도 자신이 직접 관리하고 통제할 수 있기를 바란다.

　또한 다양하고 깨끗하고 영양가 있는 음식과 안락한 주택이 필요하다. 여기에는 노동력을 덜어주는 수많은 설비와 기구들이 갖추어져 있어야 한다. 중앙공급식 난방과 온수는 말할 필요도 없다. 정부는 식료품과 약제품의 기준치 도달 여부를 확인해야 하며, 공공복지 활동에 종사하는 모든 사람과 기관이 적절한 공중 보건 조례를 지키도록 감독해야 한다.

　신체의 안락과 건강을 중시하는 미국인은 청결 관념도 매우 강하다. 청결은 '신성함'이란 의미까지는 내포하지 않더라도, 건강 그 자체와 똑같게 여겨질 정도다.

　그런데 미국인은 안락과 풍요에 관한 이러한 가치관들을 외국인에게도 기대하는 경향이 있다. 그들은 기회만 주어진다면 누구든지 미국인처럼 될 수 있으리라고 생각한다. 그렇기 때문에 빈곤의 와중에 우뚝 솟은 중남미의 화려한 교회당이나, 고통을 받는 자들 가운데서 명상에 잠겨 있는 불교도를 볼 때, 그리고 세계의 여러 지역에서 심미적이고 정신적인 인생관을 지닌 사람들이 물질의 가치를 거부할 때, 미국인은 당혹감을 느끼게 되는 것이다.

　물질적 안락과 관련하여 미국인들은 일상 생활의 능률과 편의를 위해 기계적 설비를 고안하고 사용하는 데도 천부적 소질이 있는 것 같다. 그들은 기계를 믿고 좋아하는 이러한 습성을 해외에까지 지니

고 나간다. 예컨대 저개발국으로 파견된 고문관이나 기술자들은 그
들의 임무가 으레 기계류를 필요로 한다고 여긴다.

그리하여 미국에서 생산된 기계제품들이 대량으로 반출되어 현지
민들의 손에 쥐어진다. 그러나 현지민들은 그 기계들을 다룰 수 있는
기술이나 교육적 배경이 없을 수도 있으며, 그 나라에서는 기계 부품
을 구하지 못할 경우도 많다. 그렇게 되면 기계는 곧 놀게 마련이다.

기계가 눈앞의 일을 쉽게 해준다고 믿는 것은 틀리지 않지만, 미
국제 기계와 그 조작 및 정비 기술은 모두 미국 과학 기술과 불가분
의 일부를 형성한다는 사실을 잊어서는 안 된다. 기계와 기술은 따
로따로 수출될 성질의 것이 아니다. 기계류를 잘 사용하려면 사회·
문화적 가치관을 이해하고, 정비·수리·조작 업무의 역할 분담을
위해 광범위한 사회 조직 기반이 필요함도 알아야 한다.

진보는 가치관이라기보다 숭배의 대상

물질적 재산과 행복에 관련된 '진보'라는 가치관은 미국인들이 자
신과 남을 평가할 때 자주 사용하는 개념으로서, 미국에서는 거의
숭배의 대상이다시피 하다. 진보란 가치관은 구미 이외의 나라에서
는 별로 알려져 있지도 않을 뿐만 아니라 배척되기도 한다는 사실을
알고 놀라는 미국인이 많다.

'진보'는 여러 가지 신념과 태도가 산만하게 집합되어 이루어졌으
며, 통일된 일정한 가치관이 없이 다양한 형태로 나타나는 개념이다.
마가레트 미드는 가장 포괄적인 의미에서 진보 개념의 기원을 미국
가정의 부모 역할에서 찾아보았다.[13]

세계 여러 지역의 관행과는 대조적으로 미국의 부모들은 자녀를
양육하고 엄격하게 벌을 주는 책임을 진다. (이는 많은 문화권의 부

---

13) Margaret Mead, *And Keep Your Powder Dry* (New York: William Morrow, 1965), pp. 133-136.

모들이 적극 회피하는 것이기도 하다.) 또한,

> 자녀들에게 열심히 가르치는 모든 미덕을 그들 부모 자신이 몸소 구현
> 하고 있는 듯이 행동한다.14)

사춘기 무렵이 되면 자녀들은 대개 그들의 부모가 겉으로 보이듯이 문화적 규범에 부합되는 미덕의 본보기는 아님을 깨닫는다. 또한 부모로부터 종종 교정을 받고 벌을 받으며 자라온 자녀는 성장의 부산물 같은 죄의식을 갖게 되며, 우상과도 같았던 부모의 모습이 붕괴됨에 따라 생긴 선과 미덕의 공백을 메우기에는 자신이 불충분한 존재라고 느낀다.

이렇게 하여 빠져들어 간 심리적 위기를 통해, 자녀들은 부모나 자아보다는 더 나은 그 무엇이 있으리라고 기대한다.

> 그리하여 세대와 세대에 걸쳐 젊은이들의 마음속에 진보에 대한 믿음
> 이 끊임없이 싹트게 된다.
> 진보란 우리 자신의 삶의 방식보다는 더 나은 그 무엇이 '있다'는 믿
> 음이다. 이는 이 땅 위에서 인간이 인간과 더불어서 어떻게 살아야 하는
> 가에 대한 해답을 더듬고 찾는 과정이다.
> 이와 같이 부모는 먼저 모범을 보이고, 자녀는 자신보다 나은 그 무엇
> 이 있다는 귀하고 아름다운 믿음을 터득한다. 이러한 일련의 특수한 과
> 정을 반복하면서 진보에 대한 추구가 이루어진다.15)

나아질 수 있는 기회는 누구에게나

'진보'라는 개념은 미국 사회에서 여러 가지 형태로 표현되지만 이는 아마도 환경에 대한 과학 기술의 지배와 가장 빈번히 연관되는

---

14) 같은 책, p. 129.
15) 같은 책, pp. 134-135.

듯하다. 대부분의 미국인은 이 세상의 기본적 문제점들이란 과학 기술상의 문제들이며, 이를 해결함으로써 경제적 복지를 이룰 수 있다고 믿는다. 따라서 경제학은 좋은 것과 바람직한 것을 이루어내는 최종 결재자다.

또한 진보는 신체의 안락과 건강 (또는 의료 시설), 물질적 소유, 그리고 높은 생활 수준을 누리게 되는 것과 동일시될 때가 많다. 그리하여 미국인들은 언제나 편리함을 강조하고 위험과 고통은 회피한다. 출생·질병·신체의 이상·사망같이 힘들고 불유쾌한 인생의 생물학적 현실에 대해서는 편견을 갖고 혐오하며, 이런 것들로부터의 위협은 의학의 진보를 통해 경감될 수 있다고 믿는다.

미국 문화에서 진보 사상은 미래에 대한 보편화된 낙관주의와 밀접하게 연관되어 있다. 대개의 미국인은 다른 사람의 복지와 진보를 방해하지 않으면서 자신의 노력으로 보다 나은 미래를 성취할 수 있다고 믿는다. 이는 누구에게나 기회는 충분히 주어진다는 믿음이며, 성장하는 경제와 풍부한 자원을 가진 나라의 사람들에게나 있을 수 있는 신념이다.

이러한 발전적인 세계관에 대조되는 것이 조지 포스터가 소개한 '유한한 선(善)의 이미지'라는 개념이다. 이는 세계의 많은 농촌 사회*에 널리 퍼져 있는 관념으로 다음과 같이 설명된다.

'유한한 선의 이미지'란 세계의 수많은 농촌 사회인들의 사고와 행동 유형을 결정짓는 개념이다. 농민들은 그들의 총체적 환경 — 사회·경제·자연 세계 — 속에서 인생의 모든 욕구 사항들이 농민에게만은 '유한한 물량으로 존재하며 언제나 부족하다'고 믿는다. 이러한 인생의 욕구에는 토지·부귀·건강·우정·사랑, 남자다움이나 명예, 존경과 지위, 권력과 영향

---

* 여기서 말하는 농촌 사회는 비서양 세계를 뜻하는 것이 아니라, 인구가 조밀하여 경작지를 많이 소유할 수 없는 지역을 일컫는 것임.

력, 안전과 보호 같은 것들이 있다.

이렇듯 소위 '좋은 것들'은 유한하고 제한된 양으로서만 존재할 뿐 아니라, 그 가용한 양을 '농민 자신들의 힘으로는 증가시킬 방법이 없다.'는 것이다. 다시 말해, 인구 과밀 지역에서는 가용한 토지가 제한될 수밖에 없다고 믿듯이, 인생의 기타 모든 욕구 사항들도 누구에게나 다 돌아가기에는 부족하다고 생각한다.

이처럼 '좋은 것'이란 토지처럼 본래 자연 속에 유한하게 존재하므로, 좋은 것은 나누어 가지고, 필요하면 또 다시 나누어 가질 수는 있되, 더 늘릴 수는 없다는 것이 '유한한 선'의 개념이다.16)

'좋은 것'은 그 물량이 유한하므로, 어떤 개인이나 가족의 지위가 개선된다는 것은 지역 사회 전체에 위협이 된다. 그러한 개선은 다른 사람 입장에서 볼 때 손실이 되기 때문이다.

농촌인들의 자연관과 사회관은 통상 자신의 거주 지역과 그 부근에 국한되므로, 그러한 손실은 그 지역의 누구에게인가 돌아가게 되어 있다고 믿는다.17)

그래서 사람들은 물질적인 이득이 생기거나 마을에서의 지위가 상대적으로 개선되면 이를 애써 감추려고 들거나, 개선된 지위를 이용하여 지역 사회에 해를 끼칠 의도가 없음을 다른 사람들의 눈앞에 보여주기도 한다. 그렇게 함으로써 운세의 개선을 중화시키는 것이다.18)

결론적으로 말해 진보란 그리 단순한 개념의 가치관이 아니다. 이는 어떤 사회 속에 깊이 뿌리박은 문화적 특성들이 이루어가는 하나의 과정이다. 적절한 미래 감각이 결여된 사회, 또는 물질의 가치를 가볍게 여기거나 발전지향적이고 희망에 찬 미래관이 없는 사회는

---

16) George M. Foster, "Peasant Society and the Image of Limited Good," *American Anthropologist*, Vol. 67, No. 2 (April 1965), p. 296.
17) 같은 글, pp. 296-297.
18) 같은 글, p. 303.

진보의 이상에 의해 움직여 나아가지 못할 것이다.

인과 관계란 과거·현재·미래의 관계

진보라는 가치관은 다른 통념과 가치관들에 통합되어 있는 것이지 단독으로 존재하는 신념이 아니다. 그 밑바탕에 깔려 있는 가장 기본적이고 체계적인 사상은 시간 개념인데, 이에 따르면 시간은 한 방향으로 일직선으로 곧장 진행한다. 다시 말해, 시간은 과거로부터 시작하여 잠시 현재를 거쳐 미래를 향해 급속히 줄달음친다.

"시간은 빨리 흘러간다 (Time moves fast)"라는 말도 있듯이, 이러한 흐름에 대처하는 것은 매우 중요한 일이라고 미국인은 생각한다. 즉, "시대에 뒤떨어져서는 안 된다"고 믿는 것이다.

이러한 시간 개념은 합리적인 세계관에 적합하다. 이를 이용하면 시간축 위의 여러 시각들을 구별할 수 있고, 그런 시각들의 관계도 파악할 수 있다. 또한 먼저 지나간 시각을 원인이라 부르고 나중에 오는 시각을 결과라 부름으로써 시차 관계를 나타낼 수도 있다.

너무 간단히 묘사한 느낌이 들지만 미국인은 이러한 시간 개념에 입각하여 이 세계를 다소 단순한 관점에서 바라보며, 간명한 인과 관계를 도출하여 세상사와 인간의 행동을 설명하려고 한다.

인과성에 관한 이와 같은 확고한 인식 근거 위에서 자신의 의지 여하에 따라 주어진 환경을 장차 정복할 수 있다고 믿는 미국적 신념이 형성된다.

미국인의 시간 개념과 환경 정복에 대한 신념이 비서양 세계에서도 보편적인 것은 아니다. 인도인은 시간을 주기적(週期的: cyclic)이라고 보는데, 이는 일기 예보나 시장 경기 변동 같은 데 나타나는 다소 특수한 미국식 시간 개념과 비슷하다.19)

---

19) Irwin D. Bross, *Design for Decision* (New York: Macmillan, 1953), p. 38.

중국인도 시간을 주기 개념으로 인식한다. 그러나 서양인이나 인도인의 시간 관념에 나타나는 추상적인 면은 없다.[20] 중국인의 시간 개념은 현재가 과거와 미래로 팽창되어 가는 성격을 띠고 있으며, 인간은 그러한 국면의 중심에 있다고 보는 것 같다.

이러한 시간의 각 '주기' 내지 기간은 추상적 형태로 존재한다기 보다는 일련의 통합된 사건들의 시작과 마지막에 합치되는 명확한 전후 한계를 갖고 있다. 게다가 시간적 관계들은 공간적 관계들과 거의 구별되지 않는다. 어떤 사건(또는 사물)은 그것 앞의 것이나 뒤의 것과 붙어 있을 수도 있고 분리되어 있을 수도 있지만, 반드시 '인과' 관계를 맺지는 않는다.

사실 중국인에게 있어서 시간이란, 미국인이나 기타 서양인의 개념처럼 물리 세계의 예측 수단을 제공해 주는 것이 아니다. 중국인은 좀더 커다란 상황중심형 사고를 한다. 바꾸어 말하면, 어떤 특정한 사건을 설명할 때 그 사건과 동시에 발생하는 다른 요소들을 관련지어 설명하려고 한다. 어떤 사건들은 '자연적으로' 동시에 나란히 진행한다고 보기 때문이다.[21]

이러한 시간 개념을 가진 중국인은 현재의 상황을 변화시키기보다는 현재에 적응하려고 하며, 환경을 정복하기보다는 그것과 일체가 되려고 한다.

삼라만상은 수량화할 수 있다

미국인의 사물관이 나타내는 또 한 가지 기본 양상은 구체성을 강조한다는 점이다. 그러나 구체성을 확립하기 위해 어떤 대상물을 직접 만지거나 보거나 무슨 방법으로든지 몸소 마주쳐야만 한다고는

---

20) Marcel Granet, *La Pensee Chinoise* (Paris: Editions Albin Michel, 1950), pp. 86-113.
21) 같은 책, pp. 86-113.

생각하지 않는다. 본질적으로 중요한 것은 측정 가능함이다.

이 세계는 수량화될 수 있는 용적을 갖고 있다고 미국인은 생각한다. 적어도 부분적으로라도 수량화할 수 없는 성질이나 경험은 없다고 믿는다. 이를테면, 최초의 것 아니면 마지막 것이라든지, 가장 적다든지 가장 많다든지, 아니면 단지 임의로 부여된 수치의 용적이라도 가질 수 있다고 생각한다.

성공과 실패도 통계에 의해 측정될 수 있다. 일이나 능력, 지능, 업적 따위도 마찬가지다. 삼라만상과 인간 경험의 수량화는 이처럼 미국인에게는 체질화되다시피 되어 있다.

이러한 관행에 대해 외국인들이 어떻게 생각할지 미국인으로서는 상상하기 어려울 것이다. 미국인들이 워싱턴 기념탑을 통계 수치로 묘사하는 것을 외국인들의 입장에서 보면 그 탑을 보고 느꼈던 경험적 실감을 무력화하는 것과 다를 바 없다.

미국인들은 날마다 마주치는 엄청난 양의 통계 자료와 수치에 이토록 큰 비중을 두지만 이러한 사실에 그저 놀라지 않을 수 없다고 느끼는 외국인 유학생들도 많다.

그러나 수량화란 마음을 어지럽히는 것일 뿐 아니라, 때에 따라서는 불길하다고 여기는 종족이 있다. 마치 어떤 방식으로든 숫자를 사용했을 경우 그것이 어떤 현상을 재현하고, 그리고는 그 현상의 사실성을 파괴해 버리기라도 한다는 듯이 생각하는 것이다.

라이베리아의 크펠레족이 이러한 생각에 따라 행동하는 한 예다. 그들은 병아리나 그 밖의 가축을 큰소리로 세는 일을 삼간다. 가축에 해가 닥치는 것을 피하기 위해서다.

이와 똑같은 관습이 다른 비서양 사회에도 널리 존재해 왔다. 구약 성서에도 "누군가 죽는 사람이 없도록 사람 숫자를 큰소리로 못세게 하는 곳"에 대한 이야기가 나온다.22)

한 가족이 평균 2.5인으로 구성되어 있다는 등의 통계 과학적 표현은 인간의 존엄성을 깎아내리는 행위라고 생각하는 사람들도 있다.

　이와 비슷한 반응이 연인원(延人員)* 개념에 대해서 나타나기도 한다. 이는 한 사람에서 수명까지 포함할 수도 있으며, 몇 분의 1년에서 수년에 이르기까지 연장되기도 한다. 미국인은 연인원 같은 개념을 실용성 있고 능률적이라고 생각하므로, 각종 조직체에서 이 개념을 여러 가지 사업 계획의 기초로 사용한다.

　이처럼 미국인은 숫자와 도표에서 양적인 구체성을 찾으려고 한다. 그러나 오직 어떤 질적인 느낌, 즉 인상(印象)만이 구체성을 갖는다고 믿는 사람들은 연인원과 같은 측정 개념이 권장할 만한 것은 아니라고 생각한다.

---

22) John Gay와 Michael Cole, *The New Mathematics in an Old Culture* (New York: Holt, Reinhardt and Winston, 1967), p. 41.
 * 어떤 일에 종사한 인원을 계산함에 있어서, 그 일을 하루에 완성한 것으로 가정하고 일수(日數)를 인수(人數)로 환산한 총인원수. 예를 들어, 열 사람이 3일 걸린 일의 연인원은 30인 — 바꾸어 말하면, 한 사람이 30일 걸려 일을 마친 셈임. (역자 주)

제4장 자아 인식

자아는 주체적 사물 판단의 출발점

각 개인의 고유한 자아 개념은 미국인의 의식 속에 뿌리깊이 박힌 문화적 통념이므로 미국인은 통상 이에 대한 의문을 제기하지 않고 지낸다. 미국인은 각 개인이 갖는 독립된 정체성(正體性: identity)은 반드시 인정되고 마땅히 강조되어야 한다고 믿는다. 정체성에 관한 이 같은 통념은 묵시적인 것으로서 평상시에는 의식하지 못하고 지낸다. 그리하여 그 속성을 포착하기가 좀 어렵다.

미국인에게 있어서 자아와 제일 깊이 관련된 단어는 'me(나를, 나에게)'와 'my(나의)'이다.1) 이는 누구도 침해해서는 안 되는 개인 영역이라는 개념을 표시하는 것으로서, 인간을 자신과 타인으로 양분하는 미국 문화적 2분법을 반영하는 것이기도 하다.

미국인은 이러한 자아 개념을 갖고 있기 때문에, 자신과 타인의 차이와 어떤 두 타인 간의 차이는 그 종류 및 정도에 있어서 다를 바 없다고 보는 관념을 이해하지 못한다. 예컨대 대부분의 인도인은 자신의 자아와 타인의 자아를 구분하지 않는다. 다시 말해 "타인의 자아는 자신의 자아에 대립되는 독립된 행동의 주체라고 생각하지 않는다."2)

"나는 누구인가?"라는 질문에 대해 미국인은 자신을 남성 아니면

---

1) James Deese, *The Structure of Associations in Language and Thought* (Baltimore: The Johns Hopkins Press, 1965), p. 205.

2) Hajime Nakamura, *Ways of Thinking of Eastern Peoples: India-China-Tibet-Japan*, (Honolulu: East-West Center Press, 1964), p. 930.

여성으로서의 한 인간으로 생각한다는 것이 명백히 나타난다. 좀더 구체적으로 자기 식별을 할 경우에도, 사회적 역할 (남편·아내…), 자신이 속한 세대, 또는 개인의 업적이란 관점에서 자신을 규정한다.

이러한 넓은 의미의 자아 규정은 미국인으로 하여금 자신의 행동에 대해 상당한 선택의 자유를 누리게 해주며, 이것은 다른 문화권의 보다 좁은 자아 규정과는 퍽 대조적이다.

자아의 개념에 범문화적으로 동등한 의미를 부여하려면 자아를 좀 더 추상적인 차원에서 정의할 필요가 있다.

'자아'라는 개념에는, 자기 존재에 대한 시간적 연속감과 성찰력을 제공해 주는 사고 방식, 통념 및 가치관들이 모두 한꺼번에 내포되어 있다. 그러므로 각 개인은 일상 생활에서 한 사건으로부터 다른 사건으로 옮아감에 따라, 각각의 사건에 참여하고 그것을 반추해 보는 '나'라는 동일한 존재를 끊임없이 느끼게 된다. 자아 개념은 바로 이러한 연속감을 의식하면서 '나'를 느끼고 있는 그것이 무엇인가라는 의문에 대답해 주는 것이다.

세계의 많은 문화권에서는 미국인처럼 넓은 의미에서 자아의 존재를 인식하고 규정하면서도, 한편으로는 출생 신분과 과거의 내력에 의하여 속박된 존재로서 자아를 인식하기도 한다.

그리하여 개인의 정체성을 규정함에 있어서 신분이나 내력 같은 협의적인 요소들이 미국인이 사용하는 보다 더 광의적인 요소들보다 우선할 수도 있다. 즉, 자아는 직업(교수·군인…)이나 가문(슈미트 가·김씨 집안…)에 의해 극히 협의적으로 규정되기도 하며,3) 살고 있는 장소나 속해 있는 종족(베트남의 산악 부족…)이 자아 규정의 1차적 고려 요소가 되기도 한다.

---

3) Margaret Mead, "The Factor of Culture," *The selection of Personnel for International Services*, Mottram Torre (편) (Geneva: Federation for Health, 1963), p. 5.

자아 규정이 협소하면 할수록 한 개인이 다른 사람과 맺는 접촉 유형도 더욱 엄격하게 규정된다. 이는 외국인들과의 접촉에 있어서도 마찬가지다.4) 그러한 사람의 대인 관계는 고정되어 있고 변하지 않는 듯이 보이며, 자신의 행동 방향을 실리적으로 선택할 수 있는 능력도 제한된 것처럼 보일 것이다.

자아를 개인으로서 인식하지 않는 사람을 대하면 미국인은 의아스럽게 여긴다. 개인이라는 주체 속에 존재하고 있지 않는 자아란 대부분의 미국인들의 관념상 불합리한 개념이다.

그러나 일본인의 자아 관점은 집단 구성원 간의 책임과 의리의 얽힘, 즉 사회적 유대로부터 출발하는 것 같다.5) 이러한 자아 규정 방식의 결과로, 대인 관계에 있어서 서로가 잘 어울리는 것이 보편화된 가치관으로서 나타나게 된다. 정도의 차이는 있지만 이와 비슷한 통념들이 동양의 각지에 널리 퍼져 있다.

개인 자체보다 인간 관계를 중시하는 것은 '위엄' '명성' '존경' 따위 부수 개념들을 포함하는 '체면' 관념으로 집약될 수 있다. 만약 객관성 있고 현실적인 행동 방향으로서 제안된 것이 누군가의 체면을 위해 거부될 때, 미국인이 이러한 체면 관념을 이해하기란 매우 어렵다.

체면 관념이 일반화되어 있는 곳에서는 사람들이 집단 내의 화목과 개인 간의 친선 관계를 유지할 수 있는 방향으로 행동한다고 볼 수 있다. 이 경우 개인이 원하는 어떤 목표를 달성하는 것은 2차적인 문제다. 외국인 유학생을 도와주는 미국인 상담관은 동양 학생을 대할 때 이러한 점에 유의해야 한다. 미국인의 관점에서 학생 개인의 욕구를 충족시켜 줄 수 있는 제안이 그 학생의 관점에서는 자신의 가치 체계와 상충할 수도 있다.

미국인이 좋아하는 주체적 당사자로서의 자아 관념은 해외에서 현

---

4) 같은 글, p. 5.
5) Hajime Nakamura, 같은 책, pp. 409-417.

지민 동료들과 일할 때 특히 중요한 문제가 된다. 미국인은 미국식 자아 관념에 입각하여 문제를 파악하고 행동하기 때문이다. 예를 하나 들어 보자.

어느 볼리비아인이 볼리비아에는 세계에서 가장 진보된 사회복지 제도가 있다고 주장하면서 사회복지 조항들이 명시된 볼리비아 헌법을 증거로 내세웠다. 볼리비아의 국내 사정을 아는 미국인이라면 이러한 주장을 인정하지 않을 것이다. 개인 문제에 초점을 맞추어 볼 때, 볼리비아의 노동자는 헌법이 제시하는 혜택을 구체적으로 받고 있지 못하며, 따라서 볼리비아에는 진보된 사회복지 제도가 없다고 볼 수 있는 까닭에서다.

볼리비아인은 헌법의 추상적 명시 사항을 중시하겠지만, 미국인이 중요하게 여기는 것은 개인이 실제로 어떻게 헌법 조항의 혜택과 관련되는가라는 점이다. 이러한 시각 차이가 해외에서 미국인과 그의 현지민 상대자 간에 빈번히 발생하는 문제점이다.

미국인의 자아 관념과는 다른 더욱 추상적인 자아 관념이 또 있다. 그 예로써 국가 권력 밑에 완전히 매몰되거나 종속되어 있는 자아 개념을 들 수 있다.

오직 국가를 위해 존재하는 개인에게는 의무와 책임만이 요구될 뿐이다. 이러한 자아 개념은 어떤 대의(大義)나 국가에 대한 광신과 맹목적인 헌신을 낳게 했다. 그러한 예를 나치독일이나 기타 민족들에게서 찾아볼 수 있는데, 미국인으로서는 잘 이해할 수 없는 것이다.

미국인들은 국가를 그들 개개인에게 봉사하기 위해 존재하는 집합체로서 인식하며, 개인과 국가의 관계는 권리의 관계라고 본다. 미국인의 관점에서, 국가는 개인에게 그의 자유와 권리를 보장하고 안전과 보호를 제공할 뿐만 아니라, 개인의 생활에 간섭하지 않음으로써 개인의 자율을 존중하는 존재다. 이러한 국가관이 현실과 늘 부합하지는 않지만, 그 때문에 이러한 국가관의 의의가 감소되지는 않는다.

개인주의와 개성 강조는 다르다

사물 판단의 주체이자 기준으로서 미국인이 개인을 중시하는 것은, 미국의 어린이가 아주 어린시절부터 자율적으로 행동하도록 교육받는 것으로부터 시작된다. 어린이의 자기중심적 성향이 문제시되는 적은 거의 없다. 각 어린이나 각 개인은 자기 힘으로 결정하고, 자신의 의견을 나타내며, 스스로 자신의 문제를 해결하고, 자신의 물건을 소유하며, 자아의 관점에서 이 세상을 보는 방법을 배우도록 장려된다. 이는 당연하다고 묵시적으로 인정된다.

미국인은 가족 내의 어른이나 전통, 또는 어떤 조직체의 권위에 굴종하도록 요구받는 일이 거의 없다.

애팔래치아 산악지대의 빈곤층 주민에 대한 조사 연구에 따르면, 그 지방 사람들은 대부분의 미국인들과는 달리 자녀가 부모의 권위에 도전함을 허용치 않았다. 그 지역의 어린이들은 그들이 처해 있던 경제적 상황에 도전하고 그것을 개선할 능력을 발전시키지 못한 채 성장하였고, 그 결과 지역 경제가 미국의 다른 지역에 비해 현저히 뒤떨어졌다,

그런데 속박 받지 않은 선택의 자유와 자율적 행동도 사회적 통제의 진공 상태 속에서는 존재하지 않는다. 다른 모든 사람들이 바라는 듯한 기대 사항—즉, 확연하지는 않지만 회피할 수도 없는 기대 사항을 개인이 선택한다는 사실을 보면, 사회적 통제나 강제가 자용함을 알 수 있다.

플로렌스 클럭혼이 말했듯이, "개인이 다른 모든 사람들과 똑같아질 수 있는 것은 그의 자유다."6) 이처럼 행동 동기의 출발점으로서 개인을 강조하는 것은 개인주의적 가치관에 가장 잘 구현되어 있다.

미국인은 개인을 자유로운 행동의 주체라고 생각하므로, 개인에

---

6) Florence R. Kluckhohn과 Fred L. Strodtbeck, *Variations in Value Orientations* (New York: Row, Peterson, 1961), p. 23.

대한 압력은 대개 비공식적인 성격을 띤다. 만약 개인이 자신이 속한 집단이나 가족 혹은 동료들의 압력에 순응하면, 그는 한 구성원이 될 수 있다. 만약 그에게 기대되는 규범으로부터 이탈하여 행동하면 '발 못 맞추는 자'나 '비동조자'를 참지 못하는 미국인의 성미에 거역하는 셈이 된다. 그렇게 되면 미국 문화에서 그토록 중요시되는 사회적 인정과 존경과 인망의 열매를 따지 못하고 만다.

어떤 관찰자는 미국 생활에서의 성공이란 흔히들 믿는 것과는 달리 그 자체가 목적이 아니라고까지 말한 적이 있다. 성공을 추구하는 이유는

사회로부터의 수용을 바라기 때문이다. 말하자면, 쾌락이나 권력을 위해서가 아니라, 존경과 사랑 나아가서는 자기 존중을 위해서다.7)

미국인들에게서 나타나는 '개인주의'는 개성의 강조와는 전혀 다르다.8) 개인주의적 가치관을 지닌 미국인이 해외에서 살다 보면, 강한 개성과 자기 확신 및 독특한 행동 방식을 보여 주는 사람들이 있음을 알고 놀라는 일이 많다. 이러한 사람들은 어떤 의미에서 보나 개인주의적인 사람들임에 틀림없다. 그러나 그들은 권위(대개 가문의 권위)나 전통이 개인에 대해 상당한 영향력을 행사하는 문화 속에 살고 있다. 분명히 모순된 현상이다.

어떤 문화권에서는 개인이 가족이나 전통의 규범을 따라야 하면서도 개성을 길러 나아갈 상당한 여지가 허용되기도 한다. 물론 가족이나 전통이 부과하는 의무와 책임에 저촉되지 않는 범위 내에서다.

미국의 경우 개인주의는 개인의 의무 사항들을 세밀하게 규정하지는 않지만, 동시에 개성을 내세울 수 있는 자유는 상대적으로 훨씬

---

7) Abraham Kaplan, "American Ethics and Public Policy," *Daedalus*, Vol. 87, No. 29 (Spring 1958), p. 71.
8) Florence R. Kluckhohn과 Fred L. Strodtbeck, 같은 책, pp. 23-24.

'덜' 허용된다고 말할 수 있다. 미국의 개인주의는 개인을 중시함과 동시에 집단 속에서의 우호 관계도 요구한다.

미국인은 아마도 개성을 만끽할 수 있는 독자적인 인간은 결코 아닌 것 같다. 과거 미국 역사의 변경 개척자들조차 완전히 독립된 모습을 보여 주지는 못하였다. 대니얼 부어스틴(Daniel Boorstin)의 말처럼 "미국의 모든 신화 중에서 대륙을 가로질러 서부로 서부로 전진하는 고독한 인간의 신화보다 더 강한 이미지를 지닌 것은 없다. 흔히들 말하듯이 개척 정신은 '개인주의'와 동의어가 되다시피 하였다."9)

그러나 부어스틴은 여러 가지 증거를 통해 이 억센 개인주의자들의 신화에 도전하였다. 미대륙 동부 해안지대를 식민지로 개척한 후 서부를 정복한 사람들이란 이따금씩 비규칙적으로 나타났던 집단들로서, 그들은 쉽게 모이고 또한 쉽게 흩어지기도 하면서 황야를 개간하였다. 부어스틴은 오히려 이들의 집단 의식이 미국의 건국 초부터 미국인의 국민성 형성에 영향을 미쳤다고 주장한다.

최근까지 존속되어 온 미국의 변경 개척 신화는 몇 가지 중요한 가치관들을 내포하고 있다. 그러나 그러한 가치관들은 무분별하게 사용되어 온 까닭에 미국인의 행동을 정확하게 설명해 주는 것은 못된다. 하지만 그 가치관들이 지향하는 문화적 규범은 미국인들의 정서에 상당히 큰 영향을 미치고 있다.

가장 중요한 문화적 규범 중의 하나가 '자립 정신'인데, 이는 그 순수한 형태로서는 현대 미국의 복잡한 과학 기술 문명을 더 이상 설명해 주지 못한다. 일찍이 미국의 사상가 에머슨(Emerson)이 제창한 열렬한 자립 정신은 '자율' '자아 실현' '자기 성장'을 모색하는 정도로 다소 누그러졌다. 이 세 가지 규범 속에도 자아가 강조되고 있지만 독립된 개인을 바라는 강한 열망은 더 이상 찾아볼 수 없다.

---

9) Daniel J. Boorstin, *The Americans: The National Experience* (New York: Random House, 1965), p. 51.

아무튼 이러한 통념과 가치관들을 한데 묶어 '자립 정신'이라고 부르기로 하자. 이는 미국 사회에 지속적으로 존재하는 하나의 문화 규범으로서, 미국인으로 하여금 감정과 의욕을 불러일으키게 해주는 강력한 정서적 진원지라고 말할 수 있다.

자립 정신이 추구되는 것만큼 의타심 또한 배격된다. 미국인은 의타적인 인간이 되는 것보다 더 못한 운명은 거의 상상하지 못할 정도로 자립 정신은 강력한 행동 동기가 되어 왔다.

그러나 미국인들 자신은 해외에서 외국인들의 행동 동기를 자극시킬 때 이러한 자립 정신 관념을 부적절하게 환기시키는 경향이 있다. 사실 미국인의 자립 정신도 오늘날 미국에서 퇴색되어 버렸으며, 미국인은 오히려 어떤 조직체의 구성원으로서 가장 훌륭히 기능을 발휘하는 때가 많다. 그럼에도 저개발국 같은 곳에서 조언자로 일할 때는 너무 성급하게 개척자적 이상에 빠진다. 그리하여 자립 정신에 호의를 표시하지 않는 사람들을 나무라는 일이 많다.

한 문화의 가치관이 지닌 의미는 다른 문화의 맥락 속에서는 제대로 번역될 수도 없고, 자명한 것일 수도 없다. 예를 들어 중남미에서 사용되는 스페인어에서는 자립은 '독립'이라 번역된다. 이는 독자적 행동뿐만 아니라 정치·사회적인 자유를 연상시키는 말이다. 하지만 '독립'이라는 번역어에는 '자립'이라는 말뜻의 원천이자 '자립'을 정의하는 핵심 요소인 자아 개념이 빠져 있다.

가족이나 가까운 집단에 대해 강한 애착심을 갖는 중남미인들에게 이러한 자기본위주의 사고는 성미에 안 맞는 것이다. 중남미인은 미국인과는 반대로 의타심을 나무라지 않는다.

중국인도 남에게 신세지는 것을 바람직하게 생각한다. 그렇게 함으로써 인간 관계를 돈독히 할 수 있기 때문이다. 한 예로 중국의 부모들은 자녀에게 의존하고 이례적일 정도로 효도 받는 것을 자랑스럽게 여긴다. 그렇다면 이러한 사회에서 미국인 조언자가 자립 정신을 강조해서 되겠는가? 분명히 그러한 조언은 의타심을 포용하는 인간 관계를 자립 정신보다 더 중시하는 비서양 세계의 가치관에 역행하는 것이다.

타율적 동기는 자아 핵심에 대한 공격

미국 문화는 다른 문화들과 달리 자아를 귀속적으로 규정하는 데 필요한 출생지·가문·직업·정치 문제 같은 요소에 특별한 의미를 부여하지 않는다. 개인이 존재함은 우연한 일이며, 출생이나 운명에 어떤 의미가 수반된 것은 아니다.

따라서 자아의 의미는 주로 개인의 성취 업적에 의해 결정된다. 개인 그 자신이 자기의 목표를 설정해야 되며, 그것을 어떻게 추구할 것인가에 대해서도 스스로 결심해야 된다. 또한 눈앞에 당면한 과제뿐만 아니라, 장기적 목표를 위해서도 개인이 스스로에게 동기를 부여해야 한다.

미국인은 독특한 자기 정체성을 갖고 있기에 그의 자아 의식은 어떤 집단 의식에 몰입되는 법이 없이 집단으로부터 분리된 개체관념을 유지한다. 그들은 작은 그룹으로부터 국가에 이르기까지 그 어떤 집단도 개인들이 모여서 이룩된 집합체라고 생각하므로, 개인적 의사를 표명할 기회를 얻어 집단의 결정 과정에 참여함으로써 자신의 개체성을 인정받고자 한다. 그것은 그가 자기 자신의 개인적 이익을 위해 집단의 일원으로 존재한다고 생각하기 때문이다.

이렇듯 미국인은 어떤 대의나 대집단에 몰입되거나 철저히 일체가 되는 것을 좋아하지 않는다. 그들에게는 어느 날 갑자기 어떤 전쟁(월남전…)이나 대의(U. N.…)같은 것이 불필요하다고 느낄지도 모르는 위험성마저 늘 도사리고 있다고 지적한 사람도 있다.10)

---

10) Richard H. Williams, *Human Factors in Military Operations* (Maryland: The Johns Hopkins University, Chevy Chase, 1954), p. 123.

자주적 동기 부여의 사상에 으레 수반되는 것은 자아를 하나의 특별한 개인이라고 생각하는 관념이다. 미국인은 어떤 동기가 타인으로부터 비롯되어 자신에게 적용되는 것을 싫어한다. 또 권위로부터 나오는 명령·지령·위협 같은 형태의 동기도 단호히 배격한다. 아마 미국인으로 하여금 군국주의를 싫어하게 만드는 것은 싸움이나 폭력을 배격하는 정신이라기보다는, 바로 이와 같은 타율적 동기에 대한 혐오감인지도 모른다.11)

군대에서 공공연하게 행사되는 권위는 성취보다는 지위와 계급으로부터 나오는 특권과 강제 규율에 기반을 두고 있으므로 일반 미국인의 비위에는 거슬린다. 사실 오늘날의 미국 군대는 그 필수적인 귀속지향성에도 불구하고, 권한과 계급의 특권을 덜 강조함으로써 미국 문화의 특성을 잘 나타내고 있다. 이는 대부분의 다른 나라 군대와는 현저하게 대조되는 점이다.

미국인의 자아 관념과 자주적 동기부여는 미국의 여러 가지 제도와 일반 생활 양식에 있어서 심리적 강박감의 원인이 되기도 한다.

만약 강제가 배격되고 권위도 거부된다면, 미국인들은 어떻게 자신들의 생활과 활동을 관리하고 조정하는 것일까? 그 해결책은 설득을 통한 것이다. 즉, 모범이나 유인책, 또는 실패의 가능성을 넌지시 시사하는 방법 등을 써서 다른 사람들이 희망하는 대로 행동하고자 하는 욕구를 개인의 심중에 불러일으킬 수 있다.

아마 설득에 가장 효과적인 방법은 실패를 우려하게 만드는 것이리라. 이것이야말로 개인의 이해 관계와 이성에 기초한 판단에 호소하는 것이라고 하겠다.

강압은 필요한 경우 권위의 힘이 느껴지지 않도록 비공식적인 방법으로 가해져야만 한다. 또한 가능하다면 억지로 시켜서 하게 된

---

11) Geoffrey Gorer, *The American People: A Study in National Character* (New York: W. W. Norton, 1948), p. 39.

일일지라도 자신의 이익을 위해 자기 스스로가 하기로 결정한 듯한 생각이 들도록 만들어야 한다.

결국 미국인이 싫어하는 것은 순응이나 피할 수 없는 권위가 아니라, 개인의 주체적이고 사적인 핵심이 되는 자아가 공격을 받는 것이라고 말할 수 있겠다.

비록 미국인에게 권위가 사람에게 공공연하게 행사되려고 하면 이를 거부하는 경향이 있지만, 권위가 사물이나 일의 과정에 적용되는 것은 받아들인다. 예컨대 천연 자원이나 상품·용역·돈 따위에 대한 통제와 관리는 당연하거나 바람직하다고 생각한다.12) 이러한 생각과 잘 부합되는 것이 미국인의 성취 동기다.

그러나 목표 성취를 중시하는 나머지 인간을 경시하게 되면 개인에게 어떤 부작용이 일어난다. 즉, 자기는 다른 사람으로 대체될 가능성이 언제나 있으며, 마찬가지로 자기가 아무리 높이 평가하는 동료일지라도 역시 다른 사람으로 대체할 수 있다는 생각을 갖게 된다. 물론 이러한 생각이 미국인들로 하여금 더욱 커다란 업적을 성취해 보이도록 박차를 가하는 요소가 되기도 한다.13)

업적 성취에 따라 사람을 평가하는 미국인은 자신이나 다른 사람의 인간성을 여러 측면에서 단편화하거나 세분화하여 파악한다. 따라서 어떤 사람과 함께 일을 성취할 수 있기 위해서 그의 인간성 전체를 받아들일 필요는 없다. 이를테면 상대방의 정치적 견해·취미·사생활 등에 찬성하지 않으면서도 그와 함께 효율적으로 일할 수가 있다. 자의에 따라 타인들과 협조할 수 있는 미국인의 능력은 이처럼 타인의 인간성을 부분적으로 받아들이는 특징으로부터 나온다.

그러나 귀속형 동기에서 행동하는 사람은 상대방 인격의 전모를 통합하여 평가하는 경향이 있다. 그런 사람은 종교나 신념, 혹은 윤

---

12) 같은 책, pp. 40-41.
13) Jules Henry, *Culture Against Man* (New York: Random House, 1963), p. 29.

리적 신조가 다른 사람들과는 함께 일하지 못하거나 협조하지 못하는 경우가 많다. 상대방의 인간성을 전면적으로 거부하기 때문이다.

인간성을 완전히 받아들이든지 아니면 완전히 배격하는 식으로 사람을 대하는 문화권에서 일을 할 때, 미국인은 자신의 일거수일투족에 세심한 주의를 기울여야 한다. 그가 업무 시간 이외에 하는 행동도 그에 대한 현지민 동료들의 선입관 형성에 영향을 준다.

인간성을 단편화하여 보는 미국인의 습성은 한 가지 중요한 결과를 낳게 된다. 행동·생각·의도가 따로따로 평가된다는 점이다.

법적으로 말해, 어떤 개인이 바람직하지 못한 생각을 품었다고 해서 책임을 물을 수는 없다. 의도 자체가 바람직한 것이었다는 사실만 입증된다면, 이는 바람직하지 못하게 나타난 행동을 용서할 수 있는 근거가 된다.

그러나 어떤 비서양 문화권에서는 의도와 행동의 양면을 명확히 구분하여 인간성의 내면을 파악하지 않는다. 그리하여 '잘못된 생각'을 품고 있었다면, 바람직하지 못한 행동이 실제로 행해지지 않았더라도 비난의 근거가 된다. 만약 행동마저 실제로 나빴다면 그것은 지워버리기가 극히 어렵다. 다시 말해, 행동의 뒤에 깔린 의도가 무엇이었든지 그 행동은 잊혀지지 않는다.

개인의 행동·생각·감정·의도를 종합하여 평가하는 것은 1954년 중국 공산당 내부에 있었던 권력 투쟁이 그 좋은 예다.[14] 중국 중앙당 간부 위원이었던 까오깡(高崗)과 르아오수스(饒漱石) 두 사람은 권력으로부터 축출되어 모든 자격과 권한을 박탈당한 뒤 몇 가지 범죄 혐의로 기소되었다.

까오깡에 대한 기소 내용은 그의 범죄가 "당의 기본 교리를 실질적으로 위배했다"는 것이었다.[15] 그에 대한 고소는 지난간 20년 동

14) Albert Ravenholt, "Feud among the Red Mandarins," *American Universities Field Staff Reports Service, East Asia Series*, Vol. XI, No. 2 (1964), pp. 175-184.

안 그에게 일어났었던 사건들로 입증되었는데, 이 기간은 그가 권력과 영향력을 최대로 발휘했었던 시기였다.

그러나 근본적으로, 까오깡은 그의 행위 중에서 실제로 문제가 될 범죄적 행동에 대해서만 재판을 받은 것이 아니라, 그의 생애의 전 역사를 심판받아야만 했다. 말하자면, 그라는 인간 전체가 심판되었다.

르아오수스도 똑같은 형태의 재판을 받았다. 그는 반항적 행위, 불손한 태도, '사상 영역'에 있어서의 범죄들로 인해 기소되었다. 까오깡처럼 이 재판에서도 행동·의도·사상의 영역 간에 이렇다 할 구분이 거의 이루어지지 않았다.16)

통합·체제화를 거부하는 개별적 사상들

미국인은 실용주의자다. 그들은 일을 성취할 수 있는 방법을 모색하여 행동하므로, 만약 어떤 아이디어가 실용성이 있다싶으면 얼른 받아들인다. 생각이나 가치관 중 어떤 것들이 서로 모순된다 하더라도 별 문제가 안 되며, 어떤 한 가지 가치관에 따라 일관된 생활을 하지 않더라도 문제시되지 않는다.

일관성 있는 개인적 철학이나 체제화된 이념은 미국 문화에서는 특이할 정도로 드물다. 가치관은 으레 상황에 따라 사례별로 적용되며, 가치관들 상호 간의 모순은 무시되거나 합리화된다. 이러한 사회 관념의 발전은 '일반화된 가치관의 상황별 특정화'라고 불리어 왔다.17)

미국에서 맨 처음 신봉되었던 가치관들의 본디 의미는 다양하고 특정한 사회적 상황에 알맞게 해석되어 왔다. 그 결과 그러한 가치관들은 응

---

15) 같은 글, p. 177.

16) 같은 글, pp. 175-184.

17) Robin M. Williams, Jr., "American Society in Transition: Trends and Emerging Developments in Social and Cultural Systems," *Our Changing Rural Society: Perspectives and Trends*, James H. Copp (편) (Ames: Iowa State University Press, 1964), p. 27.

용면에서 수많은 수정과 의미의 제한을 받아왔다. 예컨대 '자유'라는 말도 오늘날에는 강제 예방 접종이나 의무 교육, 평화시의 징병제 등과도 별로 모순되지 않는 개념으로 느껴지게 되었다.18)

미국 사회에서 흑인들이 겪어 온 불평등은 미국 역사와 문화에 특유한 모순이다. 이 모순점과 모든 인간을 평등하게 보는 가치관을 양립시키기 위해 많은 미국인들은 흑인의 인간성을 아예 부정해 버렸다.

정치적 색채와 논리적 색채를 아울러 띠면서 이러한 모순을 궤변으로 합리화한 예도 있다. 즉, 흑인과 백인은 "격리되었지만 평등하다 (separate but equal)"*라는 교리인데, 이는 오랫동안 인종 차별대우의 근거가 되었다.

또한 보다 개인적이고 감정적인 차원에서 많은 백인들은 흑인이란 마치 존재하지도 않는 것인 양 도외시하고 단순히 행동해 오기도 했다.

미국인들이 어떤 체제화된 이념이나 철학을 만들어 내기를 싫어함은 엄격한 의미의 정치적 문제에서도 나타난다.

미국인은 사회보장안(Social Security), 테네시 계곡 개발공사(TVA), 제대자원호법(G.I. Bill), 최저임금법, 그리고 농업·석유 사업·항공사 등에 대한 정부의 지원이 사실상 일련의 '자유기업 제도'의 의미를 띤다는 사실은 무시하거나 부정하려 할 것이다. (대부분의 미국인은 이러한 '제도'를 정치·경제적 철학에 가깝다고 여긴다.)

이와 같은 예나 이와 유사한 의의를 지닌 정책과 법률들은 각각의 경우 하나하나씩 그것 자체를 위한 투쟁의 결과로 얻어진 것이다.

---

18) 같은 글, p. 27.

* 19세기 후반 미국의 흑백 인종 간의 사회·정치적 관계의 양상을 압축한 교리. 이는 당대의 흑인 민권·교육 지도자 Booker T. Washington에 의해서도 손가락과 손의 관계에 비유되었으며, 흑백 관계의 이상과 현실을 모두 인정하려는 논리의 근거였음. (역자 주)

말하자면, TVA는 콜롬비아 강 유역 개발의 선례가 아니며, 사회보장안은 그 후의 연로자 의료보장안을 낳게 한 원인도 아니었다.

이러한 이야기들은 다소 개괄적인 느낌이 드는 것이라서 상당한 단서 조건과 설명이 더 필요하겠지만, 어쨌든 이는 깊이 체질화된 미국 문화의 가치관을 시사하는 바가 있다. 즉, 미국인은 개인의 존재를 도외시하는 사고의 체제화에 저항한다는 것이다. 개인을 위한 정부의 많은 책임 사항 및 보호 사항들이 있지만 이러한 것들이 하나의 이념 체제로 통합되지는 않는다.[19] 미국인은 대체로 개인 기업 정신의 이상을 고수하는데, 이것도 자아의 주체성이 침해받지 않아야 된다는 믿음이다.

한 가지로 일관된 사고 체제를 기피함은 전통 있는 정당 조직의 성격에도 잘 나타난다. 민주·공화 두 주요 정당은 이념적 믿음의 대표자라기보다는 정권 획득을 위한 수단이라고 보는 것이 더 정확하다. 다시 말해,

　　미국 정당의 기능은 사상이나 이념 토론을 이끌어가는 것이 아니라, 권력을 위한 경쟁을 통제하고 조정하는 것이다.[20]

미국인은 사고의 체제화를 싫어하기 때문에 공산주의 체제 같은 응집성 있고 포용성 있는 이데올로기가 비개인주의 사고 유형의 사람들에게 미치는 영향을 소홀히 할 때가 많다.

공산주의 이념은 사회·경제적 갈등 현상을 설명하고, 미래를 제시하며, 사람들로 하여금 어떤 계급 계층에 속한 구성원으로서 행동해야 할 바를 일깨워 준다. 미국인은 이 같은 체제화된 이념을 과소평가하는데, 그것은 한편으로 '아메리카니즘'이라고 불리는 자아 중

19) Ralph B. Perry, *Charateristically American* (New York: Alfred A. Knopf, 1949).
20) James Reston, "Washington: On Tweedledum and Tweedledee," *The New York Times* (November 7, 1965).

심적이고 실용적이며 비이념화된 사고 방식의 매력을 과대평가할 우려도 있다.

새로운 자아: 미국 사회 자체

어떤 측면이든지 미국 문화를 탐구해 보면 자아라는 것이 사물을 통합시키는 주축 개념임을 곧 알 수 있다. 자아는 사고의 관점, 활동의 방향, 동기의 원천, 의사 결정의 주체, 집단에의 참여 한계를 제시해 준다. 비록 미국 문화의 특성에 부응하기 위해 개인의 인간성은 부분 부분 단편화되지만, 개인의 정체성은 자아에 의해 통합된다. 자아는 개인이라는 존재의 연속성을 유지시키면서 문화의 기본 단위를 이루는 것이다.

따라서 일상 생활을 통해 미국인에게 영향을 주는 모든 업무·활동·의사 교환은 자아와 관계되는 의미와 의의를 내포해야만 된다. 다시 말해, 미국인들과의 커뮤니케이션 성패 여부는 간접적으로나마 개인의 이익과 참여감을 환기시킬 수 있는 능력에 달려 있다.

문화 단위로서의 자아 관념은 미국 문화의 갖가지 사회 활동과 사상적 신념의 구심점 역할을 하며 가치관과 통념에 깊은 영향을 미친다.

그런데 미국 문화에 자아와 개인이 두드러지게 부각된다고 해서 개인이 반드시 존중된다는 뜻은 아니다. 이미 살펴보았듯이 미국 문화에서는 개인 간의 인간 관계에 사감정(私感情)이 배제된다. 또한 개성은 발휘하고 싶은 만큼 만끽할 수도 없다. 자아가 문화의 기본 단위라는 말은 자아를 구체적인 참조점으로 하여 사고와 행동이 시작되고 평가됨을 뜻할 뿐이다.

중남미 문화권에서 그토록 소중히 여기는 인간성과 인간의 존엄성은 미국인에게는 단지 하나의 문어(文語)로서 비구체적인 사상일 뿐이다. 미국인들이 자신 있게 일상 생활의 사상으로서 사용하기에는 그러한 관념들은 너무나 추상적이다. 만약 사용된다고 할지라도 그것은 자존이나 인간적 욕구와 목표에 관련되는 개념으로서 쓰일 따름이다.

그리고 이 중 어느 개념으로 쓰이든 좀더 구체적으로 자아를 지칭하는 용어가 사용된다. 문화의 단위인 자아로서의 개인이 분명하게 관련되지 않는 어떤 개념을 미국인이 사용하고자 한다면 그는 양해를 먼저 구할 것이다.

그러나 오늘날에는 이와 같은 근본 자아 관념에 대한 저항감이 일고 있다. 특히 젊은 세대들은 미국인의 자아가 비개성화되고 소외되어 가는 모습을 개탄하고 있다. 따라서 자아 개념은 문화의 변화를 음미해 보는 데 중요한 자료가 될 수 있을 것 같다.

미국 사회처럼 변화가 상습화되다시피 한 문화는 없는 듯하다. 이 점을 말하지 않고서는 미국을 충분히 설명했다고 볼 수 없다.

하지만 이처럼 변화가 미국 생활의 중심 위치를 차지한다는 바로 그 점과 변화를 열렬히 포용하는 태도 자체 때문에 미국 문화에 있어서의 변화라는 것은 포착하기 어려운 주제다. 또한 미국 문화 자체가 문화의 변화를 인식하는 데 적어도 세 가지 장애 요소를 제공하고 있다.

미국 내의 새로운 지역을 방문하는 사람들은 "세상이 얼마만큼 변했는가"에 대한 이야기를 자주 듣게 되며, 방문자 자신도 이에 대해 알아보고 싶어 한다. 현실 세계에 대한 미국인의 지각은 변화를 인식할 수 있느냐에 달려 있다. 즉, 전과 달라진 상황을 비교할 수 없을 때는 미국인은 자신의 환경에 대해 대체로 둔감한 편이다.

변화와 새로움은 미국 생활의 불가결한 특징들이며 매스미디어나 개인이 다같이 언제나 좋아하는 대상이다. 미국 문화에서 갑자기 혁신적으로 변한 어떤 현상을 찾아보기란 매우 어렵다. 각각의 미국적 사건과 현상은 발생하는대로 즉각 어떤 의미와 영향을 요란하게 수반하기 때문이다.

문화적 변화의 인식에 대한 두 번째 장애 요소는 좀더 미묘한 것으로서, 이는 자아 개념과 관련시켜 설명할 수 있다.

미국 문화가 지향하는 모든 방향은 결국 문화의 기본 단위, 즉 개개의 자아로 통한다. 자아는 그 이하로는 더 쪼갤 수 없으며 어디까지나 사적이고, 불확정적이고, 무한한 가능성을 지닌 상태로 존재해야만 한다. 그렇지 않으면 자아 개념은 인간성을 단편화하여 파악하고 개인의 성취를 중요시하는 가치관과 모순이 되어 버린다. 출생 신분과는 무관하게 초연히 존재하고, 어떤 정해진 운명의 속박을 받지 않는 자아를 지님으로써 각 개인은 창조적으로 자아의 의미를 탐구하는 것이다.

미국인의 각 세대는 저마다 자아의 재발견을 위해 노력하며, 그러한 재발견은 그들 스스로에 의한 것이라고 자칭한다. 재발견의 독자성을 더욱 두드러지게 하기 위해서는 새로운 청년 문화를 통해 사회적 주체성을 창출해 낼 필요가 있다. 자아 개발과 탐구는 이렇게 하여 창출된 '문화의 고도(孤島)' 속에서 이루어진다.

자아 발견이라는 현상은 하나의 복잡한 사회·문화 현상을 묘사하는 것이다. 미국 문화는 자아, 진보, 선과 악에 관한 통념과 가치관 등에 있어서 모호하고 불확정적인 측면을 지닌다고 말할 수 있다. 그런데 바로 이러한 것들은 각 세대와 이익 집단이 끊임없이 자아를 재발견하는 데 필요한 조건들을 마련해 주는 것이다.

전통과 교육은 그러한 모호함을 명확하게 해주거나 의미를 규정해주지는 않지만, 그 모호함 속에 담긴 의미를 추구하는 힘을 제공해 준다.

문화의 변화를 인식하는 데 세 번째 장애가 되는 것은 사회적 변화와 인간적 변화를 구별하는 어려움이다.

인간성은 생애를 통해 대체로 불변의 것이라고 흔히들 생각한다. 그러나 각 개인은 청년기를 거쳐 성숙된 중년을 지나 노년에 이르면서 변화해 간다.

따라서 1960년대 같은 시기에 미국 젊은이들이 주창한 바 있는 진정한 문화적 변화와, 모든 젊은 세대가 거쳐 가는 것이라고 볼 수 있는 자아 발전 과정의 한 단계는 구별되어야만 한다.

미국 사회의 변화를 고찰함에 있어서는 이상과 같은 장애 요소들을 염두에 두어야 하겠지만, 또 한편으로는 2차대전 이후 미국인의 생활이 점점 더 조직화되고 비개성화되어 왔다는 사실에도 유의할 필요가 있다.

한 세대 전의 미국인에 비해 요즈음의 전형적인 미국인은 정부나 어떤 조직에 더욱 더 자신을 맡기고, 그 정책이나 목표를 자신의 것으로서 받아들이는 듯하다.

> 엄밀한 의미의 개인적 가치관들도 보다 공적(公的)으로 표준화된 '집단의 가치관'에 의해—예컨대 어떤 조직·지역 사회·사회 계층·직업·소수파·이익 단체 등의 가치관에 의해 그 중요성이 감소되었다.[21]

이러한 변화가 뜻하는 바는 중류층 미국인들에 대한 조직과 집단의 영향이 점점 더 선명하게 나타나고 있다는 점이다. 과거에는 이러한 영향은 일반 대중의 사회 통념에 따르라는 비공식적인 압력을 의미했다. 그러나 요즈음엔 "사람들이 말하기를…(They say...)"과 같은 흔히 쓰는 표현도 점차 정부 기관이나 어떤 조직체가 하는 이야기란 뜻으로 바뀌어 가고 있다.

기꺼이 집단 속에 자신을 몰입시키려는 미국인의 의식 변화와 더불어 자아 관념과 관련된 다른 가치관들에도 비슷한 변화가 생겼다. 또한 지배적인 가치관과는 다른 변형된 가치관들도 최근 더욱 현저하게 나타나기 시작했다.

전통적으로 미국 문화에서 자유라는 개념은 개인의 선택의 자유를

---

21) Clyde kluckhohn, "The Evolution of Contemporary American Values," *Daedalus*, Vol, 87, No. 2 (Spring 1958), p. 105.

중심으로 하는 것이었으며, 개인의 입장에서 볼 때 정부란 그에게 책임을 요구한다기보다는 어떤 권리를 보장해 주는 존재라고 여겨졌다. 정치 제도들은 최소한으로 유지되었고, 그 힘은 지방 정치 무대로부터 나오는 것이었다.

그러나 미국 역사를 통해, 특히 1930년대 이후 연방 중앙 정부의 지위는 계속 강화되어 왔다. 이와 함께 정부·기업·노조·교육·유락 사업 등 미국 생활의 많은 분야에 걸쳐 점차 중앙집권화와 조직화 경향이 나타났다. 이렇듯 개인의 선택의 자유와 같은 전통적인 미국적 자유의 개념이 상당한 변화를 겪게 된 것이다.

그 결과 미국인들은 그들의 활동을 조직화하는 방식뿐만 아니라 개인의 사물관에 있어서도 전보다 덜 개성적으로 변했다. 또한 개인과 다른 개인과의 차이가 없어짐으로써 문화의 개체 단위인 자아의 경계선도 희미해져 버렸다.

미국인의 자아 개념의 변화는 어떤 전반적인 사회 의식의 성장에 따른 변화라고 볼 수도 있겠다. 그러나 이러한 변화는 오히려 다른 데서 더 큰 의미를 찾을 수 있다. 즉, 미국인은 어떤 집단이나 대의명분에 점점 더 자아를 개방하고 몰입시키게 되었다는 사실이다.

자아 경계선의 붕괴는 미국 생활의 수많은 영역에 걸쳐 느낄 수 있다. 그 뚜렷한 한 가지 예는 남자와 여자의 전통적인 차이가 사라진 것이다. 남녀를 구분 짓는 신체의 모습·복장·외모·행동들이 이제는 최소한의 차이밖에 없는 것으로서 젊은이들 간에 인식되고 있다. 또한 매스미디어나 예술, 그리고 행동의 음란성을 판정하는 퇴폐성의 기준도 무너져버린 지 오래다.

미국의 흑인과 젊은이들은 개인주의의 핵심이자 문화의 기본 단위인 자아를 명확히 규정해 주었던 경계선을 점차 잊어가고 있다. 특히 흑인들은 의식적으로 '흑색'의 속성을 포용하는 자아를 확립하려고 시도해 왔다. 이는 인종적인 자기 정체성으로서, 말하자면 집단

의식의 확인이라고 볼 수 있다.

흑인이나 젊은이들 그리고 사회의 몇몇 계층에서는 지성의 힘이나 사고 과정을 통하기보다는 구체적인 공동 유대를 통해 문제를 해결하려고 한다.22)

또한 이런저런 개념을 정의해 주는 추상적인 경계선보다는 삶의 현장에서 인지되는 사회·문화적 욕구 사항들이 현실 세계에 필요한 것이 되었다. 가령 학교 교육은 사회적 행동과는 다르다고 종전처럼 간단히 구분해 버릴 수가 없게 되었다. 교육은 당면한 현실 문제와 직접 연관성이 있어야 한다는 강한 요구로 말미암아 교육과 사회적 행동의 차이가 모호해졌기 때문이다.

미국적 가치관과 통념에 나타난 변화들이 반드시 사회의 가장 주요한 변화를 반영한다고 볼 수는 없다. 그러한 변화는 사회의 작은 한 영역에 국한된 것일 뿐이다. 하지만 이러한 요인들이 함께 모여 미국 문화의 주요한 변화 추이에 기여한 것은 사실이다. 2차 세계대전 후의 지난 수십 년은 새로이 펼쳐진 아메리카의 드라마가 그 주요한 변화의 흐름을 형성한 시기였다.

여러 세대 동안 대부분의 미국인들*의 마음은 변경과 서부 개척에 쏠려 있었다. 지금까지 이야기했듯이 미국 역사의 결전장은 자연이었으며, 그 속에서 싸우는 미국인의 적대자는 황량한 환경과 아메리카 원주민이었다. 서부 영화와 소설도 자연과 '야만인'에 대한 영웅적인 투쟁을 묘사한 것이다.

이러한 역사적 경험이 미국은 세계의 어떠한 지역과도 다른 독특한 국가라는 느낌을 낳게 하였다. 이 특유한 느낌은 19세기의 보편화된

22) Edmund S. Glenn, "The University and the Revolution: New Left or New Right?" *The University and Revolution*, G. R. Weaver와 J. H. Weaver (편) (New York: Prentice-Hall, 1969).
 * 주로 백인을 의미함. (역자 주)

감정이었으나 20세기에 들어와 미국이 열강의 지위를 얻게 됨에 따라 쇠퇴하기 시작한다. "이와 같은 미국적 특이성의 느낌이 쇠퇴한다는 것은 20세기 전반부에 미국인이 겪은 커다란 마음의 상처다."23)

1920년대와 30년대의 고립주의는 점차 외국으로부터의 영향을 수용하는 방향으로 변해가기 시작하며, 2차대전 이후에는 외국인들의 믿음이나 관습이 미국인들로 하여금 자신에 대한 집착으로부터 벗어나게 해준다. 특히 그러한 것들이 이국적이거나 신비스럽게 느껴질 때는 더욱 그러하였다.

또한 과거의 단순했던 시대의 상징이었던 변경 개척민과 아메리카 원주민의 싸움은 민주주의와 공산주의의 싸움으로 대치되기에 이른다. 예전에는 페샤워르* 같은 곳이나 세계의 다른 머나먼 지역에서 발생하는 것쯤으로 전해 들었던 믿기 어려운 신기한 사건들도 미국과 관련된 일이 되면서 쉽사리 믿어지는 시대로 바뀌었다.

그러나 외국과 외국인들에 대해 지니고 있던 미국인의 감정은 어느덧 미국 내의 남부 지방과 흑인에 관한 문제로 방향을 바꾸게 된다. 남부는 미국 문화의 지하층에 감추어진 영역이자 미국인 누구에게나 친히 익혀진 땅이었다. 바로 이곳에서 미국인들은 문화적 양심과 죄의식의 문제와 끝까지 싸워 이를 해결해야만 했다.

그리하여 나라 밖으로부터의 적도 이제는 빛을 잃기 시작한다. 즉, 50년대에는 공산주의의 강력한 전체주의적 적화 능력 위협이 지리멸렬할 수도 있었던 미국의 대외 정책들을 한 군데로 결속시켜 주는 유일한 요소였다. 그러나 60년대 말에 이르러서는 반공 정책은 더 이상 미국인의 생활에 방향과 목적을 제시해 줄 수 없게 된다. 미국

---

23) Daniel J. Boorstin, *America and the Image of Europe: Reflections on American Thought* (Cleveland: The World Publishing Company, 1960), p. 121.

* 페샤워르(Peshawar): 아프가니스탄과의 접경 지역에 있는 파키스탄 북부 도시. (역자 주)

사회의 적대자들이란 다름 아닌 미국 사회 자체가 안고 있는 문제점
이라는 사실이 점차 인식되었던 것이다.

오늘날 미국의 커다란 특징인 내향적 성찰은 미국적 자아 관념의
변화를 반영하는 것이다. 이러한 성찰은 자연에 대한 인간의 투쟁
대신에 사회와 자아 내부의 긴장 상태로 미국인의 관심을 바꾸어 놓
았다. 그리하여 과거의 사회가 죄악시하였던 개인적 목표 성취의 실
패 대신에 사회적 문제로 인한 죄의식이 대두되었다.

또한 노동의 윤리를 암울하게 하는 폭력의 가능성도 직시하지 않
으면 안 되게 되었다. 사고 방식도 더욱 구체적이고, 연상적이며, 직
관적으로 변했다. 가치관과 통념들은 개인의 발전과 변화와 성취를
통해 성공을 추구하는 것이라고는 더 이상 볼 수 없게끔 되었으며,
오직 우애와 주체 의식 그리고 힘에 대한 관심만을 나타낼 뿐이다.

미국 문화의 무대는 이제 자연이 아니라 미국 사회 자체라는 것은
너무나 분명한 사실이 되었다. 이것이 바로 미국 문화가 나아가는
중요하고도 새로운 방향이라고 말할 수 있을 것이다.

II. 문화 차이와 인간 관계

미국인 조언자*가 미국 내의 외국 학생들과 상담하거나 해외에서 기술 지도를 할 때, 그 일의 성공 여부는 궁극적으로 상대방의 행동에 어느 정도 영향력을 미칠 수 있는가에 달려 있다.

물론 그 미국인 조언자는 상담이나 기술 지도 문제를 다른 여러 가지 측면에서도 고찰해 볼 수 있다. 그러나 상대방을 대하는 과정의 어떤 단계에서는 직접 일을 해내는 전문가 또는 기술자로서의 역할은 잠시 젖혀 두고, 한 사람의 조언자로서만 행동해야 할 필요가 있다.

이 책에서 지금부터 다루고자 하는 내용의 초점은 바로 이러한 조언자로서의 자질이다. 따라서 조언자와 피조언자 사이의 인간 관계라는 측면을 중점적으로 다루고 있다.

물론 이러한 시각은 언어 능력·기술 능력·관리 능력 따위의 중요성을 부인해서가 아니라, '인간 관계'가 미국 안팎에서 행해지는 대부분의 문화 교차 사업에 있어서 가장 심각한 문제점으로 대두된다고 보는 까닭에서다.

'인간 관계'를 중시하는 관점은 이질적인 문화가 교차할 때 나타나는 갈등 양상을 보다 더 효과적으로 이해하기 위한 지침이 될 것이다.

---

* 이 책에서 조언자라는 용어는 각종 자문·고문관·상담자·기술지도관 등을 총칭하는 뜻으로 쓰이고 있음. 조언자의 주 기능은 자신의 경험이나 판단 또는 기술을 상대방에게 전수하는 것이며, 실제로 어떤 업무를 관장하거나 집행하는 기능은 없든지 2차적인 것임.

제5장 문화의 경계선을 넘어

이야기 자료의 출처

사회·문화적 요소들이 인간 관계에 미치는 영향에 대해서는 지금까지 체계적으로 연구되어 온 바가 별로 없었다.

이 때문에 비교 문화 연구를 통해 얻은 체계화된 정보나 행동 지침이 해외에서 활동하는 미국인 조언자들에게 제공된 적도 거의 없는 실정이다.[1]

문헌에 포함된 정보들이란 거의 풍속이나 관습, 제도 같은 외형 문화에 관한 것으로서, 인간 관계라는 문제의 핵심을 겉돌고 있다. 이러한 글들은 인류학자나 사회과학자들 그리고 여행자나 해외 근무 경험이 있는 사람들이 쓴 것으로서, 상당수가 일화풍이며 분석적인 것은 얼마 되지 않는다. 극소수의 문헌만이 인간 관계를 체계 있게 비평적인 관점에서 다루고 있을 뿐이다.[2]

많은 문헌들이 외국인과 함께 일하는 미국인의 행동을 묘사함에 있어서 문화 연구에 사용되는 여러 개념들을 체계적으로 다루고 있지는 못하지만, 저자는 이 문헌들을 꽤 쓸모 있게 이용하였다.

---

1) Sven Lundstedt "The Interpersonal Dimension in International Technical Assistance: Statement of a Problem," *Mental Hygiene*, Vol. 45, No. 3 (July 1964), p. 375.

2) Conrad M. Arensberg와 Arthur H. Niehoff, *Introducing Social Change* (Chicago: Aldine Publishing Company, 1964). Harlan Cleveland 외, *The Overseas Americans* (New York: McGraw-Hill, 1960). Charles J. Erasmus, *Man Takes Control*, (Minneapolis: University of Minnesota Press, 1961). George M. Foster, *Tradition Cultures and the Impact of Technological Change* (New York: Harper and Row, 1962).

이 밖에도 AID 기술관, 평화봉사단원, 군사고문단 요원들과의 면담을 통해서도 자료를 얻어냈다. 이들은 각자의 특수한 업무 영역에서 문화가 교차할 때 일어나는 사례들을 제공해 주었다.

이러한 자료들은 일정한 심리학적 분석 방식에 따라 논리성 있게 통합된 것이 아님은 물론이다. 따라서 단순한 개인의 의견을 객관적 사실과 구별해 내거나, 관찰 결과에 대한 보편성 여부를 판단하기는 매우 어렵다.

그들이 소개한 일화들은 서로 다른 문화가 마주칠 때 흔히 나타나는 현상들을 잘 예시하고는 있다. 그러나 이러한 자료들은 체계적으로 개념화시켜야 할 '원료'에 지나지 않는다. 이것이 완제품이 되기 위해서는 주관을 제거하고, 일관된 인식의 틀을 통해 일반화·추상화해야 한다.

이상과 같은 출처의 자료 말고도 저자는 자신이 해외에서 얻은 경험을 통해 많은 자료를 보강하였다.

이 책은 이질적 문화인들이 서로 협력할 때 나타나는 인간 관계 현상을 문화의 기본 요소들과 관련시켜 보려는 의도로 쓰였다. 좀더 구체적으로 말하자면, 미국인 조언자가 외국인들과 인간 관계를 맺을 때, 그의 행동에 나타나는 미국 문화의 특징들을 묘사하려는 것이다.

이를 위해서는 미국 내의 외국인을 위한 상담 프로그램들과 해외에서의 문화 교차 사업들뿐만 아니라, 미국인 조언자들이 파견되어 있는 대다수의 나라들이 모두 미국인 조언자들에게 공통된 문제점을 안겨준다는 사실이 전제되어야 한다. 이 전제 사항들을 먼저 살펴보자.

서양과 비서양 문화의 비교 기준

미국인 조언자들이 파견되는 곳은 대체로 아시아·아프리카·중남미 지역 비서양 개발도상국들이다. 이들 나라는 약간씩 다르기는 하지만 거의가 과거 영국이나 기타 유럽제국의 식민지 또는 영향권에 있었던 점령지로서, 공업화된 구미 국가들과는 다른 여러 가지 공통점을 보여준다.

그렇다고 세계의 여러 문화들을 비교할 때 일렬로 나열하여 공업화된 구미 문화와 비서양 문화를 정반대 편 끝에 놓고 대조해야만 되는 것은 아니다. 도시형 지역 사회가 극도로 발달된 미국 문화를 다른 비서양 문화와 일반적으로 대조해 보아도 많은 공통점을 찾아볼 수 있는 까닭이다.

가령 태국인은 통상 전원적이고 전통적이라고 불리는 '공동사회(gemeinschaft)'*의 일원이다. 이러한 문화의 특징은 개인이 자기의 직계 가족이나 대가족의 구성원들과 유대 관계가 깊고, 그들에 대해 지고 있는 의무 관계의 테두리 속에서 자신의 사회적 위치를 규정한다는 점이다.

그런데 태국인들에게서는 이러한 전통 사회의 특유한 모습을 찾아볼 수 없다. 그들은 자신을 자주성을 지닌 독립된 개체로서 생각하기 때문이다. 이러한 태국인의 자아 의식은, 과학 기술이 발달된 서양 '이익사회(gesellschaft)'의 일원인 중류층 미국인의 자아 의식과 유사하다고 볼 수 있다.

한편 일본인은 미국인처럼 고도로 공업화된 사회의 일원이지만 가족 및 가문의 구성원들과 맺고 있는 유대 체계 속에서 자신의 사회적 위치를 규정한다.

이처럼 자아 규정 방식에 있어서 예외적인 사례들이 존재한다는 사실은 두 가지 의미를 함축하고 있다.

---

* *gemeinschaft*: 사회 집단의 두 가지 기본적 유형의 하나로서 혈연·지역·정신 등 세 가지 공동성에 바탕을 둔 사회. 이를테면 가족·촌락·공동체·협동체 따위가 있음. 이와 대비되는 개념이 *gesellschaft* — 즉, 회사·노동조합 따위의 구성원이 스스로 선택한 의지에 따라 결합하고 있는 사회임. (역자 주)

첫째, 어떤 비서양 국가의 문화 현상이 또 다른 비서양권 문화와 견주어 오히려 서양 문화와 더 유사할 수도 있다는 점이다.

둘째, 공업화가 반드시 미국적 유형을 따르지는 않는다는 점이다.

같은 문화권이라고 해서 모든 구성원이 다 똑같을 수는 없다. 이질 문화권이 나타내는 주요한 차이점들보다, 한 문화 안에 존재하는 다양성이 더 뚜렷할 수도 있다.

그러므로 어떤 문화 내의 예외적 변형(變形) 문화를 고려하지 않고 어느 사회를 묘사한다면 이는 어딘가 잘못된 것이다. 미국 문화와 비서양 문화는 서로의 문화를 비교하기에 앞서 이들 각 문화 내에 어우러져 있는 다양하고 '변형된' 예외적 문화 현상 때문에 비교하기가 더욱 복잡해진다.

그러나 두 사회 또는 두 사회 집단 간의 차이를 묘사하여 대조하는 것이 그렇게 가망성 없는 일은 아니다. 플로렌스 클럭흔은 "모든 인간은 각자의 생활 배경과 여건이 어떠하든, 몇 가지 공통된 인간적 문제에 직면한다."고 하였다. 예컨대 인간과 자연의 관계에 따르는 문제나 고유한 인간성에 관계되는 문제들이다.3)

어느 사회든지 이와 같은 문제들을 해결하기 위한 방책들을 갖고 있다. 여기에는 그 사회 나름으로 주된 해결책이 있으며, 또한 변형 문화라는 형태로 존재하는 별도의 선택적 해결책들도 함께 공존하고 있기 마련이다.4)

각 문화권 '내'의 변형 문화들도 고려하면서 문화 간의 주된 차이점들을 기술하려면, 그 설명 방식으로서 '범주(category)'보다는 '측면(dimension)'이라는 개념을 도입해야 한다. 여기서 말하는 측면은

---

3) Florence R. Kluckhohn, "Some Reflections on the Nature of Cultural Integration and Change," *Sociological Theory, Values and Sociocultural Change: Essays in Honor of P. A. Sorokin*, E. A. Tiryakian (편) (New York: Free Press, 1963), pp. 221-222.
4) 같은 글, p. 221.

플로렌스 클럭혼이 사용한 가치지향성이라는 개념과 아주 비슷한 기능을 갖는 것으로서, 미국 문화와 대조되는 문화들을 이해하는 데 필요한 가교 구실을 할 것이다. 그리고 미국 사회든, 아니면 다른 어느 나라 사회든 그 사회에서 가장 두드러지게 나타나는 지배적인 문화 유형을 비교 기준으로 삼아야 할 것이다.

전 세계의 지배적 문화 유형들을 대조해 볼 때 미국 문화가 비교 측면의 어느 한 끝에 온다면, 비서양 문화들은 대체로 그 반대편 끝을 향한 곳에 위치함을 알 수 있다.

이를테면 이란인·에콰도르인·대만의 중국인들은 인간에 대한 가치관이 서로 다르지만, 중류층 미국인들보다 가족이나 사회적 지위 같은 것을 더 중요시하는 공통점이 있다. 한편 미국에서는 개인의 업적 성취가 가족 내의 인간 관계보다 가치관의 측면에서 더 높은 비중을 차지한다.

이러한 관점에서 (그리고 문화적 통념이나 가치관에 관한 한 여러 가지 관점에서도) 중류층 미국인들은 대부분의 비서양 문화권 사람들과는 다르다. 그러므로 비록 비서양 국가들이 그들 나름대로 서로 다른 바가 있다 할지라도 이들을 한데 묶어 미국인들과 비교해 보는 일은 타당성이 있다고 하겠다.

해외에서는 미국적 선입관을 버려라

저개발 국가들이 몇 가지 공통된 특징들을 갖고 있듯이, 미국인 조언자가 이러한 나라에서 수행하는 많은 업무들도 모두 비슷한 공통점이 있다. 즉, 그 조언자는 어떤 일을 실제로 해내는 사람이 아니라 의논 상대나 조언 정도를 하는 사람으로 기대된다. 그래서 그의 업무상 목표는 그가 미국 생활에서 친숙하게 느끼는 목표들보다는 현실감이나 구체성이 덜하기 마련이다.

게다가 업무 성격과 사회적 지위가 명확히 결정되지 않은 경우에는, 상황 판단·결심·행동 및 처신에 있어서 그는 자기 자신의 수완에만 의존할 수밖에 없다. 그리고 일상적인 사소한 문제조차 큰 문젯거리가 되며, 문화 차이가 모든 대인 관계에 영향을 미친다. 그 결과 미국인과 그의 상대방 사이에 이 같은 차이가 크게 부각되어 심각성을 띠게 되며, 미국인이 하고자 하는 업무에 좋지 않은 영향을 미친다.

업무 분야에 있어서 문화적으로 의지할 데가 없게 되면, 미국인은 그가 익숙한 미국식 조직 속에서 대인 관계를 통해 받았던 사회적 지지도 역시 기대하기 어렵다. 그래서 고립되거나 아니면 이국의 낯선 사회 구조 속에 흡수당해 버린다. 그가 자신의 직장 환경을 옆에 끼고 옮겨 다닐 수는 없는 노릇이므로, 자국인들과 함께 일할 때 동료들로부터 받았던 관례적인 서비스·조언·정신적 지원 등을 기대할 수 없는 상황이 허다할 것이다.

미국인 조언자가 해외 근무지에 부임한 뒤, 그의 업무가 기대와는 전혀 다른 성격임을 알게 되는 일이 많다. 예를 들어 현지의 원주민 연수 훈련생들이 자기 나라말 이외에 다른 외국어는 아무 것도 모르는데다가 무식하기조차 한 경우가 있다. 이렇게 되면 연수 문제는 그에게 새로운 문제를 하나 더 안겨 주게 된다.

보건 지도 같은 사업이 도무지 진전을 보지 못하는 까닭은 현지민들이 병균에 대한 개념이 부족해 예방적 보건 조치를 이해시키기 어려운 탓이다. 무엇보다도 당혹스러운 것은 질병이나 건강에 대한 토착 문화의 설명 방식이 서양의 과학과는 양립할 수 없다는 점이다. 가령, 미국에서라면 '연수' '교육' '보건'으로 적절히 분류되는 사업이나 개념들이 해외에서는 전혀 다른 성격을 띨 때가 많다.

미국인 조언자의 심기를 흐트러뜨리는 또 다른 문제는 지역 관리들이나 주재국 정부의 비타협적 태도다. 이러한 경우에 그 조언자가 상대자를 설득하고 그들의 행동에 영향력을 미치기란 참으로 어려운 과제다.

때로는 당초 목표가 좌절된 데서 오는 욕구 불만을 쓰라린 심정으로 감내해야만 하며, 그 결과는 대개 바람직하지 못하게 나타난다. 이를테면 그 조언자는 구체적인 업적을 성취하지 못한 자신을 은연중에 실패자라고 생각할지도 모른다.

이러한 심리 상태는 자신의 봉사를 상대방이 원치 않는다고 깨달음으로써 더욱 가중되곤 한다. (이런 현상은 특히 군사고문관들에게 많으며, 평화봉사단 자원자들에게는 없었다.) 미국인 조언자는 현지민들에게 물자와 권위를 동반하고 오기 때문에 하나의 필요악으로 인식되기는 하지만 그의 조언까지 받아들여지지는 않는다.

해외에 있는 미국인은 언어나 풍속, 좋아하는 사물 따위에 있어서는 문화 간의 차이를 쉽사리 알아차려 이를 묘사하곤 한다. 그런데 이렇듯 겉으로 드러난 문화 차이를 금방 구별할 수 있다는 바로 그 사실이 외형 문화의 밑에 깊이 깔려 있어 잘 보이지 않는 내형 문화 차이를 보지 못하게 만드는 요인이 되고 있다.

세계관이나 생활 경험에 관한 인식이나 사고 유형, 또는 행동 양식에서의 차이가 이 글에서 말하고자 하는 문화의 내형적 차이점들이다. 이러한 것들은 미국인 조언자와 상대방 사이의 인간 관계에 근본적인 영향을 미친다.

상대방의 행동·사고·감정에 있어서의 가벼운 차이점들이 언제나 심각하게 느껴지지는 않으리라. 그러나 이러한 것들이 누적되면 꽤 심각한 결과를 나타낼 수가 있으므로 분석해 볼 필요가 있다. 여기서 진짜로 문제가 되는 것이, 그 분석이 미국인 개인의 문화적 편견일 가능성이 아주 높다는 점이다. 미국인의 입장에서 보면 현지 주민들은 미국인을 단순히 한 사람의 조언자로서 상대하면서 사사건건 반대만 하는 것처럼 느껴질 때가 많다.

현지민들로부터 이러한 태도를 불러일으키고, 이를 피부로 느낄 수 있을 만큼 확대시키는 원인은 현지민들이 미국인의 이미지에 대해 갖기 쉬운 고정관념이다. 그들은 사소한 미국적 특색이나 비전형적인 미국인의 행동으로부터 악한이나 백만장자, 그리고 난잡한 성관계, 땅콩버터, 고고 춤 따위를 연상한다.

이러한 미국인에 대한 고정관념은 이미 알려진 특정한 미국인들로부터 비롯된 것일 수도 있고, 풍문이나 매스컴을 통해 생겼을지도 모른다. 어쨌든 그렇게 고정된 미국인의 모습은 실제 미국인의 정서나 문화적 규범과 정반대일 수도 있다. 예컨대 오늘날 '양키'라는 말은 미국 동북부의 '뉴잉글랜드인'만을 뜻하지는 않으며, 남부인·서부인 그리고 흑인까지도 포함하는 모든 미국인의 별명이 되었다.

또한 미국인이 미국 정부 기관의 한 대표자로서 일할 때에는 현지민들의 강렬한 민족주의 감정과 그 영향이 미국인에 대한 태도 형성에 매우 중요한 작용을 한다는 사실도 알아야 한다.

미국 유학은 공부만큼 문화도 어려워

미국인 조언자가 해외에서 직면하는 많은 문제들은 미국에 오는 외국인 유학생들도 당면하는 문제다. 유학생들은 미국에 올 때까지도 미국 대학의 생활과 교육에 관해서는 불확실한 지식밖에 갖고 있지 않을 수도 있다. 외국인의 관점에서는 미국인이 보내주는 통신문은 모호하다는 평판이 나있다.

유학생들이 안내문을 읽어보면 주거 문제는 다 해결되어 있고, 도착지에서는 안내자가 기다리고 있으리라 이해되기가 십상이다. 그러나 막상 도착해 보면, 대학 당국으로부터 얻은 주소록을 갖고 스스로 하숙이나 아파트를 찾아 나서야만 한다는 사실을 깨닫고 실망한다.

특히 아프리카 학생의 경우, 분명히 비어 있는 하숙방을 두고 "방금 방이 나갔습니다"라고 따돌릴 것임을 뻔히 알면서도 한번 가보라고 학교 당국자가 권유할 때, 어떤 어려움이 가로놓여 있는지 미처

예상 못하는 수가 허다하다.

외국인 학생들의 능력·관심·배경들은 꽤 다양하지만 공통적으로 드러나는 태도와 문제점이 있다. 그들은 미국의 과학 기술과 기업 세계를 경외스런 눈길로 바라보고 있으며, 미국의 문물 속에서 이를 가능케 하는 '방법'을 찾아내어야 한다고 믿는다.

외국 학생들은 자기들이 과학과 방법론에 있어서는 열등하다고 느낄 때가 많지만 문화적으로는 더 낫다는 자부심으로 열등감을 완화시킨다. 즉, 미국인에게는 가치관이나 문화가 결여되어 있다고 생각한다. 또한 그들이 문화의 원천이라고 믿는 역사·관습·전통으로부터 미국인은 등을 돌리고 있다고 생각한다.

물론 외국 학생들도 미국인처럼 과학 기술과 물질주의를 뜻하는 진보에 관심을 갖고 있기는 하다. 그러나 그들은 자기들 문화의 가치관을 그대로 간직한 진보를 원한다.

미국인은 미국식 대인 관계가 세계적이며 보편적이라고 생각하여 모든 외국인에게도 이를 적용하려는 경향이 있다. 외국인이라는 특성은 아예 무시되거나 아니면 우월감의 표현이라 할 만큼 보살피려 든다.

외국 학생은 자신이 익숙한 대인 관계 방식대로 서로가 쾌활하고 친밀하게 지내지 못함을 아쉬워할지도 모른다. 그는 사교적이거나 학구적인 모임에 동참하기는 쉬워도, 그 핵심층에 끼기는 어렵다는 사실도 깨닫게 된다. 이 밖에도 그는 여러 분야에서 미국인들과 교분을 맺고 싶겠지만 미국의 사회 생활 및 대학 생활에서는 그러한 바람을 이루기가 꽤 어렵다.

외국 학생은 미국인들이 대인 관계에서 쓰는 언어와 관습을 외형면에서 숙달한 뒤, 그 모호하고 미묘한 특성들을 단순하게 인식하고 애매한 방식으로 구사하기도 한다. 그는 또한 미국식 행동 방식이 위선적이라고 생각할지도 모른다. 어쨌든 그는 미국인의 언어 생활이나 행동에 나타나는 복잡하고 미묘한 감정과 의미의 차이들을 간파하지 못하는지라, 미국인의 눈에는 오히려 미숙하고 지각력이 모자라는 사람으로 비쳐질 수도 있다.

학교 생활에 있어서 미국인 교수는 외국 학생이 받아들이기 힘든 기대를 할 때가 있다. 예를 들어, 교실에서 모든 학생들에게 서슴없는 적극적인 참여를 권장하면서도 한편으로는 누구에게나 공평한 참여 기회를 요구하는 분위기는 외국 학생들에게는 생소한 것이다. 만약 어느 외국 학생이 자기 나라의 교육 전통에서 벗어나 수업 중에 활발하게 참여하려고 시도할 경우, 그는 꽤 많은 시간을 독점하거나 독단적 발언을 하는 등 지나친 행동을 할 수도 있다. 그렇게 되면 교수는 그를 오만하고 고압적인 학생으로 생각하게 된다.

외국 학생이 그의 전공 분야에서 쓰이는 특수술어와 고정관념화된 사고 방식을 터득하는 경우도 많다. 교육학이나 사회과학 분야에서 보기를 들자면, '분석적 사고(analytical thinking)' '의사 결정(decision-making)' '모형(model)' '문제 해결(problem-solving)' '종속 변수(dependent variables)' 따위의 술어를 이따금 섞어 가면서 말하는 법을 배운다.

그러나 교수의 입장에서는, 자신이 좋아하는 술어가 적절한 맥락이 아니고 아무 때나 무분별하게 쓰이면 불유쾌하게 느낄 수도 있다. 교수처럼 술어를 적절하게 사용하는 판단력이 없기 때문에, 외국 학생은 학문 세계의 많은 전문 술어와 사상 밑에 깔려 있는 문화적 토대를 붕괴시키는 것과 같은 오류를 범한다.

하지만 교수도 자신의 사상이나 언어에 깊숙이 내재되어 무르녹아 있는 미국 문화적 요소들을 의식하지 못하고, 그것을 학식이나 전문 지식의 문제쯤으로 여기기 쉽다. 결국 미국인 교수는 외국 학생의 사고력에 분석 능력이 모자란다고 판단하는데, 이는 반드시 정당화될 수 있는 결론은 못 된다.

외국 학생들을 위한 상담 지도로 화제를 바꿔 보자. 많은 미국인들이 그렇듯이 자기 문화에 깊이 빠져 있는 상담관이 있다. 그가 외국 학생을 효과적으로 이해하려면, 문화의 상대성에 입각하여 자기 문화에 대한 객관적 태도를 지니고 상대방 문화의 속성을 감지하는 능력을 길러야 한다. 문화 차이에서 야기되는 문제들을 학생 개인의 특성에 기인하는 문제들로부터 구별해 내어 외국 학생의 문제점을 진단할 수 있어야만 유능한 조언자다.

그리고 학생들의 개인적 목표와 학교 측의 교육 목표가 부딪칠 때 생기는 문제들도 식별해 내어야 한다. 예컨대 교육 제도나 미국 문화 자체가 외국 학생의 처지를 고려치 않고 무턱대고 부담을 지운다고 느끼는 외국 학생들의 정신적 경험을 잘 이해하는 일도 중요하다. 그들은 그러한 부담에 대해 반드시 매우 과민한 반응을 보이게 되어 있다.

또한 외국 학생들은 감정을 이따금씩 발산할 기회를 가져야만 하므로, 다른 나라 문화의 가치관·사고 방식·생활 양식을 존중해 주는 사람들과 어울릴 기회를 필요로 한다.

외국 학생 상담관들은 흔히 미국 학생과 외국 학생 간의 교제를 확대하기 위한 프로그램을 세운다. 불행히도 이러한 것은 상담관들이 수행하는 가장 비효과적인 프로그램 가운데 하나다. 그들은 어떤 사교적 형태로 사람들을 한 자리에 모으면 자연스럽게 문화 교류가 이루어지리라는 전형적인 미국식 가정을 하고 있다.

실제 결과를 보면 그 가정은 틀리다. 이러한 경험을 통해 드러나는 것은 상담관이 자신의 사회·문화적 바탕을 먼저 의식할 필요가 있다는 사실이다.

미국 대학생들은 미국인의 가치 체계를 철저하게 나타내는 경향이 있다. 그러므로 미국 학생들 또는 학생단 안의 특정 집단이 당연하다고 생각하여 남에게까지 강요하는 무의식적인 통념들이 어떤 것인지 그들 스스로 알아차리도록 도와주어야 한다.

　또한 서로를 진정으로 이해하려는 문화 교류 관계를 맺어 보도록 자극을 줄 필요도 있다. 그렇지 않는 한 외국 학생은 자기 나라 학생들이나 외국 학생들만의 사회 속에 은둔하거나, 자기 문화를 버리고 '아메리카화'하는 길밖에 없다. 이 중 어느 쪽을 선택하더라도 외국 학생이 심리적으로 받는 영향은 심각한 것이며, 미국에서의 생활 적응이나 학구 목표 달성에 저해 요소가 된다.

　따라서 외국 학생 상담관은 미국 학생들을 위해서도 교육적 역할을 맡을 책임이 있다. 바로 학교 안에 외국 학생들이 있다는 사실이, 미국 학생들을 위한 교육의 질을 높일 기회를 제공하고 있다. 이는 쌍방 간의 호혜 관계가 가능하기 때문이다. 즉, 미국 학생은 외국 학생의 생활 적응을 도와줌으로써 자신의 안목을 넓히고 자신에 대해서도 배우게 된다.

　한편 외국 학생은 그의 동료 미국 학생이 정신적으로 성장하고 문화의 상대성에 대한 시야를 넓히도록 도움을 줌과 동시에, 미국 문화에 적응해야 하는 자기 자신의 필요도 충족시킬 수 있는 것이다.

제6장 대립하는 사고 유형들

분석형 사고와 통합·상관형 사고

사고 유형의 문화적 차이는 해외나 미국 내에서 외국인과 함께 일하는 미국인 조언자에게 극히 중대한 문제다. 아마 이 문제는 학교 교육 분야에서 매우 선명하게 대두되는 듯하다. 외국인 유학생들의 학업 생활에 특정한 사고 유형이 나타남을 자주 느낄 수 있는 사람은 바로 미국인 교수나 생활 상담관이기 때문이다.

그런데 학교 교육이 아닌 분야에서 미국인이 외국인과 함께 일할 때는 사고 유형의 차이로 인한 정치·경제·사회적 갈등 요소들이 한층 더 선명하게 부각된다. 그리고 이 같은 상황에서 나타나는 사고 유형의 차이는 비우호적인 개성이나 사회적 특성으로 오해되기 쉽다. 즉, 외국인 쪽에서나 미국인 쪽에서 서로가 상대방을 불합리하고 교양이 부족하며, 오만하거나 적대적인 사람이라고 인식할지도 모른다.

이러한 부정적인 인식 말고도 사고 유형의 차이 때문에 생기는 마찰과 갈등 요소들을 열거하자면 얼마든지 있다. 그러나 학교 교육 환경에서는 지식·기술·지적 분석력 등을 제외하고는 모든 것이 경쟁 사회로부터 다소나마 격리되어 있으므로, 사고 유형의 차이를 인정하고 이해하려는 분위기가 조성되어 있다.

미국 교수들은 흔히 유학생들이 '분석적 사고력'이 부족하다고 생각한다. 연구 과제나 학위 논문을 쓸 때 보면, 외국 학생들은 다분히 주관에 차 있고 서술적인 경향이 있다. 그들은 분석을 회피하며 마지못해 분석한 경우에도 그들의 논리는 부적절한 경우가 많다.

이보다는 덜 지적되는 현상이지만 일부 유럽 출신 유학생들에 대한 불만도 있다. 그들은 지나치게 이론적이고 사실을 경시하며, 자료 수집 방법론을 무시한다는 것이다.

앞에 든 두 가지 관찰로 미루어 볼 때, 미국인이 좋아하는 사고 유형은 경험론적 서술과 이론적 추리의 중간쯤임을 알 수 있다. 이는 미국의 학문 분야에 나타나는 지배적인 사고 유형일 뿐만 아니라 문화의 규범을 상당히 반영하는 것이기도 하다.

미국인은 응용성과 거리가 먼 듯이 보이는 이론은 신뢰하지 않는다. 미국 생활에서 개념이나 사상의 역할은 인간 생활의 발전을 위한 실용성 있는 활동 지침을 제공하는 데 있다. 사고 방식이라는 것도 조직이나 제도 속에서 구현되고 실행에 옮겨질 수 있는가에 따라 그 가치가 평가되고 입증된다.

미국 역사를 통해 보면 지식인의 역할은 자못 험난한 것이었다.[1] 그들은 언제나 자기들의 이론과 사상의 유용성을 입증해야 한다는 강박감 속에서 살아왔다. 유럽의 지식인이라면, 그들이 이룬 업적의 실용성 유무와는 무관하게 존경을 받게 되어 있다. 그러나 미국 땅의 지식인은 '지적인 일관성'이나 '심미적 매력'에 기준하여 사상이나 사고 체계를 평가하는 유럽식 전통을 벗어던져야만 했다.[2]

미국인은 이 세계가 관념으로 이루어진 것이 아니라 사실로써 구성되어 있다고 생각한다. 그들의 사고 과정은 대체로 귀납적이다. 즉, 구체적이고 특수한 사실들로부터 시작하여 일반화할 수 있는 법칙이나 관념을 향해 진행하는 과정이다.

그러나 구체적인 것으로부터 보다 더 추상화된 것으로 옮겨가는

---

1) Morris R. Cohen, *American Thought: A Critical Sketch* (New York: Collier Books, 1954), pp. 37-51.
2) Daniel J. Boorstin, *America and the Image of Europe: Reflections on American Thought* (Cleveland: The World Publishing Company, 1960), p. 57.

과정이 완벽하게 종결되는 예는 별로 없다. 그것은 미국인들이 끊임없이 그들의 이론을 재확증해야겠다는 필요를 느끼기 때문이다. 또 앞에서 말했듯이 자신들의 사상이나 관념의 유효성을 응용과 실용화를 통해 입증하려고 힘써 왔다.

그런데 미국식 사고 과정의 최초 출발점이란 미국인들이 흔히 믿는 만큼 그렇게 구체성을 띠는 것은 아니다. 미국인의 실용주의도 생활의 구체적 현실에 철저히 밀착하는 중국인의 사고 유형에는 비할 바가 못 된다. 상대적으로 보면, 미국인의 사고 유형도 이론적이고 또한 추상적인 듯이 보인다. 따라서 미국식 사고 방식의 보다 더 큰 특이성은 그 조작적인(操作的: operational) 속성에서 찾아야 한다.

조작적이라는 말은 외부 세계로부터 지각된 것을 개인에게 유용한 행동 방책으로 연결되게끔 체계화하려는 성향을 뜻한다. 일반적으로 미국인은 지각과 사고에 있어서 관찰하는 자 아니면 행동하는 자의 시각에 서며, 세계를 있는 그대로 객관적인 방식으로 평가하고 고찰한 적은 별로 없다. 이러한 유형의 사고 경향은 과학 기술에 대한 태도에서 흔히 찾아볼 수 있다.

미국식 사고 방식의 조작적인 면은 도로공사 표지판을 어디에 설치하는가에서 잘 나타난다. 미국에서는 으레 운전자가 최종 진로를 선택해야만 하는 지점 직전에 공사 알림판을 설치한다. 어떤 의미에서 이 알림판은 도로공사 자체를 알려주기보다는 운전자가 다른 길로 가도록 도와주는 지표인 것이다. 도로 보수원은 공사 지점을 향해 운전자가 차를 몰고 오는 것을 가상하여 운전자에게 도움이 될 곳에 공사 표지판을 놓는다.

세계의 많은 지역에서는 그리고 이따금 미국의 일부 지역에서도 이러한 표지판은 공사장의 위치만 정확히 알려주려고 설치된다. 이 경우 표지판은 공사 지역이라는 객관적 세계를 표시하고 있으며, 그 세계에서 행동해야 하는 운전자는 무시하고 있다. 다시 말해, 이는

134

적어도 운전자의 선택 능력은 고려치 않고 있는 셈이다.

조작적인 사고 방식은 있는 그대로의 경험 세계는 경시하고 결과를 중시한다. 중요한 것은 경험 세계를 조작하는 개인의 능력이다.

미국인의 조작적 사고 방식과는 대조적으로 유럽인은 관념과 이론을 최우선시하고 이에 실재성(實在性)을 부여한다. 그들은 연역적이고* 추상적이므로 개념 세계가 더 중요하다고 믿는다. 이는 경험 세계가 반드시 천시된다는 뜻은 아니다. 다만 표현을 위한 상징 수단으로서, 그리고 논증을 위한 예시 수단으로서 경험 세계가 취급된다는 뜻이다.

연역적으로 사고하는 사람은 자신의 생각과 이론에 대해 훨씬 더 자신감을 갖는 경향이 있다. 그래서 자신의 관념과 경험 세계에 한두 가지 연관성만 입증할 수 있으면 충분하다고 생각한다.

연역적인 사람은 미국식으로 사실과 통계 숫자들을 집적해야 할 필요를 느끼지 않으며, 논리를 통해 한 개념에서 다른 개념으로, 또는 다른 사실로 일반화하기를 좋아한다. 다시 말해 연역적인 사람이 사고의 힘을 믿는다면, 미국인은 실증적 관찰과 측정 방법을 더 신뢰한다고 볼 수 있다.

연역적인 사람은 사상(思想: idea)을 사실 세계의 일부라고 보아 유기적이고 생명력이 있는 것으로 보는 경향이 있다. 그러한 사람은 새로운 개념을 새로운 사실의 '현시(顯示)' 또는 '발견'이라고 생각한다.

반면 보다 귀납적인 미국인은 개념이라는 것을 '구성(構成: construct)' 또는 '발명'이라는 관점에서 생각하며, 개념이라는 것은 모호하고 명료하지 못한 경우가 많아 실례를 들어야만 명확해진다고 믿는다.

* 연역(演繹): 보편적인 명제나 진리를 전제로 하여 보다 특수하고 개별적인 명제나 진리를 이끌어내는 추리. 경험을 필요로 하지 않는 순수한 사유(思惟)에 의해 이루어지며, 그 전형은 삼단논법임. (역자 주)

이와 같은 사고 방식의 차이는 유럽(독일)인 페르디난트 퇴니스(Ferdinand Tönnies)와 미국인 사회학자 돈 마틴데일(Don Martindale)의 말에서 잘 비교된다. 퇴니스는 "유기적인 이 세계 속에서는 개념 그 자체도 살아 있는 실체이다"라고 하였다.

이 말에 대한 마틴데일의 논평이 재미있다. 그는 말하기를 "아마도 '사람이라는 개념이 실제의 사람처럼 아침에 일어나서 옷을 입고, 면도를 하고, 바쁜 하루의 일과를 위해 여러 가지 준비를 한다'는 뜻으로 퇴니스가 말한 듯하다"라고 하였다.3)

미국식 사고 방식을 따르는 사회과학 분야는 유럽식을 따르는 사회과학보다 더 경험적이고 방법론을 중시하는 경향이 있다. 반면 유럽의 사회과학자들은 경험에 기반을 둔 개념들도 곧잘 철학적인 문제로 간주한다. 그래서 과학이라는 것은 다른 과학자나 철학자의 유기적 이론을 재확인하고 더욱 세밀하게 체계화하는 작업이라고 생각한다.

지금까지 귀납법과 연역법에 관한 논의를 통해 미국식과 유럽식 사고 방식을 대조해 보았다. 그러나 이와 같은 간단한 비교를 통해, 미국인과 유럽인은 각각 오직 한 가지 특징적인 사고 방식만을 갖는다고 말하려는 것은 아니다. 여기서 중요하게 지적해야 할 점은 미국인의 사고 방식 자체와 미국 교수들에 의해 '분석적 사고력'이 부족하다고 평가받는 외국 학생들의 사고 방식에도 다양성이 존재한다는 사실이다.

최근의 한 연구에 따르면, 펜실베이니아 주 피츠버그 시의 저소득층 취학 아동들은 대개 두 가지 상이한 개념 형성 방식을 나타내는 그룹으로 나누어진다고 한다. 이 두 방식은 상이한 사회에서 발견되는 사고 유형들의 몇 가지 특성을 혼합한 것들이었다. 이 연구를 수행한 로잘리 코헨(Rosalie Cohen)은 개념 형성 방식을 정의하기를,

---

3) Don Martindale, *The Nature and Types of Sociological Theory* (Boston: Houghton Mifflin, 1960), p. 91.

"오감에 의해 얻어진 자료들을 선별하고 조직화하는 일련의 통합된 규칙"이라 하였다.4)

앞에서 말한 각각의 개념 형성 방식에 있어서, 어떤 통념들과 이들 통념들 간의 관계는 논리적으로 설명할 수 있는 것도 있었고 설명할 수 없는 것도 있었다. 게다가 이 두 개념 형성 방식은 '구체적인 실물과 관련짓지 않고도' 설명될 수 있으며, '타고난 능력과도 관계가 없는' 것이었다.5)

코헨이 소개한 개념 형성 방식 중에는 그녀가 '분석적'이라고 규정한 것이 있는데, 이는 우리가 이미 말한 미국인의 보편화된 사고 유형과 대체로 부합하는 것이다.

코헨은 또 '분석적'인 것과 대조되는 '상관형(相關型)' 개념 형성 방식이 있음도 밝혀내었다. 이는 덜 추상적인 것이며, 분석적인 경우처럼 사물의 부분을 중시하는 것이 아니라, 전체의 특성에 더 민감하다.

아마도 코헨의 연구가 가장 크게 기여한 점은, 위의 두 개념 형성 방식이 상이한 가족 구조 및 우정 관계의 구조와 연관되어 있음을 규명한 것이라고 보겠다. 상관형 사고 유형을 나타내는 학생들의 생활에서는 분석형 학생들의 생활 배경에서 나타나는 평등성이나 역할 분담이 강조되지 않음을 알 수 있었다.

분석형 사고를 하는 문화 집단은 더욱 공식적으로 조직화되어 있고, 집단 내에서의 특권·책임·지위가 질서 있게 분포되어 있다. 또한 개개인은 자기가 속한 집단을 자유롭게 떠날 수 있으며, "자기의 직무로 규정되지 않은 업무를 거절하기도 쉽다."6) 이러한 경우의

---

4) Rosalie A. Cohen, "Conceptual Styles, Culture Conflict, and Nonverbal Tests of Intelligence," *American Anthropologist*, Vol, 71, N0. 5 (October 1969), p. 841.
5) 같은 글, pp. 841-842.
6) 같은 글, p. 853.

개념 형성 방식과 가치관은 미국 중류층과 같다고 보겠다.

한편, 상관형 사고를 하는 사람은 자기가 속한 집단에 보다 더 깊이 뿌리박고 있다. 그는 집단 내에서 자기의 역할과 관련된 공식 기능보다는 집단이 수행하는 전체 활동에 더 자신을 부합시켜야 한다. 또한 어느 때든지 무슨 일이라도 할 준비가 되어 있어야 한다. 따라서 리더십을 포함한 집단 내의 각종 기능들은 분석형 인간으로 구성된 집단의 경우보다 더 많은 구성원들 사이에 널리 분포되어 공유하도록 되어 있다.7)

이런 차이점들은 비교 문화 연구의 결과 밝혀진 사실들과 유사한 면이 많다. 개념 형성 방식과 사회 조직 사이의 연관성을 규명하는 능력은 비교 문화 연구에 있어서도 대단히 중요하다.

코헨의 연구 결과에서 특히 주목할 만한 것은, 연구 대상 아동들이 다녔던 학교와 미국인들이 만들어 내는 사회 제도들이 분석형 사고 방식 형성에 특히 적합하다는 점이었다. 그 학교 내의 여러 조직·교과 과정·교수법·규율 등은 상관형 개념 형성 방식의 아동들에게 부적합한 교육 환경을 제공하고 있었다.

이러한 상황은 고등 교육을 받고 있는 외국인 유학생이나 일부 미국학생들이 처한 곤경과 비슷한 것일지도 모른다. 많은 외국 학생들이 분석적 사고력이 없다고 지적하는 미국인 교수가 있다면, 그는 아마 코헨이 연구한 저소득층 아동들의 상관형 개념 형성 방식에 나타나는 것과 똑같은 문제점을 지칭하는 것일는지도 모른다.

상관형 개념 형성의 특징은 문화 간의 차이점을 관찰할 때 뚜렷하게 드러나는 특징에 속한다. 귀납법적 특성이 있는 미국 중류층의 사고 방식을 비교 기준으로 삼아 보면, 이는 다른 나라 사람들의 상관형 사고 방식과 좋은 대조를 이룬다.

---

7) 같은 글, pp. 844-856.

　　노스럽(Northrop)은 동양과 서양을 비교한 연구를 통해, 비서양 문화권의 사람들은 외부 세계를 직접적으로 파악하려 한다고 주장하였다.8) 즉, 직관이나 신비주의가 경험의 핵심으로 침투하고, 그러한 경험은 관찰자 자신과 동일체가 된다. 또한 사고·지각·감각·경험 등은 인간이라는 존재 전체를 구성하는 질적으로 동일한 부분을 각각 이룬다고 하였다.

　　반면 노스럽에 따르면 서양인들은 현실의 경험 세계와 관찰 및 사고 행위 사이에 어떤 이론적인 용어를 개재시킨다. 말하자면 그들은 경험 세계로부터 한 발짝 거리를 두고 떨어져 있는 셈이다.

　　귀납법과 상관형 사고의 차이점을 하나 더 들자면, 귀납법은 주관과 객관을 분리한다는 점이다. 반면 상관형 사고 방식은 개인의 경험에 지나치게 의존하며, 객관적 사실이나 숫자 또는 개념들로부터 경험자를 분리시키지 못한다.

　　미국 교수들의 말을 빌리면 상관형 사고 경향이 있는 일부 외국인 학생들과 일부 미국 학생들은 개인의 관찰이나 경험을 통해 얻은 인상(印象: impression)을 개념과 혼동한다고 한다. 이러한 학생들은 학문 세계에서 요구되는 객관과 주관을 구별 못하는 사람들이다. 이들의 생각과 글 속에는 증명할 수 있는 사실과 개인의 경험이 등가치적으로 나타나며, 실증적인 것뿐만 아니라 개인적인 것까지도 권위 있는 학자들의 개념과 동등하게 유효한 것처럼 취급된다.

　　중국인의 사고 방식은 상관형의 좋은 예다. 이 때문에 서양인의 관점으로는 명확성이 모자란다.

　　중국인은 어떤 주제를 부분별로 나누는 분할식 분석을 하지 않는다. 그들의 사고는 사고한 자가 중요하다고 판단한 구체적 착상(着想)에 기초를 두며, 서양인의 사고 방식에 나타나는 정밀성과 추상

---

8) F. S. C. Northrop, *The Meeting of East and West, An Inquiry Concerning World Understanding* (New York: Macmillan, 1946).

성은 없다.9)

이러한 사고법은 분석력과 분류 능력이 결여되었다고 볼 수도 있지만 적절한 영어 명칭처럼 구체성·감정, 또는 행동의 기대를 불러일으키는 등 사물의 식별 및 표시 기능에 있어서는 매우 뛰어나다. 착상을 구어(口語)로 표현하는 것 자체가 행위로서 간주되는 경향도 있다.10)

또한, 중국인은 사건이나 사물과 이들을 나타내는 기호나 상징은 서로 일치해야 한다고 생각한다. 그리고 어떤 사건을 이와 동시에 발생한 다른 사건과 함께 묶어 설명하기도 하는데, 서양적 논리에 입각해서 보면 이 두 사건은 서로 연관된 것이 아닐 수도 있다.

한 사건에서 다른 사건으로 이동함은 중국식 사고법의 특징인 전치(轉置)에 해당하며, 이것이 바로 상관 관계식 논리이다.11) 이와 대조적으로 서양식 사고법은 추상적인 개념이나 원칙에 따라 전치된다.

지금까지 간단히 고찰해 본 중국식 사고법을 통해 분명히 알 수 있는 것은, 중국인의 논리 체계가 미국인 중류층의 사고법과는 다르다는 점이다. 중국인은 미국인보다 더 유추적(類推的)으로 생각하며, 은유법과 직유법을 더욱 많이 사용하여 결론에 도달한다.

언어 스타일의 이질화: 명확함과 모호함

파란색은 점진적으로 초록색으로 몰입되어 간다. 두 색깔의 차이는 연속적인 것이다. 이 두 색깔을 갈라놓는 경계선이 없기 때문이다. 이 두 색깔을 뚜렷이 구분하여 인식하는 사람이 있다고 가정해 보자. 그는 외부 세계를 지각함에 있어서 모든 사물과 개념들은 낱

9) Marcel Granet, *La Pensee Chinoise* (Paris: Editions Albin Michel, 1950), pp. 8-30.
10) 같은 책, p. 40.
11) Chang Tung-sun, "A Chinese Philosopher's Theory of Knowledge," *ETC., A Review of General Semantics*, Vol. IX, No. 3 (1962), p. 215.

낱이 분리되어 존재한다고 인식하려는 사람이다.

이처럼 환경을 비연속적인 것으로 보는 것은 분류형 사고 방식의 산물이다. 이러한 인식과 사고법의 발달은 사물과 개념을 나타내는 호칭을 씀으로써 더욱 조장된다.

말로써 삼라만상을 분류하는 범주의 호칭들 혹은 우리가 언어라고 부르는 매체는 주위 환경을 하나하나 분리된 사물과 개념들의 구성체로서 인식하는 데 중요한 구실을 한다. 가령, 'blue'와 'green'이라는 이름을 사용하면 두 빛깔의 차이에 대한 인식이 더욱 쉬워진다.

만약 시각적 자극물을 부호화할 때 사용하는 분류 범주의 중간치 —예를 들어, blue-green이나 green-blue를 사용하면 청색과 녹색에 대해 갖고 있는 인식이 상당히 흐려진다. 이러한 모호한 색상 영역은 좀더 긴 명칭을 요하므로 관찰자의 지각 반응은 더 느려지며, 이들 색상을 식별함에 있어서 의견도 불일치하게 된다.12)

각 문화권마다 서로 다른 방식으로 경험을 분류한다는 것은 잘 알려진 바다. 이 점이 바로 기본적인 문화의 차이다.

연속된 속성을 지닌 외부 환경을 낱낱의 범주별로 구분하는 분류 방식이 문화마다 다르다면 문화 간의 커뮤니케이션이 어려워질 수도 있다. 연속되어 있는 환경을 인위적으로 분류하기가 애매한 영역은 그 명확한 구분이 억제되고 특별한 관심과 불안을 환기시키기 때문이다.

언어를 문화인류학적으로 연구한 에드먼드 리치(Edmund Leach)의 말에 따르면, "언어는 우리가 사물을 구별하는 명칭들을 제공하고, 금기(taboo)는 연속된 환경 속에서 사물을 명확하게 범주별로 분류하여 인식하는 것을 금한다."13) 리치는 이에 대한 증거로서 영어

---

12) Roger Brown, *Words and Things* (Glencoe: Free Press, 1958), p. 241.
13) Edmund Leach, "Anthropological Aspects of Language: Animal Categories and Verbal Abuse," *New Directions in the Study of Language*, Eric H. Lenneberg (편) (Cambridge: MIT Press, 1964), p. 35.

에서 동물을 분류하는 방식을 예로 들었다.

동물은 인간과의 사회적 거리에 따라 네 가지로 분류된다. 즉, 애완동물, 가축, 들짐승 내지 수렵 대상 동물, 그리고 거친 야생동물이 있다.

리치는 이러한 분류 범주에서 위치가 애매한 동물-즉, 인간과의 친근도에 따라 분류되는 범주의 연속성을 깨뜨리는 동물들을 특별히 고찰해 볼 필요가 있다고 했다. 그 예로, 개는 분명히 동물이면서 동물 이상의 것이기도 하다. 개는 애완동물로서 인간의 친구이기 때문이다. 세계의 어떤 지역에서는 개가 식용으로 사육되지만 영어 사용국에서는 인간과의 친근한 관계 때문에 '비식용'의 자리를 차지한다.

그런데 개는 또한 'son of a bitch(개자식)'라는 표현처럼 욕설의 소재로도 쓰이는가 하면, 인간 생활에서 멀리 떨어진 곰 같은 야생동물은 개에 대한 대우와 비슷한 취급은 받지 않는다.

리치는 다음과 같은 예도 들고 있다.

> 17세기 영국의 마녀 재판에서 악마가 God의 철자 역순인 Dog의 형태로 나타난다고 믿었던 것은 아주 흔히 있었던 일이다. 영국에서는 아직도 이와 똑같은 글자 위치 전환법을 사용하여 성직자의 옷깃을 'God collar' 대신 'dog collar'라고 부르고 있다.[14]

개처럼 애매한 위치를 차지하는 동물에는 고양이 · 말 · 당나귀 · 염소 · 돼지 · 토끼 · 여우 따위가 있다. 이러한 동물들은 "음란한 말이나 욕설의 소재로 쓰이든가, 형이상학적 연상에 사용되든가, 완곡어법에 나타나든지 하여 금기의 의미를 특별히 띠고 있는 것 같다."[15]

애매함의 가능성이 있는 또 다른 예로써 오줌 · 피 · 땀 · 침 · 손톱 · 발톱 같은 인체의 배출물을 들 수 있다. 이러한 것들은 신체에 속하기도 하고 속하지 않기도 한다. 또한 세계 어느 지역에서나 더

---

14) 같은 글, p. 27.
15) 같은 글, p. 41.

러운 것으로서 뿐만 아니라 어떤 강렬한 느낌을 전달하는 것으로도 인식된다.16)

이런 것들이 사람들에게 강한 반응을 불러일으킨다는 것을 시험해 보려면, 누구에게든지 물 한 컵을 들어 그 속에 자기 침을 뱉은 후 그 물을 다시 마셔 보라고 제의해 보라. 그가 이러한 행위에 혐오감을 나타내면, 그에게 컵의 물을 마시는 것은 단지 뱉은 침을 다시 입에 넣는 일에 지나지 않는다고 상기시켜 보라. 혐오의 반응은 인체 배출물이라는 침의 의미 때문에 한층 더 분명하게 나타난다.

지금까지 언어는 사물의 분류 작업에 기여하는 것으로서 인식과 생각의 명확성을 높여 준다는 점을 설명하였다.

그러나 언어의 명확성은 언어 사용 습관으로부터 나오므로, 그 해당 언어 사용권 밖의 사람들에게는 불명확하거나 심지어는 모호하게 느껴질 수도 있다. 예컨대 미국인에게는 명확하고 정확한 언어 사용법이라고 생각되는 것이, 영국인이나 영국의 영향 아래에서 영어를 배운 사람들에게는 불명확하게 여겨질지도 모른다.

미국인의 언어 사용은 어떤 문맥이나 특정한 상황을 알아야 이해되는 경우가 많은데, 이는 미국어가 미국 문화의 통념과 가치관을 반영하기 때문이다. 따라서 외국인들은 문맥상의 전후 관계와 문화를 모두 터득하기 전에는 미국어의 불명확함과 모호함 때문에 곤란을 겪는 수가 많다.

미국어 사용자에게 나타나는 전형적인 현상으로서, 정밀성이 모자라는 일반 명사에 추가하여 수식 명사나 형용사를 함께 사용하는 것을 들 수 있다. 수식어조차 똑같이 모호할 수도 있지만, 이런 식으로 단어를 복합하면 정확도가 증가되고, '언어적 역동성(verbal dynamics)' 현상을 통해 미국인의 귀에 '커뮤니케이션'이 가능해진다.

---

16) 같은 글, p. 38.

예를 들어, 'students(학생들)'보다는 'student body(학생단)'라는 표현이 더 자주 쓰이며, 'value(가치)'는 'value orientation(가치지향)'이라고 씀으로써 더 뚜렷한 의미를 전달한다. 또한 'science(과학)'는 종종 'scientific method(과학적 방법)'라고 써야 더욱 어울리고, 'book(책)'은 'reading material(독서 자료)'로 표현되기도 한다.

이와 같이 단어를 결합하여 언어를 역동적으로 표현하는 데 자주 쓰이는 일반명사로는 'approach(접근)' 'behavior(행위)' 'development(발달)' 'facilities(시설)' 'growth(성장)' 'learning(학습)' 'process(과정)' 등이 있다.

이 같은 명사들을 수식하는 명사나 형용사로는 'dynamic(역동적)' 'experimental(경험적)' 'exploratory(탐구적)' 'personal(개인적)', 'productive(생산적)' 'operational(조작적)' 'self(자기)' 등이 있다. 이러한 단어들을 연결해서 사용하면 'dynamic process(역동적 과정)' 또는 'self-learning(스스로 배우기)' 등과 같은 전형적인 미국 문화의 규범을 표현할 수 있다.

언어의 역동적 표현은 번역이 곤란한 때도 많다. 워싱턴의 한 신문에 포토맥 강 위의 '교통량 지탱 시설(traffic-bearing facility＝다리)'이라는 말이 쓰인 적이 있었다. 이는 명확함을 존중하는 영어에 지나친 부담감을 주는 표현이지만, 역동적으로 언어를 표현하는 이유를 우리로 하여금 음미해 보게 해주는 좋은 예가 될 것 같다.

언어는 분명히 몇 단계의 진화 과정을 거치는 듯하다. 어미 변화가 특징인 초기 단계를 거쳐 전치사가 붙게 되는 중간 단계를 지나면 언어 역동 현상에 나타나는 것과 같은 형용사적 명사의 사용 단계로 진화해 간다. 중국어는 이러한 과정을 거쳐 왔으며, 영어도 똑같은 길을 따라가고 있는 것 같다.

그러나 언어 진화 현상만으로는 미국인이 다른 영어 사용국인들보다 더 역동적으로 언어를 구사하는 이유를 설명할 수 없다. 이러한

차이는 미국 내에서의 영어 사용법의 고유한 특징에 따라 설명해야
만 한다.

미국인들은 구대륙의 생활 방식을 버리고 신세계의 생활 방식을 창
출하고자 하는 강한 자극을 받아 왔다. 미국 이주민들은 대개 그들의
자녀가 미국화하도록 장려하였다. 그들은 새로운 나라의 말과 풍습을
열심히 받아들이고, 구세계의 말과 풍습에 대해서는 등을 돌리게 하
였다. 아마 최근까지만 해도 미국은 두 가지 일상어를 쓰는 것을 낮은
사회적 신분의 표시로 여겼던 유일한 나라였을지도 모른다.

이민 온 나라의 국어인 영어를 모국어로서 받아들이고자 하는 충
동은 간결한 어휘의 사용과 격식의 무시, 그리고 대인 관계에서 친
근감이나 사회적 동화의 표시로서 속어(slang) 사용을 강조하는 언어
습관에 의해 더욱 조장되었다.

미국인의 영어 사용은 대체로 문학적 전통에 수렴하는 것도 거부
해 왔다. 과학 분야에서조차 그 학술 어휘에 속어의 사회적 기능과
비슷한 기능을 갖는 특수 용어들이 대폭 침투해 들어왔다.

이상의 두 가지 어느 경우에 있어서나 어휘는 제한되고, 언어의
사용에 빈틈과 모호함이 발생한다. 영국인이라면 'bestow a prize(상
을 수여하다)'라고 표현하기 쉬우나 미국인은 'give a prize(상을 주
다)'라고 말한다. 미국인은 똑같은 단어에 다양한 수식어를 붙여 사
용함으로써 의미를 명확하게 하며, 영국인은 그때그때 상황에 맞는
적확한 어휘를 찾아 쓰려고 한다.

두 개 이상 단어가 모인 역동적인 결합어는 이보다 더 정밀한 단
어들이 연상시키지 못할 수도 있는 과정(process) 감각을 전달해 준
다. 즉, 서로를 수식하는 두 낱말을 나란히 놓음으로써 과정을 중시
하는 미국인을 사로잡는 것이다.

'bridge(다리)'는 구조물이란 개념이다. 즉, 그것은 물체다. 그러나
'traffic-bearing facility(교통량 지탱 시설)'라는 표현의 역동성은 인

식의 초점을 구조물 자체로부터 구조물의 기능으로 옮겨 준다. 이렇
듯 두 단어가 갖는 의미들의 상호 작용으로부터 구조물의 개념이 파
생된다. 'facility'는 모호한 뜻을 지닌 일반 명사이기 때문에 교각
구조물을 구체적으로 나타내지 못하는 것이다.

　언어의 역동 현상을 살펴보면 대개 정밀성이 모자람을 알게 된다.
또한 역동적인 용어는 이에 친숙한 사람이나 강조점이 구조물이나
사물로부터 과정으로 전이되는 현상에 익숙한 사람에게만 이해될 수
있다. 이러한 표현 방식은 언어 사용에 있어서의 근본적인 미국 문
화의 특성들을 내포하고 있는 까닭에서다.

자기중심 비교 평가와 객관적 평가

　미국인은 주체와 객체 사이에 명확한 선을 그어 구별한다는 점을
많은 사람들이 지적해 왔다. 미국인은 'we(우리들)'와 'they(그들)',
'our group(우리 집단)'과 'their group(그들의 집단)'을 분명히 구분
한다. 이러한 구분은 'we'와 'they' 같은 2분법에만 한정된 것은 아
니다. 이는 영어 사용국의 2분법적 사고 방식을 나타내는 것으로서
미국인에게 특히 해당된다. 미국어 자체가 문장의 주어와 술어를 명
확히 구분한다는 점이 그 좋은 예다.

　문장 중에 주어가 없이 술부만 있어도, 주어가 있되 다만 표현되
지 않은 것으로 간주된다. "It rained."와 같은 예문에서처럼 'It'라는
일종의 가주어는 생략된 주어를 대신하고 있다.

　어떤 행위를 총체적으로 볼 때, 사건이나 행동은 반드시 '원인'이
나 책임을 질 행위자가 있기 마련이다. '저절로 생긴 일이나 자연적
인 발생'은 중국인에게라면 몰라도 미국인에게는 어색하고 납득하기
곤란한 개념이다.

　미국인은 어떤 사실을 말할 때 누가 그 사실에 책임이 있는지—
즉, 누가 그것을 했는지 또는 야기시켰는지가 밝혀지지 않는 한 만

족해하지 않는다. "연기 나는 곳에 불이 있다(Where there's smoke, there's fire)"라는 격언처럼 모든 일의 결과나 사건의 배후에는 행위를 발생시킨 원인이 되는 주체가 있기 마련이라고 생각한다.

사물을 판단할 때 미국인들이 분명하게 잘 드러내는 또 한 가지 특징이 있다. 미국인은 자신의 주변과의 관계는 거의 고려치 않고 순전히 개인의 취향에 따라 판단을 내리고 행동을 정당화하는 수가 많다.

예를 들어 보자. 마가레트 미드의 연구 보고에 따르면, 미국인은 "네가 좋아하는 빛깔이 뭐냐?"라는 물음에 선뜻 답변을 해주지만, 이와 똑같은 질문을 받은 영국인은 이 질문의 의도를 알기 전엔 좋아하는 빛깔을 말하지 않으려고 한다. 좋아하는 빛깔이 대상물에 따라 다른 까닭이다.17)

미국인은 자신의 취향에만 관련시켜 빛깔을 생각하려 들지만, 영국인은 빛깔을 대상물과 떼어서는 생각하지 않는 듯하다. 다른 사람이 볼 때는 서로 조화되지 않는 듯한 사물이나 생각들도 미국인의 자기중심적 사고 방식에 의해서는 서로 결합되기도 한다는 말이다.

이런 종류의 사고 방식은 세상을 흑백 양분식으로 보려는 미국인의 성향과 깊은 관계가 있으며, 미국인을 행동지향으로 만드는 소인이기도 하다. 이는 또 미국식 2분법으로 나뉘는 대상물들이 불평등하다는 사실에도 일부 원인이 있다. 즉, 한 요소는 다른 한 요소보다 통상 가치를 더 부여받는다. 그러한 예로써, 일하기-놀기, 선-악, 평화-전쟁, 민간-군, 옳음-그름, 성공-실패, 인간-자연 등과 같은 2분법식 구분을 들 수 있다.

판단 기준의 양극화는 세계관을 단순화시키고 사람을 행동적으로 만들며, 미국인들로 하여금 전형적인 미국식 비교 평가 및 비교 판

---

17) Margaret Mead, "The Application of Anthropological Techniques to Cross-National Communication," *Transactions of the New York Academy of Sciences*, Vol. 9, No. 4 (February 1947), p. 140.

단 방식을 좋아하게끔 만든다. 이러한 비교 습관은 매우 깊이 체질화되어 있으므로 좀더 상세히 살펴볼 필요가 있다.

해외에 나가 있는 미국인 조언자는 미국식 규범에 따라 상대방을 평가하기 쉽다. 다시 말해, 상대방을 자신보다 낫다, 같다, 못하다 하는 식으로 평가하게 된다. 그는 이와 같은 판단 기준으로 "당신은 이렇게이렇게 해야 됩니다. 그렇게 하는 것이 우리 조직의 행동 방식이지요"라고 조언할 가능성이 많다. 즉, 은연중에 미국식 기준을 적용하여 자신의 평가나 조언을 정당화한다.

미국인은 또한 어떤 사물을 그 자체로서, 또는 그 자체의 맥락 속에서 묘사하거나 판단하는 데 거부감을 느끼며, 그 대신 한사코 비교적인 관점에서 사물을 다루려고 한다.

자신을 평가할 때는 자신과 비슷한 처지의 타인들과 비교하고, 자기가 구경한 영화와 대조하여 다른 영화를 평하며, 자녀에 대한 판단은 자녀의 동년배들 간의 규범에 비추어 내린다. 그러므로 외국인에 대한 평가에 있어서도 당연히 미국식 판단 기준을 따르려고 한다. "…때문에 좋다"라는 식의 평가보다는 아마도 "…만큼 좋다"라는 표현이 더욱 자연스러운 형태라고 느낄 것이다.

조언자가 미국 문화의 가치관이나 자신의 과거 경험만을 늘 내세운다면, 미묘한 인간 관계 속에서 일하는 조언자로서의 입장을 악화시킬 수도 있다. 그가 해외에 체재하고 있다는 사실 자체가 그 지역 주민이 갖고 있지 않은 지식과 기술을 그가 보유하고 있다는 뜻이다. 미국인은 그의 존재만으로도 이미 현지 지역 주민들보다 우월함을 시사하는 위험에 접근해 있다.

그래서 오직 미국식 규범에 따라 비교적인 관점에서 모든 일을 평가하고 정당화한다면 미국인 조언자는 암암리에 자신의 판단 기준이 우월하다고 말하고 있는 셈이 된다. 이와 비슷한 상황이 미국 내의 외국인 유학생을 지도하는 상담관에게도 해당이 된다.

아마 이런 경향이 일부 원인이 되어 미국인들은 매사에 있어서 도덕 관념을 내세우고 교만하다는 평판을 듣는 것 같다. 미국인은 정치적 부당 이득, 기이한 성적 행위, 잔인함, 낯선 생활 양식, 또는 독특한 곡물 수확 방식 등을 목격하면 이와 비슷한 상황 속에서의 미국인의 행동 방식과 비교하는 습성이 있다. 그리하여 결국은 좋으냐 나쁘냐의 양자택일식 평가에 도달하는데, 나쁠 경우는 비도덕적인 것 또는 '효용이 없는' 것과 동일시되기도 한다.

사실 미국인은 그가 다른 나라에서 목격하는 것들이 그 지역 문화 구성원들의 행동 방식이라는 점을 고려치 않고, 흔히들 미국적인 것과의 직접 비교를 통해 결론을 내린다. 그러나 중국인이라면 "그것은 나쁘다 (That is bad)"라고 말하는 대신 "그것이 미국식이다 (That is American)"라고 말하리라. 상황의 맥락을 철저히 고려하는 중국인은 어떤 정황이 부적절하다고 판단할는지는 몰라도 그것이 나쁘다고 규정짓는 일은 피한다. 이는 그러한 정황이 때와 장소에 따라서는 적절한 것일 수도 있다고 보기 때문이다. 미국과 중국 문화를 비교한 중국계 미국인 인류학자 슈(Hsu)의 말을 인용해 보자.

"미국의 문물에 대해 중국인은 통상 '미국적인 것은 중국적인 것과 다르다'라고 표현한다. 그러나 중국적인 것에 대해 미국인은 통상 '중국인들은 모든 일을 잘못된 방식으로 행한다'라는 투로 평가한다."18)

미국인이 좋아하는 비교 판단 방식에 따르면, 하나의 사물은 다른 유사한 사물들과 비교된다. 그러나 어떤 문제점이나 사물을 평가하는 일정한 기준을 지니고 있는 사람은 절대적인 판단을 내리게 된다. 태국에서 있었던 일을 예를 들어 보자.

---

18) Francis L. K. Hsu, *Americans and Chinese: Two Ways of Life* (New York: Schuman, 1953), p. 92.

미국 평화봉사단원들이 태국인 영어 교사들과 함께 영어를 가르치도록 파견된 적이 있었다. 이때 평화봉사단 본부의 한 임원이 워싱턴으로부터 태국으로 가서 봉사단원들의 능력을 평가해 보게 되었다. 그가 태국인 영어 교사의 자질에 관해 태국인 감독관에게 묻자 그 감독관은 "예, A씨는 아주 탁월한 선생이지요. 그리고 B씨도 훌륭하지요" (또는 "부족한 선생이지요")라는 식의 평가를 내려 주곤 하였다. 즉, 교사들은 교사로서의 좋고 나쁜 자질에 따라 절대적인 평가를 받았다.

이상의 예는 매우 의미 있는 것이다. 왜냐 하연 태국인 감독관은 태국인 영어 교사들과 함께 일하는 평화봉사단원들에 대해서는 다른 방식으로 대답했기 때문이다. 이를테면, "스미스 씨는 잭슨 씨만큼 유능하지요" (또는 "그보다 못하지요")라는 식으로 평가하였다. 다시 말해, 그 감독관은 미국인에 대해서는 전형적인 미국식 비교 판단 방식을 따랐던 것이다.

여기에서 눈여겨 볼 것은 태국인 감독관이 두 가지 판단 방식을 사용했다는 점이다. 이는 어떤 문화의 구성원들이 모두 오직 하나의 특정한 문화적·심리적 특성에만 집착하지는 않음을 보여주는 실례다. 예외와 변형은 문화의 본질을 이루는 속성이며, 어떠한 문화라 할지라도 거의 모든 가능한 인간적 다양성을 내포하고 있다.

사물에 대한 평가는 판단을 입증하기 위한 설명이라고 볼 수 있다. 그렇다면 미국식 설명 방식에는 어떠한 사실과 숨은 의미가 들어 있는가? 지금까지 살펴보았듯이, 미국식 비교 판단은 본질적 가치에 호소하지 않고 사물을 다른 유사한 사물과 비교하여 평가하며, 개인으로 하여금 자신이 좋아하는 바에 따라 선택하도록 만든다. 미국인 스스로는 의식하지 못할지 모르겠지만 그들은 문제점을 설정하고 그 해결책을 찾아 선택을 함에 있어서 경제적·기술적 측면에서 판단하는 일이 많다.

비교 판단 방식은 자신의 이해 관계나 소속 집단의 입장에서 내린 현시점의 평가를 중시하고, 오래된 역사적 사실에 의거한 평가는 경시한다. 이번에는 미국 대학에 유학한 어느 터키 학생의 예를 들어 보자. 그는 현대 미국 생활에서의 성취 동기에 관한 교수의 강의가 끝나자 자신의 의견을 발표하였다. 그는 교수의 말에 동의하면서도 한편으로, 성취 동기라는 가치관은 중세의 생활 조건들로부터 연유했다고 주장하였다.

터키 학생은 약 10분 동안 자신의 주제를 훌륭히 발표하였지만 그의 논평은 별개의 주제와 시대에 관한 것이었다. 즉, 엄밀한 의미에서 중세 이래 지금까지 연대순으로 시대별 선후에 따라 성취 동기를 추적해 들어가면서 설명한 것은 아니었다.

그 학생이 말을 마치자 어느 미국 학생이 "당신 말에 동의는 하겠지만 무엇 때문에 그토록 옛날로 거슬러 올라간 겁니까?"라고 물었다. 분명히 그 교실에 있던 미국 학생들은 터키 학생이 성취 동기의 내력을 밝히려고 옛 역사를 거론한 것은 타당치 않다고 생각하였다.

터키 학생은 차근차근히 연대순에 따라 설명하지는 않았지만 갖가지 사례·사건·역사적 인물들을 설득과 의미 부여의 수단으로 삼아 현대 미국 생활에서의 성취 동기 내력을 규명하였다.

이와는 대조적으로 미국 학생들은 성취 동기를 그 현대적 형태로서만 파악하는 쪽을 택하였다. 만약 역사를 참조하려고 했더라도 과거로부터의 인과 관계의 사슬에 따라 연대순으로 파악해 들어갔을 것이다.

제7장 문화 차이란 무엇인가

지각 방식이 다르면 사고 방식도 다르다

지각(perception)의 세계는 믿기 어려울 만큼 풍부한 자극을 경험하게 해준다. 인간의 눈에는 750만 가지 빛깔이 비친다고 한다.1) 만약 빛깔 말고도 형태・명암・공간 인식 같은 또 다른 차원이 추가된다면 지각 세계에 포함될 수 있는 자극의 범위란 참으로 엄청나리라.

인간에게 가장 풍요한 감각은 시각이겠지만, 청각도 약 34만 가지 음조와 음색을 구별할 수 있다고 추정된다.2)

냄새・촉감・근육운동 지각・고통・입맛 그 밖의 감각들도 인간의 이해나 상상 영역을 초월하여 지각 경험을 풍부하게 해주는 데 이바지하고 있다.

그런데 어떤 자극을 지각하면 사람들이 어떻게 반응할지 반드시 예측할 수 있는 것은 아니다. 또한 사람들의 행동이 꼭 자기가 지각하는 외부 환경을 반영하지도 않는다. 지각과 행동의 상호 관계를 이해하려면 그 사이의 '지각자(知覺者)'라는 중간 단계에 관한 자세한 설명이 필요하다. 지각에 따르는 반응은 개인의 기대에 따라 달라질 수 있다는 사실이 많은 연구 결과 밝혀졌기 때문이다.

통상적으로는 인지되지 못할 정도로 지각은 지각하는 자에 내재하는 것이며 외부 세계 자체에 존재하는 것은 아니다. 지각자의 기대

---

1) Frank A. Geldard, *The Human Senses* (New York: John Wiley and Sons, 1953), p. 53.
2) 같은 책, p. 124.

는 지각의 시각적 측면, 즉 빛깔·모양·명암 따위 특성에 의미를 부여한다. 그래서 지각된 대상물들이 사람이나 동물, 나무나 풍경들로 떠오르게 되는 것이다. 말하자면 지각 과정에서 인지된 대상물이란 개인의 기대에 따라 지각된 것을 일컬으므로, 아무리 직접적이고 간단한 지각 작용일지라도 대상물은 물론 지각자 자신의 속성까지도 드러내어 주게 된다.

문화를 구성하는 사고 방식·가치관·통념들을 습득하는 과정에서, 지각자는 자극을 분류하는 방법을 배움으로써 감각 세계의 어마어마한 복잡성을 줄일 수 있다. 실제로 지각자는 어떤 특정한 자극—이를테면 파란색 계통의 어느 한 특정한 색조에 반응하는 것이 아니다. 그는 여러 가지로 구별되는 색조들을 모두 포함하는 범주로서의 '파랑' 또는 '빨강'에 대해 반응한다.

그런데 지각 반응의 기초를 이루는 자극의 범주들은 지각자가 후천적으로 배워서 아는 것이므로, 이를 지각자 개인의 문화적 배경과 관련지어 생각해 볼 수도 있다. 예를 들어, 빛깔 식별력은 지각된 빛깔을 호칭할 어휘를 갖고 있어야 증대된다. 명칭이 없으면 식별력이 빈약해진다.

또한 집단이나 문화에 따라 빛깔을 분류하는 범주들이 다를 수도 있다. 어떤 사회에서는 따뜻한 색과 찬색의 구분이 중시되나 파랑이나 초록 같은 색들의 차별 기준은 미약할 수도 있다.

빛깔의 지각 작용을 연구 관찰한 사람들은 지각자가 객관 세계의 어떤 물질적인 특정 현실에 반응한다는 전통적인 견해를 부정하고 있다. 즉, 지각자는 어떤 특정한 자극체에 반응하는 것이 아니라 유사한 자극들을 포괄하는 하나의 '부류'에 반응한다고 보고 있다.

사물을 종류별로 나누고, 지각 세계의 복잡함에 대처할 수단을 제공하는 이미지와 개념들은 지각의 번주화 과정을 통해 생성된다. "번주화한다는 말은 겉보기에도 차이가 나는 사물들을 일단 동등하게 인식하고, 우리 주변의 대상물·사건·사람들을 종류에 따라 구분 짓고, 이들 각각의 특수성보다는 이들이 속한 부류의 특성에 대해 반응한다는 뜻이다."3)

그런데 전 세계에 걸쳐 다양한 문화인들의 지각 유형은 각각 다르게 나타난다. 이는 지각과 사고의 밑바닥에 깔려 있는 범주화와 추상화의 방식이 문화마다 다르기 때문이다. 이러한 사실을 알지 못하면, 문화마다 지각 유형이 다르다는 사실은 그저 진기한 견문에나 그치고 말 것이다.

한편 지각의 경우와 마찬가지로 인간의 사고 과정도 문화의 영향에 따라 달라진다고 말할 수 있다. 어떤 사람은 "우리가 눈을 뜨고 직접 외계를 볼 때와 눈을 감고 앉아서 생각할 때 발생하는 것 사이에는 근본적인 차이가 없다"고 말하기도 한다.4)

이처럼 지각과 사고가 같은 원리에 따라서 지배된다면 문화야말로 사고와 지각에 큰 영향을 끼치는 요소다. 연상형(聯想型)5) 또는 관련형(關聯型)6)이라고 불리는 사고 방식이 있다. 이는 지각 과정과 비슷하게 설명되는 것으로서, 지각과 사고가 연속된다고 보는 견해를 더욱 설득력 있게 해준다.

좀더 보수적인 견해를 갖는 사람들은 지각과 사고의 연계성을 강조함과 동시에, 지각 과정에서는 감각 요소들이 압도적으로 우세하겠지만, "사고 과정에서는 중심 사상을 이루는 요소들이 지배적이다"7)라고 강조하기도 한다.

---

3) J. S. Bruner외, *A Study of Thinking* (New York: John Wiley and Sons, 1956), p. 1.

4) Rudolf Arnheim, *Visual Thinking* (Berkeley: University of California Press, 1969), p. 133.

5) Edmund S. Glenn, *Mind, Culture, Politics* (복사판) (1966).

6) Rosalie A. Cohen, "Conceptual Styles, Culture Conflict, and Nonverbal Tests of Intelligence," *American Anthropologist*, Vol. 71, No. 5 (October 1969), pp. 828-856.

7) Harry Helson, *Adaptation-Level Theory* (New York: Harper & Row, 1964), p. 457.

어떤 사고 유형은 이미지와 지각 반응의 세계로부터 비교적 멀리 떨어져 있다. 이러한 사고 유형을 가리켜 에드먼드 글렌(Edmund Glenn)은 '추상적'이라고 부르며, 로잘리 코헨은 '분석적'이라고 말하기도 한다.8) 이와 같은 사고 유형의 특징은 추상적인 개념들을 사용하여 외부 세계를 분석하고, 이를 다시 같은 부류의 범주 단위로 분류하는 것이다. 그러나 이러한 과정을 통해 분류된 범주들은 뚜렷하게 지각할 수 있을 정도로 겉으로 나타나는 것은 아니다.

통념과 가치관은 절대적인 것이 없다

많은 사람들은 이 세상이 실제로 어떤 것인가라는 문제를 강하게 의식하고 있다. 그래서 '현실'이라는 것이 다름 아니라 한 문화의 구성원들이 공유하는 어떤 통념 속에 존재하는 것임을 알게 되면 놀라지 않을 수 없다.

문화적 통념이란, 사람들의 인생관과 행동 방식에 충만하게 스며들어 있는 추상적이고 체계적이며 일반화된 관념이라고 정의할 수 있겠다. 그러나 통념의 이러한 속성이 꼭 모든 개개인의 행동에 공통된 특징으로 나타나지는 않는다. 개인의 행동은 사람마다 달라서 구체적이고, 개별적이며 특정한 것이다.

사람들이 현실 세계에 대해 품고 있는 생각은 문화마다 다르다. 세계와 인생 경험에 대한 통념이 문화에 따라 다른 까닭이다.

예컨대 대부분의 미국인은 자신들을 포함한 모든 인간의 주위 환경으로서 존재하는 이 세계가 물리적이고 물질적이며, 영혼이나 정신 같은 것은 갖고 있지 않다고 은연중에 믿어 버린다. 이러한 통념은 자명한 사실처럼 보일지도 모르겠으나 실제에 있어서 많은 비서양 문화권에서는 그렇게 생각하지 않는다.

서양인들은 인간만이 영적인 본질을 갖고 있다고 믿지만, 서남아

---

8) Rosalie A. Cohen, 같은 글, pp. 828-856.

시아와 동남아시아 전역에 걸쳐 많은 민족들은 인간의 본질과 유사한 본질성을 자연에 대해서도 부여한다.

이처럼 인간만이 영적인 존재라는 통념에 따라 서양인들, 특히 미국인들은 자연 환경을 인간의 목적을 위해 개발하고 이용한다.

이와는 반대로 인도인이나 동남아시아인들은 자연과 동화되거나 일체가 되려고 노력한다. 그것이 자연 세계의 당연한 관계라고 믿기 때문이다. 즉, 인간이란 단지 뭇 생명체 중의 하나일 뿐이다. 따라서 인간은 다른 생명 형태―심지어는 산이나 계곡 같은 지형적 특징으로부터 떼어놓을 만한 독특한 본질을 지닌 존재는 아니라고 믿는다.

자아와 세계에 대한 인식 같은 기본적인 통념들은 개인의 행동으로부터도 추리해 낼 수 있다. 그러나 어떤 특정한 행위를 충분히 설명하려면 여러 가지 통념들을 동시에 살펴보아야 한다. 아울러 자아나 세계에 대한 통념이 언제나 개인의 행동 방향을 결정짓는 것도 아님을 감안해야 한다.

가령 대다수 중류층 미국인은 자신을 개인이라고 인식하며 물질적 세계는 생명이 없다고 믿는다. 그들은 또 성공이 그들의 목표이며, 타인과의 협력은 사사로워서는 안 되고, 무슨 일이든 '행동(doing)'으로 옮기는 것이 그들이 속한 사회가 좋아하는 활동 형태라고 믿는다.

그렇다면 이러한 통념들은 미국인이라면 누구나 다 실업가나 사회사업가가 되어야 함을 뜻하는 것인가? 그들은 지역 사회의 정치 문제에 적극적으로 관여하는가? 아니면 투표 참여에 국한시키는가? 그들은 토론할 때 세부 사항과 문제의 응용면에 들어가기에 앞서 주요 논점을 먼저 개괄하는가? 아니면 그 반대 방식을 택하는가?

이러한 질문들은 모두 개인이 갖고 있는 기본 통념에 관련된 것들로서, 미국 중류 사회의 문화 유형을 반영하고 있다.

그러나 앞서 말했듯이 사회의 통념이 전적으로 개인의 행동을 지배하지는 않는다. 대부분의 결심·행동·평가는 사회적 통념보다 덜 추상적이고 덜 체계화되고 덜 일반화된 관념에 따라 이루어진다.

그러한 예로, 많은 미국인은 자연을 물질적이며 개발할 수 있는 대상이라고 생각하는데, 이러한 통념은 미국인이 대체로 물질적 안락과 물질적 소유물을 원한다는 사실과 연관되어 있다.

미국인은 집·의복·난방 시설 따위 개인의 생활을 물질면에서 편안하게 해줄 수단들을 갖고 있어야 한다고 믿는다. 그리하여 각 개인이 자신의 자동차와 집 같은 물질적 소유물을 원하는 것을 바람직하고 당연한 일로 받아들인다.

만약 어떤 미국인이 그의 모든 소유물과 안락을 포기하고 누더기를 걸친 채 정신적 행복을 추구하면서 떠돌아다닌다면, 그의 행동은 아시아 일부 지역에서는 조금도 낯설지 않게 보이겠지만 미국에서는 사회의 통념으로부터 이탈한 행동으로 간주될 것이다. 그가 종교적인 구원의 길을 추구하는 데 대해 무슨 이유를 내세우든, 그것은 거의 괴팍한 행동으로 여겨지기 쉽다.

미국인들은 물질적 안락이나 재산을 향유하려는 목표가 선한 정신 생활을 영위하려는 목표와 서로 양립할 수 없다고는 생각하지 않는다.

물론 물질과 안락에 특별한 관심을 갖지 않는 미국인도 많이 있다. 그렇지만 노동 절약형 기구나 설비, 쾌적한 교통 수단들에 미국인들이 쏟는 시간과 노력과 돈을 생각해 보면, 안락한 물질 생활이 그들을 지배하는 문화 유형임에 틀림없다.

한편 인도 같은 곳이 물질적 안일보다 영적인 품위를 더 중시함은 널리 알려진 사실이다. 미국과 인도 문화 사이의 (또는 어떤 문화 간에 있어서든) 근본적인 차이점은 결국 어떠한 통념과 행동을 더 중요시하는가의 차이라고 보겠다.

물질의 소유와 안락을 바람직하게 여기는 것과 같은 관념을 '가치관'이라 부르기로 하자. 이 용어를 선택한 이유는 이것이 학술적으로는 상당히 다양하고 모호한 의미를 나타냄에도 불구하고, 그 표현

이 간명하고 일반적으로 널리 쓰인다는 사실 때문이다.9)

'가치관'이란 개념은 다양한 의미로 쓰여 왔다. 이 문제를 광범위하게 조사해 보고 나서 저자가 내린 결론은, 이 용어를 사용한 모든 경우의 공통된 특징으로서 '당위성(oughtness)'이라는 개념이 포함되어 있다는 것이다.10) 이것이 바로 이 책에서 사용된 가치관이라는 개념이다.

한 가지 명백히 밝혀두자면, 개인이 어떠한 음식·자동차·잡지 따위를 좋아하느냐라는 문제에 가치관의 개념을 관련시켜 사용하지는 않았다는 점이다. 가치관이 그러한 의미까지 포함한다면 그 개념이 너무 광범위하여 실용성이 없어진다. 인간이 선택하는 모든 것들이 전부 가치관에 의존하는 것이 되지 않겠는가?

그렇지만 선택의 대상·가치관·통념이라는 개념들 사이에는 명확한 차이가 없음을 지적해 둘 필요가 있다. 이들은 서로 연관된 것으로서, 한 개념이 다른 개념 속으로 흡수될 수 있다. 또한 어떤 사람의 선택의 대상이 다른 사람의 가치관이 될 수도 있으며, 이 두 가지가 모두 통념과도 관련이 됨은 물론이다.

지배적 문화 유형과 예외적 변형

미국 문화와 비서양 문화를 한 줄로 나열하여 대조해 보면, 미국 중류 사회의 문화가 비교선상의 한 쪽 끝에 놓일 때 다른 여러 가지 문화들은 거의 반대 편 끝에 오게 됨을 알 수 있다. 이런 식으로 적어도 두 가지 문화 현상을 비교한다면, 어떤 문화 또는 어떤 문화

---

9) Florence R. Kluckhohn과 Fred L. Strodtbeck, *Variations in Value Orientations* (New York: Row, Peterson, 1961). Clyde Kluckhohn 외, "Values and Value-Orientations in the Theory of Action," *Toward a General Theory of Action*, Talcott Parsons와 Edward A, Shils(편) (Cambridge: Harvard University Press, 1951), pp. 388-433.

10) Clyde Kluckhohn 외, 같은 글, pp. 388-433.

내의 변형 문화를 묘사하는 데 필요한 기본적인 비교 측면이 제시될 수 있으리라.

한 예로 이 세계를 물리적이고 물질적이라고 인식하는 미국인들의 세계관을 비교 측면상의 어느 한 끝에 놓아 보자. 그렇게 되면 이와는 다른 세계관—모든 자연 세계가 '영혼'이나 '인간성'과 비슷한 생명력과 본질을 갖는다고 믿는 세계관은 비교 측면상의 다른 한 끝에 올 것이다.

인도인의 전형적인 세계관에 따르면 인간과 자연은 질적인 면에서 서로 다를 바가 없다. 양자는 같은 물질로써 이루어진 생명 형태이며, 같은 창조력에 의해 생명력을 부여받았다.

가치관과 사고 방식에 있어서도 이런 식의 비교 측면 설정이 가능하다. 이를테면 물질과 안락을 강조하는 미국인의 가치관과 정신 생활의 품위를 중시하는 동양인의 가치관은 그 대조적 성격의 정도에 있어서 비교 측면상의 양쪽 끝에 각각 놓이게 된다.

하지만 사고 방식이나 통념 및 가치관들을 항상 1차원적인 직선상에 나열하여 대조할 수 있다고 본다면 지나치게 단순한 생각이다. 서로 다른 문화 간의 현상들은 비교하기가 애매할 때도 있다. 이는 양극화된 대비 관계가 복합적인 비교 측면 속에서 이루어져야 하는 경우다.

비교 측면이라는 개념은 한 문화권 안에서 주류를 이루는 문화 유형과 예외적인 변형 문화를 대조해 볼 때도 마찬가지로 사용될 수 있다. 같은 사회 속에서 사고 방식·통념·가치관의 다양함이 갖는 중요성이 간과되어서는 안 된다. 이에 대해 플로렌스 클럭혼이 한 말을 빌리면,

"문화의 유형에 나타나는 공통된 가치관을 식별하고 분석함에 있어서, 지배적 가치관은 지나치게 강조되어 온 반면, '변형된' 가치관은 대체로

무시되어 왔다.

우리가 기본적으로 전제해야 할 것은 문화 현상의 영역에 하나의 '체계적 변형'이 존재한다는 사실이다. 이는 물리적 또는 생물학적 현상 속에 나타나는 체계화된 변이처럼 명백하고도 필연적인 것이다.

한 사회 체제가 기능을 발휘하려면 다양한 형태의 인간 활동들이 불가결하며, 바로 이러한 다양성이야말로 그 사회 체제 내에서 '요구'되고 '허용'되는 변형 문화의 원천임이 분명하다.11)

앤터니 월리스(Anthony Wallace)도 동일 문화 내의 다양성을 강조하고 있다.12) 즉, 같은 문화 출신인 두 개인이 똑같은 견해를 갖기보다는, 오히려 다른 견해를 가질 가능성이 훨씬 더 많음을 보여 주는 독창적인 논리를 제시하고 있다. 그는 사고 방식·통념·가치관 등과 대체로 같은 의미를 가진 '인식의 지도(cognitive map)'라는 용어를 사용하여 다음과 같이 말하고 있다.

"예를 들어 의식(儀式)은 이를 행하는 자와 보는 자가 각각 다른 개념을 가지고 대하는 수가 많다. 이와 비슷하게 대중 오락도 이것을 제공하는 연예인과 관중에 의해 다양하게 인식된다.

의사(또는 무당)와 환자의 관계는 상호 간의 이해를 필요로 한다. 심지어는 계층 간이나 정치적인 관계에 있어서도 상호 보완 역할─ 예컨대, '대전통(Great Tradition)'＊과 '소전통(Little Tradition)' 소지자들 간의 보완적 구실을 서로 교환하기가 지극히 어렵다는 것은 잘 알려진 사실이다.

행정직의 관리자급 지도자들은 일반적으로 부하들보다 더 '고차원'의 종합적 안목으로 전체 체제를 이해해야만 한다. 이러한 차원 높은 안목은 부하들의 안목보다 더 추상적이기 때문에 남다른 인식의 지도를 필요

---

11) Florence R. Kluckhohn과 Fred L. Strodtbeck, 같은 책, p. 3.
12) Anthony F. C. Wallace, *Culture and Personality* (New York: Random House, 1961), pp. 21-41.
＊ 대전통: 주도적 문명의 문화 유형. 종교·문학·예술 등에 잘 나타남. 보다 큰 복합 사회 내에 속한 지방·지역의 특징적 문화 유형인 소전통과 대비됨. (역자 주)

로 한다. 여기에서 우리가 분명히 말할 수 있는 것은, 다양한 인습과 제도와 조직 속에 살고 있는 사람들이 모두 다 똑같은 인식의 지도를 공유하지는 않도록 '요구'할 수도 있음이 인간 사회의 특성이라는 것이다.13)

그러나 이 책에서는 일반적인 미국 중류 사회 문화에 의도적으로 초점을 맞추어 왔다. 변형된 문화 유형들은 미국 사회를 지나치게 일반화함을 피하기 위해서만 다루었다.

다른 나라 문화에서 미국 문화에 대조되는 예를 찾는 데 있어서도 변형된 유형보다는 규칙성 있게 나타나는 지배적 유형을 참조하였다. 그 까닭은 미국 중류 사회나 비서양 국가의 문화에 풍부하게 존재하는 다양하고 예외적인 문화 유형들을 있는 대로 모두 다 음미해 볼 여유는 없기 때문이다.

문화적 규범 · 통념 · 가치관의 개념 구분

이 책에서 사용된 용어로서의 '가치관'은 '통념'과 함께 인간의 행위를 체계적으로 설명하기 위한 개념이다.

우리가 미국의 '문화적 규범(cultural norms)'이라고 부르는 어떤 가치관들은 뚜렷하고 명시적이며, 미국인이 자신의 행동을 설명하거나 정당화할 필요가 있을 때 언제나 내세우는 것이다.

그런데 문화적 규범은 진부한 표현이나 의식, 관습상의 상투어를 사용함으로써 인간의 행위에 나타나기도 하므로 행위의 진짜 의미를 언제나 정확히 설명해 주지는 못한다.

그와 같은 예로, 미국인은 자립 정신이라는 규범을 미덕으로 칭송하는 경우가 많다. 미국인은 자신을 자기 의존적이라고 생각하며, 다른 사람들에게도 그렇게 비쳐지고 있다. 그러나 동시에 미국인은 사회보장 제도의 혜택을 받아들이고, 돈을 빌리기도 하며, 다양한 경로

---

13) 같은 책, pp. 39-40.

로 타인에게 의존하려는 기대감과 의사를 나타내 보인다.

이렇듯 '자립 정신'이란 하나의 가치관으로서 미국인의 정서와 행동에 강한 영향을 주지만, 그러한 행동을 언제나 체계 있게 설명해 주는 가치관은 아니다. 자립 정신 같은 규범은 때때로 이상적 가치관이라고 불려 왔듯이, 이는 인간이 노력하여 추구하는 바이지, 반드시 이루려고 기대하는 것은 아니다.

또 어떤 때는 미국인이 내세우는 문화적 규범이 그의 행동 동기를 정확히 설명해 줄 때도 있다. 이는 그 규범이 특수한 상황에서 어떤 가치관과 일치하는 경우다. 진보라는 가치관을 보자. 이는 미국인들이 언제나 거리낌 없이 운위하는 것으로서 정서적 호소력이 매우 강하다. 또 과학 기술의 발전과 물질적 개선에 높은 가치를 부여하는 대다수 미국인의 행동을 설명하는 데도 이것이 꽤 유효한 참고 규범이 된다.

사람들의 행위와 이를 정당화하기 위해 내세우는 가치관이 서로 합치되지 아니할 경우에는 '문화적 규범'이라는 용어로써 이를 설명할 수 있다. 이 용어는 이루어진 행동 자체에 초점을 맞추기 위한 것이지, 그 행동을 체계적으로 요약 설명해 줄 통념과 가치관을 규명하기 위한 것은 아니다. 그리고 문화적 규범이라는 말은 가치관을 어떤 특정 상황에 적용시키는 경우에 주로 사용한다면 편리한 개념이다.

문화적 규범·통념·가치관을 구별함은 퍽 중요한 문제다. 미국인은 그들 문화의 규범을 잘 의식하고 있으며, 그 규범을 사용하여 자신의 행동을 손쉽게 설명한다.

그러나 문화의 구성원들이 모두 다 그들의 행위를 체계적으로 설명해 주는 통념과 가치관을 의식하고 있지는 않다. 통념과 가치관은 사회과학자들이 추론하는 것이며, 일반인들이 명확하게 알고 있어야만 하는 것은 아니다. 단지 문제되는 것은 개인의 행위가 통념과 가치관에 의해 설명되어야 할 필요가 있다는 점이다.

사실, 인간 행위의 기초가 되는 문화적 토대는 아주 분명하게 의식할 수 있는 것으로부터 잠재 의식에 내재된 것에 이르기까지 무척 다양하다. 특히 통념은 문화 구성원들 간에 제대로 인지되기가 쉽지 않다. 왜냐하면 통념은 개인 인생관의 근본을 형성하는 것이므로, 사실 세계의 당연한 일부로서 간주되기 쉽고, 따라서 의문의 대상이 되지 않기 때문이다.

자신의 문화를 먼저 이해하라

통념과 가치관에 관한 논의를 마무리 짓기에 앞서, 해외로 나가는 미국인이나 미국에 머무는 외국인에게 할 것과 안할 것(do's and don't's)의 목록표를 제공하는 문제를 한번 생각해 보자.

미국인에게는 다음과 같은 것을 조언해 준다면 어떻겠는가? 즉, 태국에 가면 절대로 두 발끝이 남에게 향하지 않도록 하라. 라오스에서는 어린 아이들의 머리를 쓰다듬지 말라. 대화할 때는 공손한 표현과 미사여구를 사용하라. 사람들이 시간을 정확히 지키리라 기대하지 말라 등등이다. 요컨대 바람직한 처신 방법으로부터 금기 사항에 이르기까지 모든 행위의 목록표를 작성할 수 있을 것이다.

그러나 이는 추천할 만한 것이 못된다고 말할 근거가 몇 가지 있다. 인간의 행위를 바람직한 것과 금기에 해당하는 것으로만 분류하면 행위를 바르게 객관적으로 볼 수 없다.

행위란 모호한 것이다. 즉, 똑같은 행동도 서로 다른 상황에서는 다르게 해석될 수 있다. 따라서 조언자가 어떤 특정한 행동을 위한 처방전을 마련해 주려면, 먼저 행위의 앞뒤 관계와 거기에 따르는 사건들을 식별해 내야 한다.

하지만 이러한 방책을 완전무결하게 실행할 수는 없다. 일어날 수 있는 모든 사건들을 다 열거하기란 인간 행위에 관한 지식의 범위를 초월하는 일이기 때문이다. 게다가 조언자는 상대방 개인에 관해 알고 있어야 하는데, 이러한 신상에 관한 정보를 얻기가 몹시 어렵고,

설사 얻는다 해도 불충분하기 십상이다.

따라서 행동의 처방전 같은 생각은 안 하는 편이 낫겠다. 그 대신, 해외 근무 조언자에게 필요한 것은 현재의 문제점을 진단하고, 장차 가능한 행동 방향과 결과를 예상하는 능력이 아닐까.

바람직한 행동과 금기 상항에만 숙달되는 정도로서는 미국인이 다른 나라 사람들과 효과적인 인간 관계를 맺는 데 부족하다.

사실, 해외에 주재하는 조언자나 지역민의 생활 개혁 추진자는 미국인으로서 행동해도 안 되고, 현지민처럼 행동해서도 안 된다고 말하고 싶다. 특히 현지민과 똑같이 되는 것은 가능하지도 않을 뿐 아니라 바람직하지도 않다.14)

조언자나 개혁자는 독특한 입장에 서 있는 사람이다. 그가 갖추어야 할 적절한 처신술을 주재국에서의 권유 사항과 금기 사항에 관한 목록표 따위로부터 얻을 수는 없다.15) 그는 좀더 논리적으로 자신과 상대방의 문화를 폭넓게 이해함으로써 얻을 수 있는 하나의 제3문화 속에서 행동해야만 된다.

이를 위해 우선해야 할 일은 자기 자신의 행동을 좌우하는 통념과 가치관을 먼저 이해하는 것이다. 이 책의 목적은 바로 이러한 이해력을 증진시키도록 돕자는 데 있었다.

이와 비슷한 조언을 미국 내 외국인이나 그의 조언자를 위해서도 결론적으로 제시할 수 있겠다. 미국에도 '해야 할 것과 해서는 안 될 것들'이 있다. 그러면서도 미국 생활의 다원주의(多元主義)*와

---

14) John Useem, Ruth Useem, 그리고 John Donoghue, "Men in the Middle of the Third Culture: The Roles of American and Non-Western People in Cross-Cultural Administration," *Human Organization*, Vol. 22, No. 3 (Fall 1963), pp. 169-179.

15) John H. Kunkel, "Values and Behavior in Economic Development," *Economic Development and Cultural Change*, Vol. 13, No. 3 (April 1965), pp. 257-277.

* 1960년대 이후 문화적 소수 집단−흑인·아메리카 인디안·멕시코계·동양계, 그리고 정치·사회적 소수 집단이라고 볼 수 있는 여성 등−의 권리와 정체성에 대한 의식이 날로 증대되어 왔으며, 미국 사회 안에 문화의 다양성이 존재한다는 현실과

그때그때 형편에 맞게 행동하는 실용주의는 외국인들을 당혹하게 만들기도 한다.

또한 대인 관계의 비격식은 무질서로 보일지도 모르며, 권위의 과시나 공공연한 행사를 회피함은 일종의 모호함으로 인식될지도 모른다. 외국인의 눈에는 미국인들의 생활에 확고한 지침이 없는 듯이 비치고, 그 때문에 미국인의 행동은 가변적이고 불확실한 것처럼 생각될 수도 있다.

따라서 만약 외국 학생 상담관이 어떤 구체적인 미국식 행동의 처방전이나 마련해 주고자 시도한다면 그의 직무 수행은 매우 힘들 것이다. 해외에 근무하는 미국인처럼, 그도 쌍방 문화를 교차적 시각에서 바라보도록 노력해야 한다. 즉, 자신의 행동과 자기 문화의 기반을 먼저 이해하고, 이를 다른 문화의 경우와 비교해 보아야 한다. 그리고 이와 똑같은 노력을 외국 학생들에게도 장려해야 된다.

효과적인 제3문화적 행동은 이렇듯 오직 쌍방 문화에 대한 건전한 교차적 이해를 통해서만 가능하다.

이를 인정해야 된다는 인식이 고조되어 왔음. 따라서 미국 문화를 종래의 'melting pot(용광로)' 개념으로만 이해하려는 태도는 다소 빛을 잃었으며, 그 대신 '다양성 위에 이룩된 단합성(unity)' 혹은 단합성과 공존하는 다양성을 인정하고 고무시키는 다원주의(pluralism)가 오늘날 미국 사회를 특징짓는 보완적 개념으로서 널리 인식되고 있음. (역자 주)

제8장 사례 분석

미국인 조언자가 해외에 나가면 미국식 행동 방식을 버려야 한다. 그로 하여금 능숙하게 처신할 수 있도록 해주었던 미국 문화적 행동 지침은 소용이 없다.

이러한 상황에서는 하나하나의 간단한 행동마저 계획과 결심을 거쳐야 될지도 모른다. 어떤 경우에 악수를 해야 하고 어느 때에 고개를 끄덕여야 되는지조차도 미리 알아보아야 한다. 또 언제 질문을 하고, 의사 표시를 하며, 침묵을 지켜야 하는지를 모를 수도 있다. 조언을 함에 있어서 실수를 범할 가능성도 있고, 적절한 '의사 소통 경로'를 몰라 파탄까지는 가지 않더라도 대인 관계를 매우 난처하게 만들어갈 수도 있다.

조언자에게 가장 큰 문화적 충격은 그가 업무의 세계에 깊이 들어갔을 때 받을 가능성이 많다.

업무 분야의 조직 구조와 기술 체계는 그가 보기에 미국과 유사할 수도 있겠지만, 그런 것들이 실제로 어떻게 기능을 발휘하는가는 무척 이해하기 힘든 문제다.

자신이 받은 것과 비슷한 직업 훈련을 받은 사람들과 상대해 보아도, 그들은 언제나 그가 기대했던 바와는 다르게 일을 수행한다. 하지만 일을 해내려면 그런 사람들에게 의존할 수밖에 없다. 겉으로는 똑같아 보이는 일들이 그가 기대했던 방식대로 수행되지 않는 이유를 완전히 이해할 방도가 없고 보면, 좌절이라는 낱말이 그가 쓰는 일상 용어의 하나가

되어 버린다.1)

외국 생활에서 겪는 생소함은 불안감을 낳게 된다. 이러한 불안감을 떨쳐버리려고 미국인은 그 나라 사람들의 기이한 행동에 대하여 일단 미국적 선입관에 따라 자기 나름대로의 해석을 내려 버린다. 그리하여 외국인의 사고와 행동 방식을 완전히 이해하기도 전에 성급히 판단하고 행동한다. 그것은 자신의 통념과 가치관과 습관이 정상으로 보이는 반면에, 다른 문화의 것은 이상하고 바람직하지 못하며, 부자연스럽거나 부도덕적인 것처럼 보이기 때문이다.*

미국인 조언자가 자기 문화의 통념과 가치관이 자연스럽다고 믿는다면, 그는 문화 상호 간의 협력에 가장 큰 장애를 스스로 만드는 셈이다. 특히 그가 친숙하게 느끼는 미국식 조직 구조 속에서 외국인들과 함께 일할 때 이 문제는 더욱 심각해진다. 이러한 조직 속에서는 미국인이 자신의 문화적 편견을 깨닫거나, 자기 행동의 객관성 여부에 스스로 의문을 제기해 보도록 할 충동이나 자극을 거의 받지 못한다.

따라서 조언자는 미국 문화의 편견과 그 밑에 깔린 속성을 스스로 이해함으로써, 자신의 통념과 가치관이 다른 모든 사람들의 규범이 되어야 한다는 생각으로부터 벗어나야 한다.

물론 이 같은 인식 변화는 비록 조언자가 자신의 문화를 포기하는 것이 가능할지라도 이를 포기하라는 뜻은 아니다. 또한 자신의 문화를 낮게 평가하라는 의미도 아니다. 이는 단지 편견 없는 태도를 견지하고, 자신의 행위와 상대방 외국인들의 행위를 보다 더 객관적으

---

1) John Useem, Ruth Useem, 그리고 John Donoghue, "Men in the Middle of the Third Culture: The Roles of American and Non-Western People in Cross-Cultural Administration," *Human Organization*, Vol, 22, No. 3 (Fall 1963), p. 179.
* 자기 나라의 문화가 가장 좋다고 믿는 경향은 미국인만이 지닌 특징은 물론 아님. 이는 전 세계 대부분의 민족들에게 모두 해당되는 것임.

로 볼 수 있어야 한다는 말이다. 그렇게 함으로써 미국 문화와 상대
방 문화의 차이 때문에 자주 생기는 갖가지 오해를 피할 능력을 갖
추게 된다.

　문화 차이에서 일어나는 오해는 실제의 사례별로 각각 특수하게
나타난다. 이러한 사례들을 설명하려면 적어도 몇 가지 요소들을 동
시에 다각적으로 고찰해야 한다. 여기서 말하는 요소들이란, 해외와
미국 내에서 취재된 경험담이나 사례들을 설명하기 위한 분석 도구
들을 말한다.

　사례 연구 결과를 소개함에 있어서는 좀더 조리 있게 그 실상을
제시할 수 있도록 사건 자체에 대한 묘사와 이에 대한 설명을 종합
하여 엮어보고자 한다.

　이 책의 목적은 문화 차이에서 발생하는 문제점―미국인 조언자
와 그의 상대방의 사고 방식·통념 및 가치관의 차이로 말미암아
생기는 오해와 갈등―을 명시하는 것이다. 이 같은 문제점들은 지금
까지 미국과 비서양 세계의 통념과 가치관을 예시하는 과정에서도
이미 충분히 언급한 바 있다.

　따라서 이 마지막 장이 앞에서의 장들과 다른 점은, 미국 내와 해
외에서 겪은 실제 문제들을 더 깊고 자세하게 설명하려는 데 있다.

사고 방식 차이라는 불소통의 벽

　미국인은 대체로 충분한 시간과 기술과 노력을 기울이면 의사 소
통에 성공할 수 있다고 믿는데, 의사 소통 성공이란 의견 일치와 거
의 같은 개념으로 인식되고 있다.

　이 때문에 의사 소통의 절차나 과정에 관련된 기술상의 문제들이
가장 중요하게 부각되는 반면, 기술적인 의사 소통 방법에 의해서도
좁혀질 수 없는 실제 내용상의 차이점들은 최소한의 고려 사항밖에

안 된다. 사고 방식처럼 어디까지나 형식에 속하는 문제나, 그것이 의사 소통에 미치는 영향 따위도 역시 무시된다.

다음에 소개하는 두 가지 사례는 소홀히 여겨지는 사고 방식의 제반 양상에 대해 주의를 환기시키기 위한 것이다. 또한 이 두 사례는 사고 방식이라는 요소가 정치·사회 및 그 밖의 차원에서 어떤 식으로 인식되는가를 보여주기 위한 것이기도 하다. 사고 방식의 문화적 근원은 지나쳐버리기 일쑤이므로 이를 실례를 들어 고찰해 볼 필요가 있다.

한 작은 세미나 학급이 미국의 월남전 참전에 관한 토론을 하고 있었다. 그 세미나의 한 학생은 미군의 손실이 전사자만 해도 4만 명에 이른다는 사실을 개탄했고, 다른 몇몇 학생들도 그것이 국가적 비극이라는 점에 동의하였다.

이때 세미나를 담당한 교수가 지적하기를, 월남에서의 전쟁은 다른 요소들도 함께 고려해서 생각해야 한다고 말하였다. 교수는 미국의 고속도로에서는 해마다 5만 명이 사고로 죽고 있는데, 9년에 걸친 월남전 전사자는 1년 동안의 고속도로 사망자 숫자에도 못 미친다고 말했다.

그러자 또 다른 학생들이 도회지의 공기 오염처럼 인간의 생명에 커다란 영향을 주는 과학 문명 사회의 문제점들을 끄집어내었다.

대부분의 학생들은 토론의 진행 방향에 동조하는 듯이 보였다. 그들은 현대 생활에서 발생하는 여러 가지 문제들이 월남전에서 미국인이 겪은 일들과 동일한 차원에서 인식되는 데 동의를 표명하거나 고개를 끄덕였다.

그때 한 여학생이 이와 같은 견해에 감정적인 반대 의사 표시를 했다. 그녀는 고속도로 사망자에 관한 이야기가 왜 나왔는지 이해할 수 없을 뿐만 아니라, 그러한 통계 숫자와 월남전 사망자 숫자 사이에는 어떠한 연관성도 없다는 것이었다. 그 여학생은 자동차를 운전할 때는 타인을 해치려는 의도가 없는 반면, 전쟁의 의도는 사람을 죽이는 것이라고 주장하였다.

토론은 분명한 양극화 현상을 띠게 되었으며, 그 여학생과 다른 학생들의 의견 차이는 토론이 끝날 때까지 그대로 지속되었다.

한 주 뒤의 다음 토론회까지 시간이 지남에 따라 토론 참가자들은 두 가지 다른 사고 방식이 날카롭게 대립하고 있음을 느끼게 되었다. 그 하나는 월남전을 순전히 전쟁의 결과, 다시 말해 사상률이란 관점에서만 평가한 것이었다. 즉, 전쟁의 사상률을 고속도로 사망률과 비교함은 타당하다고 보는 시각이었다.

그러나 이에 반대한 여학생은 비교의 기준에 가치관이, 그녀의 표현을 빌리면, '의도'가 포함되어야 한다고 주장하였다. 그녀가 보기에 중요한 것은 결과가 아니라 의도 내지 가치관의 차이였다. 따라서 대다수의 학생들은 비교적 관점에서 문제를 다루었지만, 이 여학생만은 끝까지 절대적 판단을 고수하여 행동의 의도를 문제시하였다.

학생들의 대부분이 월남에서의 전쟁에 관해 의견 일치를 보였음에도 불구하고 이처럼 커뮤니케이션이 이루어지지 않았던 까닭은 두 가지 상이한 사고 방식의 대립 때문이었다.

위의 이야기는 사고 방식의 작용에 관한 좋은 실례다. 또한 사고 방식의 차이로 인한 의사 불소통이 어떻게 오해되고, 나아가 사회적 또는 기타 차원의 인간 관계에 어떤 영향을 미치는지 보여주는 재미있는 사례이기도 하다. 사고 방식이 인간 관계에 미치는 결과에 대해서는 다음에 소개하는 이야기에서도 분명히 알 수 있다.

미국인 사업가 20여 명이 어떤 연수 프로그램에 참가하려고 한데 모였다. 이들은 어떤 대기업의 경영자들로서 미국 동북부의 여러 지역으로부터 온 사람들이었다. 이들 가운데 한두 사람은 전에 다른 회사에서 일했던 경험이 있었고, 최근 해외에서 온 외국인도 한 명 있었다. 이들은 며칠 동안 함께 지내며 낯을 익힌 뒤, 그들의 기업체가 미국 남부 지방에 새로 세운 어느 공장의 정책 결정 이사진의 역할을 맡도록 되어 있었다. 그들은 연수 일정 중의 한 코스에 대비하여 이미 경영 기법에 관한 한 권의 신간 서적을 읽기도 하였다. 그들은 자신들의 경영 정책을 자세히 검토해 볼 목적으로 그 책의 내용에 관해 토의를 하게 되었다.

토의가 진행됨에 따라 여기에 모인 사람들은 금세 둘로 갈라졌다. 대다수의 미국인 경영인들은 한 가지 똑같은 입장을 보이고 있었으며, 몇몇은 침묵을 지키고 있었다. 그러나 수준 높은 교육과 경험을 쌓은 외국인 기술자만은 대다수의 의견에 정반대되는 입장을 나타냈다. 이야기가 계속되어 감에 따라 서로의 말투는 격렬해졌고 의사 표시는 점점 더 주관적으로 변해갔다.

미국인 토론자들의 논리는 조작적(操作的: operational)*이었는데, 이는 특수로부터 보편을 이끌어내는 귀납법에 해당하는 사고 방식이었다. 그러나 보다 더 큰 특징은 사용된 용어들이 약간 모호했었다는 점이다.

미국인들의 사고 방식은 결과 예측과 측정 기준을 중시하는 것이었으며, 그들이 자주 사용한 용어는 '비용 효과' '생산성' '이윤 추구' '최선의 시간 활용책' '변화' 등이었다. 이러한 말들에 잘 나타난 조작적 사고 방식은 미래에 대한 예견과 결과, 효율의 질 따위를 중요시하고 있음을 알 수 있다. 비용 효과와 이윤 같은 개념은 일의 성공 여부를 재는 척도로 사용되었다.

토론의 국외자들에게는 이러한 내용들이 별 의미를 갖지 못할 것이다. 경영인들은 으레 조작 원칙을 나타내는 용어나 사상에 기초하여 의견을 제시하였으며, 단지 일반적인 원칙과 정책 등에 대해서 서로 동의하고 회사의 경영 전반에 걸친 풍토를 묘사하는 표현이나 되풀이

---

* 이 말은 제6장에도 예와 함께 설명되어 있음. (역자 주)

하곤 하였다. 하지만 새로운 정책이나 리더십 원칙을 창출한 것은 아니었으며, 국외자가 볼 때 그들의 생각은 구체성이 없고 모호했다.

외국인 기술자의 의견은 전혀 달랐다. 완벽한 영어를 구사하면서, 그는 미국인들이 하는 이야기들을 도무지 이해할 수 없다고 논박하였다. 그가 한 말들은 사고의 다른 차원을 보여 주고 있었다.

외국인 기술자는 우선 어떤 작업의 여건이나 문제가 발생한 구체적 상황의 맥락을 알 필요가 있다고 누누이 강조했다. 그는 기술자로서의 자기 경험을 소개하였으며, 그 경험을 어떻게 살려 나아가면서 새로이 발생하는 상황에 적용할 자신의 법칙과 기준을 발전시켰는지를 설명하였다. 그가 느끼기에는 새로운 공장에서 경영인들이 당면할지도 모를 극히 일반적이고 비구체적인 가능성들을 예견하려는 것은 무모한 시도였고, 그러한 문제들을 논한다는 데서 아무런 의의도 발견할 수가 없었다.

간단히 말해, 미국인 경영자들은 근본에 있어서 귀납적이었지만 상대적으로 볼 때 너무 일반적이고 조작적인 면이 강했다. 그들의 생각은 실제의 결과와 가상의 결과에 대한 예측을 기초로 한 것이었다.

이와는 반대로 외국인 기술자의 사고 방식은 추상적인 것으로부터 구체적인 것으로 옮아가는 경향이 있었다.

외국인 기술자가 알고자 했던 것은 좀더 구체적인 실태—그의 표현대로 말하자면, 상황이나 작업 환경 내지 분위기였다. 또한 그는 어떠한 우발 상황에서도 실제로 적용될 수 있는 원칙들과 자신의 경험에 입각한 지침을 세워보려고 하였으며, 구체적 상황에 관해서는 알지도 못한 채 마음대로 가정하기를 매우 꺼렸다.

요약해서 말하자면, 외국인 기술자의 입장에서 볼 때 미국인들은 모든 것을 명료하게 생각하지 못할 뿐만 아니라, 그들 자신이 말하고 있는 것조차 진정으로 이해하지 못하는 것 같았다. 일어날 수도 있고 안 일어날 수도 있는 일반적인 가능성에 대한 미국인들의 관심과 자명한 일을 가지고 이러쿵저러쿵하는 것, 그리고 그들이 사용하는 개념과 용어의 모호함은 외국인 기술자에게는 그다지 관심을 기울일 만한 대상이 못 되었다.

그러나 미국인들의 시각은 아주 달랐다. 그들에게는 외국인 기술자가 불유쾌하고, 적대적이며, 경영진의 업무와 화합을 깨뜨리려 드는 사람으로 보였다. 게다가 그 기술자나 그의 동료인 경영인들 누구도, 그들이 맞닥뜨렸던 이 어려운 마찰이 어떤 연유로 발생한 것인지를 몰랐다.

이처럼 사고 방식에 있어서의 문화 차이는 토론자 각 개인의 비우호적인 성격이고 특성인 양 드러났으며, 인간 관계를 깨뜨리는 사회적 행동의 동기로 작용하였다.

영어는 남과 나의 구분을 위한 언어인가

인도 문화에서는 자아가 객관적으로 인식됨으로써 자아와 타아 사이의 구별이 없음은 이미 말한 바 있다. 다른 모든 타인의 자아와 구분되는 사적이고 주관적인 자아는 미국적인 개념으로서, 인도인은 이를 객관 세계에서 실재의 개인과는 무관하게 일어나는 환상 같은 현상이라고 간주할 것이다.2)

미국적인 자아 관념과 기타 서양 사회에서 찾아볼 수 있는 이와 비슷한 자아관은 근대 초기에 서양에서 나타나기 시작했다고 보인다. 그러나 역사에 유보(留保)되어 있는 의미를 찾아 사물의 기원을 규명하고자 하는 사람들은 자신들의 가치관과 통념의 근원을 근대 이전의 규범과 전통에서 찾으려고 한다.

사물의 의미를 규명하는 방식과 자아 개념은 각 개인이 속한 문화의 근본 특성을 반영하는 것으로, 일상 생활의 가장 흔한 사건들 속

---

2) Hajime Nakamura, *Ways of Thinking of Eastern People: India-China-Tibet-Japan*, (Honolulu: East-West Center Press, 1964), p. 93.

에서 발견된다.

대부분의 사람들은 자신들의 문화가 함축하고 있는 의미를 잊고 지낸다. 문화적 특성들은 평상시에는 의식하기가 힘들기 때문이다. 문화 간의 차이를 경험하고, 그 차이점들을 명확히 설명할 수 있는 사람을 만나기란 흔한 일이 아니다. 그런데 바로 이와 같은 사람의 예가 다음에 소개하는 M. M.이라는 그리스 유학생인데, 그는 미국에서 대학원 공부를 하고 있었다.

M. M.은 매우 우수한 학문 경력을 갖고 미국에 갔다. 그는 법학 분야의 학위 말고도 사회학 저서 두 권과 고전 분야의 저서 한 권을 저술한 바 있었다.

M. M.이 자신의 경험을 미국인들과 토론할 기회가 있었는데, 그때는 미국에 간 지 일년 반이 지난 시기였다. 그의 말씨에는 외국인다운 억양이 아주 두드러졌고 이따금 적절한 낱말을 찾느라고 애를 썼지만, 그의 영어 구사력은 견실하였다. 문법과 영어 문장 실력은 그가 미국 대학의 어떠한 학문 수준에서도 훌륭히 공부하는 데 충분한 것이었다.

미국에 처음 도착했을 때 M. M.은 그리스어·독일어·불어를 구사할 수 있었으나 영어는 할 줄 몰랐다. 그래서 영어를 배우는 학급에 들어가 공부하던 어느 날, 교수가 칠판에 다음과 같은 구절들을 써 놓은 것을 보고 강한 인상을 받았다.

I am; you are; he is...

'I'(나)라고 쓰는 수직형의 대명사는 대문자로 표기된 반면 다른 대명사들(you와 he)은 모두 소문자였다. M. M.은 이 점을 교수에게 지적하고는, 영어만이 대명사에 대문자를 사용하는 유일한 언어라고 말하였다.

누구나 흔히 접하는 이와 같은 영어의 특성을 M. M.이 지적한 것은 교수에게는 놀라운 일이었다. M. M.이 보기에 대문자 I는 영어와 영어를 모국어로 사용하는 사람들의 개인주의적 요소를 반영하는 것 같았다.

M. M.이 대명사에 대해 관찰한 바는 다음에 또 소개하는 그의 몇 가지 경험에도 확대되었는데, 이런 경험들도 미국적 '자아' 개념의 특성을 반영하는 것이었다.

그는 어떤 할머니가 "나는 '그녀'에게 옷 한 벌을 사주겠다 (I will buy a dress for her)"라고 말하는 것을 듣고 기이한 생각이 들었다. '그녀'란 할머니의 손녀를 지칭한 말이다. M. M.이 볼 때, 이 표현은 마치 할머니와 손녀가 연령과 지위 차이가 없는 서로 독립되고 대등한 존재인 양, 두 사람 사이를 지나치게 인간적으로만 구별하는 것 같았다.

할머니의 말에 암시된 자아와 개인 관념의 주관성과 독립성은 M. M.이 보기에 개인 간의 인간 관계를 명시하는 사회학적 요소들을 반영하는 것이 못 되었다. 게다가 그 표현은 할머니와 손녀 사이의 연분을 나타내는 것도 아니었다.

만약 할머니가 자기 손녀를 지칭하여 '그녀에게(her)'라고 말하는 대신, '내 손녀딸에게(my granddaughter)'라고 말했다면 상호 귀속감을 암시하는 표현이 되고 말씨도 더욱 부드러웠을 것 같았다. 두 사람을 애써 갈라놓는 듯한 'her'라는 대명사는 '도덕적' 행위─'사회적 책임을 지는' 할머니의 손녀에 대한 '인간적' 행위─를 잘 나타내지 못한다고 생각되었다.

그리스 말과 문화에는 '나'와 '너' 사이에 구조적인 유대 관계가 있다. 이러한 관계는 비격식적인 것이 아니고, 서로의 책임·충절·의무 같은 관념들을 실제로 내포한다.

그리스에서는 의사를 소통한다는 뜻의 '말하기(talking)'는 언어를 통해 진리를 추구함을 뜻한다. M. M.의 눈에 미국인들의 회화는 사람들 사이에 교제 관계를 맺는 한낱 수단으로만 느껴졌다.

그리스인들의 인간 관계에서도 각 개인의 독립된 정체성이 유지되며, 이것이 커뮤니케이션의 기초가 된다.

그러나 그리스인의 인간 관계에는 미국인들에게서 흔히 나타나는 고립감이나 같은 가족 안에서조차 이따금 발견되는 사무적인 관계는 존재하지 않는다. M. M.이 발견한 이와 같은 예는, 어느 미국 여대생이 아버지로부터 학비를 받아 공부했으나 그 돈을 갚으려고 했던 경우였다. 부녀 사이의 사무적인 관계는 그리스인에게는 이상하게 느껴질 뿐이었다.

미국인의 생활에서 일련의 미국적 신조를 반영하는 표현 중 M. M.이 문제 삼은 또 하나는 "널 위해서 내가 그것을 타자해 주겠다 (I will type it for you)"라는 말이었다.

여기서도 두 사람 사이의 분리가 강조되고 있다. 양자를 갈라놓는 단어는 '위해서(for)'인데, 이는 행위를 받아들이는 상대방(you)을 지칭하는 전치사다. M. M.은 타자 행위에 관련된 두 사람의 입장 관계보다는 행위 자체에 초점을 맞추도록, 이 문구를 "나는 너에게 그걸 타자해 주겠다 (I will you type it)"라고 고쳐 써 보았다.

이 표현이 옳은 영어가 아님은 M. M.도 알았지만, '너에게(you)'라는 단어를 좀더 문장의 앞으로 옮겨 놓고 싶었다. 이러한 문장 배열을 통해 타자 행위가 '누군가를 위해' 이루어짐을 덜 강조하고, 그 대신 행위 자체에 초점을 맞출 수 있었다. 또한 이렇게 어순을 변형시킴으로써, you라는 단어로부터 영어 문장의 마지막 단어가 으레 지니는 강조 어감이 사라진다.

M. M.이 관찰한 미국적 자아 관념의 또 다른 양상은 '내 커피를 마시기,' '내 집,' '나의 반응' 등과 같은 1인칭 소유격 사용이다. 그가 보기에는 이 세상의 사물이나 행동과의 관련만이 자아에 의미를 부여

하는 것 같았다. 마치 자아라는 것은 고독 속에 갇혀서 존재하므로 활기와 의미를 찾기 위해서는 외부 세계를 필요로 하는 것처럼 보였다.

M. M.은 미국 문화가 지니는 이와 같은 자아 관념을 역사적으로 규명하되, 이를 한 단계 한 단계씩 거슬러 올라가지 않고 옛 역사 속에 유보되어 묻혀 있는 의미를 통해 설명하였다.

자아 개념의 기원은 영국의 켈트족 시대에 나타났는데, 이들은 '생명을 사랑했으되 죽음을 두려워하지 않았던' 민족이었다. 켈트족은 기원 전 약 300년 무렵 그들의 섬에 고립되어 살면서 '도달'이라는 형이상학적 문제, 즉 인생과 운명에 손을 벌려 포용하는 문제를 명상해 보곤 하였다.

모든 민족이 다 그렇듯이 켈트족은 환경의 영향을 받으면서 궁극적 고독 속에서 인생을 사랑하고 동시에 운명이나 죽음을 포용하였다. 운명을 긍정하고 감수함으로써 그들의 생활은 실존적인 아름다움을 띠었으며, 이는 미모의 태양신 아폴로의 얼굴을 영국 최초의 주화에 새겨 장식한 역사적 사실에 상징처럼 나타나 있다.

대문자 I는 켈트족으로부터 유래한 '자아' 개념의 역사적 의미를 M. M.에게 상기시켜 주었으며, 자아의 주체성과 고립을 상징하고 있었다. 그러나 오늘날 미국 문화에는 켈트족이 생각했던 것처럼 운명을 감수해야 한다는 사상은 더 이상 존재하지 않는다.

M. M.이 자아 개념을 역사상의 사건으로부터 도출한 것은 미국인들이 정의하는 역사적 과정의 추적이 아니다. 이는 상징적인 것으로서 앞서 말한 '역사 속에 유보되어 있는 의미'를 규명하는 것에 더 가깝다.

이 경우 과거의 사건들은 비역사적 방식으로 해석된다. 비역사적이란 것은 M. M.이 일컫는바 초역사적인 성격이며, 좀더 정확히 말하자면 과거에서 현재에 걸친 인과 관계의 연쇄보다는 미사여구에 속하는 표현이나 상징주의를 지칭하는 것이다.

아름다움·자유·자아 등은 초역사적이다. 이런 것들은 그 자체가 언제나 진실이며, 시간과 장소 또는 발생의 선후에 따라 결정되는 역사적 사건들에 영향을 미치지만, 이런 것들의 영향을 받지는 않는다.

M. M.은 켈트족이 갖고 있던 자아와 아름다움의 개념에서 초역사적인 속성을 발견하였다. 이러한 초역사성이 역사 사건의 원인이 된다고 그는 인식하였다. 즉, 아폴로의 얼굴이 장식된 주화와 최종적으로는 대문자로 표기되는 대명사 I의 발달이 그 예였다.

자아는 추상적이고 초역사적인 것이되, 국가로부터 의무와 권리를 부여받는 개인으로서의 역사적인 존재로 화한다. M. M.이 생각하기로는 자아와 가장 중요한 관계를 맺는 것은 자아의 외부에 존재하는 '초개인(超個人)'과 '권력'이다. 권력을 정치와 국가 차원의 행위라고 넓은 뜻으로 해석해 보면 자아를 국가와 국가 권력에 조화시킬 수 있다. 그리스인들은 각자의 자아를 그들이 속한 정치적 조직인 국가에 의해 규정되는 것으로서 인식한다고 M. M.은 말했다.

그리스인들 사이에는 의사의 소통이나 교환 없이도 공통의 문화적 유산을 공유함으로써 생기는 상호 이해와 통일성이 존재한다. 또한 국가는 개인의 자아 인식과 행동의 관건이 되는 개념이다. M. M.은 주장하기를 자신과 그리스인들에게 있어서 도덕이란 종교적 문제가 아니라 국가관에 기반을 두고 있는 것이라고 했다.

초역사적 차원과 역사적 차원 이외에도 역사와는 무관한 차원이 있다. 이는 '절대적으로 독립된 행위'(또는 고립된 행위)를 지칭하는 것이며, 발생 당시에는 알려지지 않아서 원인, 결과, 혹은 우발적 사건 등으로 분류되지 못한다. 따라서 사회적 지식 체계 속에 통합되지도 못한다.

대문자로 표기되는 자아를 설명함에 있어서 M. M.은 분명히 초역사적 방식에 의존하였다. 다시 말해서 사건의 선후 관계를 소홀히 하는 사상의 역사, 또는 앞에서 말한 '역사 속에 유보되어 있는 의미'를 사용하였다. 그는 미국인들이 오늘날 대문자 I를 사용하는 관행을 고대 영국에서 발생한 독립적이고 고립된 자아 관념에 선뜻 연관시켜 버렸다.

이 초역사적인 고대의 자아 사상은 켈트족이 최초의 주화를 장식하기 위해 아폴로의 얼굴을 선택함으로써 하나의 역사성을 부여받기에 이른다. 그러나 이 사건은 미국인의 사실주의적 정신보다는 상징과 지나간 역사 속에 함축되어 있을 뿐이다.

자아 개념과 연관되는 역사적 행동이나 사건들이 분명히 많이 있으나, 이들은 대부분 사적이고 고립된 사건들로서 초개인적이고 초역사적인 자아 개념을 형성시키는 데 기여한 것은 아니다. 이러한 초역사적이고 초개인적인 자아 개념이 바로 미국인이 생각하는 자아의 핵심을 이루는 것이다.

행동의 처방전 제3문화

'행동'과 관련된 미국 문화의 통념과 가치관은 미국인 조언자가 해외에서 일할 때 장점이 될 수도 있고 단점이 될 수도 있다. 미국인은 지금까지 누구도 생각하지 못했던 행동 방향을 생각해 낼 수 있을 것이다. 반면, 무언가 행동해 보고 또한 신속히 행동해 보려는 그의 욕구는 그의 현지민 동료들의 입장을 매우 불안하게 만드는지도 모른다.

해외에 근무했던 조언자들의 보고에 따르면, 그들과 함께 일했던 현지민들 중에는 맡은 업무 영역으로부터 제거되어 버리거나 어떤 교묘한 방법으로 중요한 직책에서 해임된 경우가 있었다. 그 이유는 그들이 미국인처럼 행동을 주도함으로써, 그들의 사회와 조직의 가치관에 위배되었던 탓이었다.

미국 사회의 지도자와는 달리 귀속형 사회의 지도자는 직접 행동을 하거나 영향력을 발휘하는 사람이 아니다. 그들의 기능은 현상을 유지하는 것이며, 그들이 하는 일이란 그들의 지위를 굳게 지키는 것이다. 그들이 변화를 일으키고 진보를 이룩했다 하여 보상을 받는 일은 거의 찾아볼 수 없다. 이런 것은 행동과 성취를 중시하는 미국적인 생각일 뿐이다.

미국인이 조언자로서 해외에 가면 흔히들 일을 성취하고 싶은 유혹이 너무나 강해져서 조언자로서의 자신의 역할을 무시하고 일을 직접 해내려고 든다. 한 예로, 라오스에서 미군 고문관들은 라오스인 훈련관을 양성한다는 임무를 수행하지 않고, 자신들이 직접 라오스 병사들을 훈련시킨 적이 많았다.

필리핀에서도 필리핀인 교사를 훈련시킬 임무를 띤 미국 평화봉사단원들이 이와 비슷하게 행동하였다. 필리핀인 교사들은 그들의 수업 시간에 다른 사람들이 참관하고 있다는 사실에 혐오감을 느꼈고, 평화봉사단원이 직접 시범 수업을 할 때 필리핀 교사들은 교실을 나가버렸다. 그 결과 봉사단원들이 서너 달 동안 학급을 직접 맡아 가르쳐야만 했다.

결국 봉사단원들이 깨달은 것은 자신들의 접근 방식이 그다지 만족스럽지 못했다는 점과 '능률'과 '시간 관념'에 대한 미국인의 가치관이 현지민들과의 협조에 오히려 방해가 되었다는 사실이었다.

평화봉사단원들이 지적한 것이 몇 가지 더 있었다. 어떤 문제가 생겼을 때 이에 관해 무슨 일을 해야 할지를 즉각 결정했던 사람은 미국인들이었다. 필리핀인들은 그들이 당면할지도 모를 문제점에 관해 몇 마디 하는 것 말고는 어떠한 조치도 하려 하지 않았다.

봉사단원들이 한 말을 또 빌리자면, "봉사단원들이 일을 직접 해내고 싶어 했던 가장 중요한 이유는, 필리핀인들이 어떤 문제점에 대처하려고 무슨 일이건 시도해 본들 그들의 능력에 벅찼다"는 것이다. 말하자면, 현지민 교사를 훈련하려던 목적이 뒤바뀐 셈이었다.

해외에서 미국인 조언자가 이처럼 일을 직접 해내려고 하는 태도는 행동적 활동을 좋아하는 미국인의 속성과 책임의 주체로서의 자아 관념을 반영하는 것이다.

그러나 이러한 태도를 포기하고 상대방과 현지 문화의 규범을 일방적으로만 받아들인다면, 미국인은 그 나라에 체재할 이유가 없어진다. 그가 그곳에 있는 이유는 그가 미국인이자 전문가이기 때문일 것이며, 현지민이 갖고 있지 않은 지식과 기술과 일에 대한 태도를 활용하기 위해서다.

그러나 '행동'이라는 미국식 사고 기준의 틀에 따라서만 처신하고 자신의 생각대로 일을 추진한다면, 현지민 동료들과 지역민들을 소외시키게 될 것이다. 설령 자신의 인간성과 노력으로 일을 마무리 지을 수 있다 하더라도 그의 성공은 현지 문화 속에 뿌리를 내리지 못하고 일단 그가 그곳을 떠나면 그의 업적은 수포로 돌아갈지도 모른다.

이 같은 가능성은 즉효성 사업을 이룩하려고 애를 쓰거나 해외 체류 기간이 끝나기 전에 무엇인가 성취시켜 보려고 시도하는 미국인들이 흔히 생각하지 못하는 점이다. 이런 사람들은 자신의 일을 현지의 사회 구조에 적절히 통합시키지 못한다. 예를 들어 위생적인 변소나 좀더 효과적인 농경 기술을 소개하는 일처럼 미국인이 보기에 아주 간단한 생활 방식의 변화를 위해서도, 우선 현지 문화의 관습과 전통을 이해할 필요가 있음을 무시해 버린다.

요컨대 대부분의 미국인은 그들이 제창하는 생활 혁신의 필요성이 자명한 것인 양 믿기 때문에 자기들의 시도는 필연적으로 성공의 영예를 안게 되리라고 생각하는 데 문제가 있는 것이다.

미국인 조언자가 자신의 과제를 해결하는 가장 효과적인 방법은 어디까지나 추측의 영역에 속할 뿐이다. 그는 제1문화로서의 현지 문화와 제2문화로서의 자기 자신의 문화를 모두 이해해야 하겠지만, 그가 실제로 하는 일은 제3문화라는 분위기 속에서 수행된다.

제3문화는,

서로 다른 사회 집단의 사람들이 그들의 사회나 그들 사회 내부의 소집단
들을 서로 연관시키는 과정 속에서 창조하고 공유하고 습득하는 문화다.3)

존 우심(John Useem)과 루스 우심(Ruth Useem), 그리고 존 도너
휴(John Donoghue)는 "제3문화 속의 사람들"이라는 그들의 논문에
서 지적하기를, 미국인 조언자들과 그들의 상대방 간의 계속적인 교
류를 통해 제1문화도 제2문화도 아닌 또 다른 하나의 문화가 나타
난다고 하였다.

제3문화에는 어떤 독특한 '테마'가 있다.4) 상이한 두 사회 자체뿐
만 아니라, 그 두 사회의 구성원들 간의 관계도 '대등한' 것이어야
한다는 생각이다. 그렇지 않는 경우도 종종 있지만, 이러한 이상은
언제나 존재하며, 이를 위배한다는 것은 조언자와 상대방 사이에 갈
등의 영역이 개재함을 뜻한다.

제3문화 속에서 이루어지는 여러 가지 활동들은 '합리적'이고 '세
속적'이며 '미래지향적'인 것이 된다. 그것은 구체적인 성과를 도출
할 것으로 기대되는 까닭에 일을 위한 하나의 시발점으로 여겨지며,
점점 자라나서 사회 전체에 확산되리라고 기대할 수 있다. 따라서
그런 활동들은 '확장적'이고 '개방적'인 것이라고 보겠다.5)

이러한 제3문화의 특징들은 사례에 따라 정도의 차이는 있겠지만,
조언자의 상대방인 현지민 행정 관료들의 사회적 지위를 이해하고
인정하는 데서 나오는 것이다. 물론 이러한 특징들은 미국인의 통념
과 가치관도 반영하고 있다. 그러나 제3문화 속에서 일하는 관료들
의 태도가 미국 문화로부터 파생되었다고 말할 수는 없다.

---

3) John Useem, Ruth Useem, 그리고 John Donoghue, 같은 글, pp. 169-179.
4) 같은 글, p. 171.
5) 같은 글, pp. 171-172.

제3문화의 특징을 말할 때는 어디까지나 가설적이어야 한다.

　　제3문화적인 사업 활동이 어떠한 현실 문제에 부딪칠지 우리는 그저 어렴풋이 짐작할 수밖에 없다. 왜냐하면 우리가 경험한 바를 의미 있게 요약할 수 있는 언어가 존재하지 않기 때문이다.6)

존 우심과 루스 우심 그리고 존 도너휴의 연구는 문화 차이라는 불분명한 영역을 통찰력 있게 탐구한 것이었다. '제3문화'를 강조함으로써 이들이 경고하는 것은, 완고한 아메리카니즘의 충동을 떨쳐 버리되 현지민처럼 동화되어 버리려는 유혹도 극복해야 한다는 것이다.

미국적 통념이 다른 문화에서 통하려면

해외에서 일하는 조언자는 대개 그곳 사람들의 문화 배경을 깊이 알지 못한다. 그 때문에 업무면에 있어서 문화적 가치관과 통념의 중요성을 잘못 판단하는 경우가 많다. 이러한 과오는 보건 대책을 도입하려 할 때 특히 자주 범하는 것이다.

이상하게 들릴지도 모르겠으나 보건 사업 같은 분야에 성공하려면 이 세계와 인간의 활동 그리고 인간 관계에 관한 미묘한 통념과 가치관들을 현지민들에게 주입시켜야 한다. 이는 단순히 새로운 시설이나 행동의 절차 따위를 소개하는 간단한 문제가 아니라, 자아나 동기의 개념 같은 가치관에 해당하는 요소들과 관련된 것이기도 하다. 그러면 이러한 요소들을 하나하나씩 질병 예방이라는 일반적인 문제에 연관시켜 살펴보자.

미국인은 특히 행동에 관련된 문제에 있어서 세상사를 단순한 시각에서 보려는 경향이 있다. 그들은 보건 대책의 가치를 자명한 것

---

6) 같은 글, p. 169.

으로, 또는 손쉽게 이해시킬 수 있는 것쯤으로 생각한다.

　그러나 막상 저개발국에서 아프지도 않은 사람에게 왁친 예방 주사를 맞히고, 며칠간 앓거나 불편하게 지내야 하는 이유를 주민들에게 이해시키기란 그리 쉬운 일이 아니다. 또한 질병 예방을 위해서는 반드시 깨끗한 물만을 사용해야 한다는 것을 그들에게 납득시키기도 여간 어렵지 않다는 사실을 알아야 한다.

　왁친 접종이나 깨끗한 물을 쓰는 이유는 미래에 일어날 결과를 예측하는 능력이 있기 때문이다. 이는 미국적 사고 방식이지, 결코 전 세계에 보편화된 것은 아니다.

　예방 대책이라는 것은 기본적으로 미래를 예측하고 인과 관계를 이해함으로써, 미래를 현재의 상황과 행동에 결부시킬 것을 요구한다. 이러한 안목을 갖기 위해서는 미래를 지향하는 태도를 지니고 현재의 대책을 통해 미래가 통제될 수 있다는 신념을 가져야 한다.

　중요한 것은 미래다. 미래를 중시한다는 것은 현재의 행동이 미래의 일을 변화시킬 수 있다는 낙관주의적 믿음이 있음을 뜻한다. 이는 전형적인 미국인의 신념이며, 과거나 현재를 지향하는 사람들과 운명론자들에게서는 찾아볼 수 없다.

　건강과 신체, 그리고 질병의 결정 요인에 대해 서양인들은 어떤 독특한 관념을 나타내는데, 이는 보건 대책 확립에 긴요한 고려 요소다. 이러한 서양의 관습은 신체를 질병의 결정 요인들이 내포된 생물학적 구조로 보는 관념에 깊이 뿌리박고 있다. 질병 요인에 속하는 것으로서는 외적 요인으로 특히 병균을 들 수 있으며, 영양 실조 같은 불우한 환경 여건을 꼽을 수도 있다.

　비서양인들도 그들 나름대로의 통념과 가치관에 부합되게 질병에 관해 설명하는 방식이 있다. 그러므로 미국인 조언자는 다른 문제에서처럼 건강 문제에 있어서도 두 가지 과제에 직면한다. 그들은 미국식 방식을 제시하고 확립해야 할 뿐만 아니라, 동시에 질병에 대한 현지민들의 몇 가지 인식 태도를 극복해야만 할 필요가 있다.

미국인은 병을 생물학적 유기체의 물리적 변화라고 생각한다. (예 컨대 병균 침투, 추위나 피로로 인하여 일어나는 신체 고장, 영양 부족…) 그래서 건강과 질병과 생물학적 유기체(신체)는 각각 별개 의 실체라고 개념화된다. 따라서 건강과 질병은 신체의 두 가지 변 화된 상태라고 본다.

그러나 다른 문화에서는 미국인이 보기에 비합리적인 '이유'를 들 어 상기한 두 가지 신체상의 변화를 설명하는 경우가 많다.

어느 미국인의 보고에 따르면, 에티오피아에서 한 병든 어린이가 이를 갈고 있었는데, 사람들은 이를 악마의 눈이 그 아이를 응시하 고 있는 징조라고 생각한다는 것이었다.

또 다른 보고에 의하면, 한 중남미 나라에서는 영양 실조 증상을 "서양 의학의 설명 방식과는 거리가 먼 초자연적 이유나 그 밖의 다 른 이유" 때문으로 믿는다고 한다.7) 그들은 인간과 자연을 명확히 구분하지 않고 병과 영양 부족에 대한 물질적 설명도 받아들이려 하 지 않는다.

또 어느 지역에서는 마을 사람들이 여전히 오염된 호수에서 물을 길어다 먹으려고 한다. 그곳은 물의 정령이 사는 곳이라고 믿으며, 만약 다른 수원으로부터 물을 길어오면 그 정령이 질투가 나서 복수 심을 품을지도 모른다고 두려워한다.

어떤 아랍 사람들에게는 장티푸스균으로 오염된 물웅덩이를 청소 시키기가 대단히 어렵다. 이들은 깨끗한 물보다는 낙타가 더럽혀 놓 은 물이 풍기는 강렬한 맛을 더 좋아한다. 그 물을 마시는 자는 아 마도 남자다움을 보여 주려고 그러는 듯하며, 물과 병은 서로 아무

---

7) Charles J. Erasmus, "An Anthropologist Looks at Technical Assistance," *Readings in Anthropology, Vol. II, Readings in Cultural Anthropology*, Morton H. Fried (편) (New York: Thomas Y. Crowell, 1959), p. 390.

런 관계도 없다고 보는 것 같다. 병이라는 것은 아랍 사람들의 말로
는 알라(神)의 뜻이기 때문이다.8)*

　미국적 사상인 개별 존재로서의 자아는 물질적이고 생명이 없는
자연으로부터 독립되어 이를 통제하는 주체다. 이러한 주체는 미래
에 대한 낙관주의적 기대와 함께 보건 위생 대책을 강구하려는 의지
의 기초가 된다.

　보건에 관계되는 기술들은 그 밖의 또 다른 통념과 가치관에 기반
을 두고 시행되기도 한다. 대다수의 미국인은 누구나 똑같이 믿는
관례에 순응하여 보건 업무를 실시하는 것이지, 그 이유를 잘 이해
하고 있어서가 아니다.

　그러나 바로 그와 같은 통념과 가치관을 가지고 미국인 조언자는
해외로 나가게 된다. 경우에 따라서는 미국인의 행동을 사회적 측면
에서 본받게 하고, 그가 권하는 대로 따르게 함으로써 효과적인 예
방 보건 대책을 일단 확립할 수도 있을 것이다. 그러나 미국인은 자
신이 직접 일을 해낸다는 것을 중요시한 나머지 현지의 사회 조직의
중요성을 간과할지도 모른다. 그 때문에 그가 그곳을 떠나면 그가
해 놓은 일은 한낱 헛일이 되어 버릴 수도 있다.

　미국에서는 예방 보건 대책들이 전문의·간호사·정부 관리·기
술자·과학자들의 전문적 역할 분담에 따라 이루어진다. 저개발 국
가에서는 이 같은 전문 역할을 기대할 수 없으므로, 미국인은 그가
어떠한 보건 대책을 도입하든지 이를 계속시키기 위해서는 해당 지
역의 사회 조직에 먼저 적응해야 한다.

　라오스에서 있었던 이야기인데, 어떤 마을의 우물들이 황폐되어
있었다. 그 이유는 우물을 관리할 책임을 질 수 있는 사람이 없었던

---

8) Edward T. Hall, *The Silent Language* (New York: Doubleday, 1959), pp. 101-102.
* 또 한 가지 재미있는 사실로, 아랍인들은 미래에 대한 예언은 정신 이상자나 하는
　행동이라고 말한다고 함. 미래는 오직 알라만이 알고 있다고 믿기 때문임.

탓이다. 그러나 불교 사원 안에 있는 우물은 마을 안에 있는 우물보다 그 용도가 더 많은 것은 아니었음에도 불구하고 잘 유지되었을 뿐만 아니라 개량되기까지도 하였다.

이러한 차이는 사원에서 수도하는 승려들의 조직 생활에 기인하는 것이었다. 그들 중에는 우물을 효과적으로 관리하고, 때에 따라서는 개량까지 하는 역할을 맡은 자가 있었던 것이다.9)

지역 문화에 융화된 새로운 농경 기술

미국인 조언자가 해외에서 맞닥뜨리는 문화적 갈등과 아주 비슷한 문제들이 같은 나라 안의 같은 문화 속에서도 발생할 수 있다. 인도에서 있었던 예를 하나 들어보자.

인도인 농업 지도자가 인도의 토착 문화적 장벽에도 불구하고 새로운 농경 기술 하나를 도입하였다.10) 문화적 통념과 가치관의 관점에서 이 사례는 지금까지 이 책에서 다루어 온 문화 분석에 필요한 모든 기본 요소들을 다 내포하고 있다. 그러나 이 사례 연구의 보고자들은 저자가 보기에 매우 흥미 있는 문제가 될 요소들을 생략해 버렸다. 이 점을 중점적으로 논해 보도록 하자.

새로운 녹비(綠肥) 사용법을 도입하려는 농촌 사업 계획이 이카리 지방의 마을에 정착하는 데 실패했었다. 마을 사람들은 인도 대마초를 비료로 써서 농사짓는 일에 도무지 흥미를 보이지 않았던 것이다.

그 뒤 이 계획을 새로 담당했던 미국인 조언자들이 마을에 가서 확인해 보니, 마을의 지도자로서 기능을 발휘하는 사람은 지도자 직함을 가진 사람이 아니라 그의 아저씨라는 것이었다. 그는 나이가

9) Conrad M. Arensberg와 Arthur H. Niehoff, *Introducing Social Change* (Chicago: Aldine Publishing Company, 1964), p. 112.
10) Albert Mayer 외, *Pilot Project India: The Story of Rural Development at Etawah, Uttar Pradesh* (Berkeley: University of California Press, 1959), pp. 207-210.

많은 사람이었으며, 종교적 독실함과 학자 가문의 전통이 널리 알려져 존경받는 집안의 제일 손위 어른이라 했다.

그래서 미국인 조언자들은 실질적인 영향력을 행사하는 슈리사네이라는 그 어른을 만나 보았다. 지도력의 기반을 이루는 것은 미국인들이 기대하기 쉬운 특성들이 아니었다. 그의 지도력은 가문의 우두머리라는 위치, 지도자 직함을 가진 조카보다 나이가 더 많다는 사실, 그리고 학문적이고 종교적인 집안의 전통 등으로부터 나오는 것이었음을 알게 되었다.

미국인 조언자들은 녹비 사용 문제로 슈리사네이 씨를 찾아 갔지만, 문제의 핵심을 즉각 끄집어내지는 않았다. 이는 통상적인 미국인들의 단도직입식 대인 관계와 대조되는 태도였다. 특히 이처럼 쌍방이 서로 해야 할 '용무'가 있고, 또 이를 위해 만난 경우에 미국인들이 일반적으로 보이는 태도와는 좋은 비교가 된다.

조언자들이 녹비 문제를 거론하자 슈리사네이 씨는 일단 그것이 효과적일 것이라는 데 찬의를 표했다. 하지만 그는 그네들 문화의 계율에 따라, 곡물 수확은 한 가족의 평상 수요를 충족하는 것으로 충분하며, 탐욕을 내거나 더 많은 생산에만 급급해 하면 안 된다고 덧붙였다.

그런데 마침 인도인 조언자 중의 한 사람이 이러한 문화적 신조에 정통해 있었던지라, 슈리사네이 씨와 같은 차원에서 대화를 이끌어 갈 수가 있었다. 그 조언자는 다음과 같은 말로써 대화의 실마리를 풀어갔다.

"마을 사람들은 대개 자신과 가족과 탁발승들을 위한 부양 능력이 모자랍니다. 그래서 요즈음에 와서는 조금이라도 더 생산하는 것이 아주 중요한 문제가 되었으며, 녹비 사용은 생산성 향상을 위해 시도된 방책 중의 하나지요. 그렇게 하는 데는 아무런 해로운 점도 없다고 봅니다."

188

  이상과 같은 말 속에는 인도인의 자아 규정 방식, 자신과 타인과
의 인간 관계, 그리고 개인이 자신의 생활을 어떤 방식으로 영위해
야 하는지가 암시되어 있다. 이러한 각각의 관념은 미국적 관념과는
다른 것이다.

  녹비를 사용하려는 명분을 인도 사회 지식층의 신조와 접합시켜
보려는 인도인 조언자의 기민한 시도는 즉석에서 성공하지는 않았
다. 슈리사네이 씨의 반응은 어디까지나 인도의 가치관을 고수하고
있었기 때문이다. 그는 말하기를, "인간에게는 바른 행위(達磨)가 이
세상 모든 부귀보다 훨씬 더 중요하다고 생각한다"라는 것이었다.
그 말에는 녹비 사용이 불경건한 행위임이 넌지시 암시되어 있었다.

  조언자들이 부드러운 어조로 질문을 하자 슈리사네이 씨는 또 대답
하기를, 대마초가 다 자라기도 전에 그 잎사귀와 줄기를 비료로 사용
함은 일종의 폭력 행위이며, 비폭력이야말로 가장 큰 미덕이라는 것이
었다. 이 말은 자연과 식물도 인간과 비슷한 본질을 갖는다고 볼 때만
이치에 맞는 것으로서, 이 세계를 비물질적인 것으로 인식하는 태도다.

  여기서 슈리사네이 씨에게 인도인 조언자가 다시 응답한 내용을
전부 소개해 볼 필요가 있겠다.

  먼저 조언자는 설혹 어떤 식물이 혼을 갖고 있다 하더라도 그것은 영
원불멸한 것이므로 이를 비료로 쓰는 행위는 죄악이 아님을 주장하였다.
그는 바가바드기타*를 광범위하게 인용해 보았으나, 이 점에 있어서는
슈리사네이 씨와 그를 따르는 마을 사람들을 당할 수가 없었다.

  하지만 조언자는 겸손한 태도로 설명을 계속하였다. 그는 농사란 신성
한 것이지만, 일을 하다 보면 여러 가지 폭력적 행위도 하지 않을 수 없
음을 지적하였다. 밭을 일구는 과정에서 곤충과 벌레들이 죽게 되고, 수
확해야 할 곡물을 위해서는 녹초와 잡초는 뽑아내야 하며, 짐을 끄는 짐

* *Bhagavad-Gita*: 대자연을 찬양한 고대 인도의 서사시. (역자 주)

승들은 강제로 일을 해야만 된다.

그러나 농부의 일은 신성한 면이 더 많다. 농부의 가족과 가축을 먹여 살리고, 사원과 승려와 학교 선생님들과 탁발승들을 도와주며, 그 밖에도 여러 가지 호의적 행동과 자선을 베푼다. 곡식을 기르는 데 필요한 폭력 행동이 없이는 이와 같은 좋은 일도 할 수가 없다.

농부가 지은 폭력의 죄는 그의 자선 행위에 의해 충분히 상쇄될 수 있을 것이다. 게다가 부적절한 비료 사용으로 인해 농토는 해마다 메말라가고 있으므로 녹비를 사용하면 더 많이 옳은 일을 할 수 있지 않겠는가!

이 말을 듣고 보면, 새로운 농업 기술 도입이라는 목표에 그 지역 지도자의 신념과 주장을 조언자가 얼마나 훌륭하게 조화시켰는지 알 수 있다. 우리가 볼 때 이는 매우 중요한 사례다. 여기에는 문화의 모든 구성 요소들이 다 예시되어 있으며, 이 구성 요소들이 또한 사례를 더욱 이해하기 쉽게 해주고 있다.

그런데 여기서 암시만 한 채 지나쳐버린 두 가지 사실이 있다. 이를 좀더 상세히 이야기해 보도록 하자. 조언자가 대인 관계의 차원에서 보여준 태도가 아주 간략하게만 소개되었기 때문이다.

조언자들은 그들의 주제를 서서히 거론하였으며, 슈리사네이 씨에게 줄곧 단도직입적인 방식으로 이야기하지는 않은 듯하다. 그 대신 주제의 주변 이야기부터 다루면서, 그들의 생각이 어떠냐고 슬슬 묻는 식으로 화제를 이끌어갔다. 그렇게 함으로써 그 지역의 지도자 자신이 원래의 주제를 방문자들의 목적에 결부시킬 수 있도록 하였다.

여기서 한 가지 또 중요한 점은 조언자들이 온유하고 겸손한 말투로써 대화하는 것을 잊지 않았다는 사실이다.

자아의 규정 방식, 세계관, 그리고 동기의 구성 요소들도 위의 사례에 풍부히 잘 드러나 있다. 행동 형태를 설명하는 요소들도 명시적으로 언급되지는 않았지만, 이 에피소드 전체를 통해 대체로 잘 암시되어 있다.

인도인은 미래보다 전통을 더 지향한다. 그들은 행동하는 것 그 자체에 가치를 부여하지는 않는다. 그 대신 개인의 지위나 존재에 가치를 더 부여하며, 진보에 대한 관념이 적다. 이 모든 사실들이 앞에서 든 에피소드의 의미를 한층 더 폭넓게 해주고 있다.

이러한 상황에 처했을 때 미국인들이라면 대개 주장하고 싶은 충동을 받는 것들—예컨대 진보·더 나은 생활·물질적 혜택·증산 따위를 논하는 것을 조언자들은 될 수 있는 대로 유보하고 회피하였다. 그리하여 그들은 자신들의 주장을 마을 지도자의 가치관에 알맞게 융화시킬 수 있었다. 다시 말해, 지도자 자신의 가치관이 그로 하여금 녹비 사용을 시도하지 않을 수 없게끔 만들었던 것이다.

네 가지 조언

미국인 조언자는 상대방과 의사를 소통하고 협조하는 데 어려움을 느낄 때가 많다. 여기서 문화가 다른 사람들의 상호 이해에 장애가 되는 것은 문화적 통념과 가치관이라고 개념화할 수 있겠다.

미국인의 관점에서는 그 자신의 가치관과 통념이 바로 그로 하여금 상대방 행동 동기의 원천을 객관적으로 인식하지 못하게 만드는 요인이다. 만약 자신과 상대방의 문화를 모두 이해할 수만 있다면, 그의 해외 근무는 더욱 큰 성과를 낼 수 있으리라.

문화 유형이라는 것은 통합된 전체로서 이해해야만 하겠으나, 편의상 사고 방식과 네 가지 구성 요소들로 나누어 분석해 볼 수 있겠다.

이러한 요소들로서는, 활동 형태와 동기, 인간 관계의 유형, 세계관, 그리고 자아 개념 등을 들 수 있다. 지금까지 우리는 미국 문화를 이러한 요소들에 비추어 분석하였으며, 다른 문화의 대조적인 사례들과도 많이 비교해 보았다.

이 책에서 미국 문화뿐만 아니라 다른 대조적인 문화들도 강조하여 서로 비교해 본 데는 다음과 같은 네 가지 목적이 있었다.

1. 문화 간의 개념적 가교 설치

미국 문화를 설명하는 데 쓰인 용어들은 다른 문화에 다리를 놓는 데에도 쓰여야 한다.

이 책에서 논의된 문화적 개념 중 어떤 것들은 다른 문화에는 문자 그대로 번역되어 적용될 수 없는 경우도 있을 것이다. 그러나 모든 문화는 그 나름대로의 사고 방식·통념·가치관·행동 규범들을 갖고 있으며, 이러한 것들은 어떤 일정한 체계 속으로 분류해 넣을 수 있다.

2. 문화의 상대성 인정

하나의 문화적 특성은 인간 사회에 있을 수 있는 여러 가지 통념과 가치관 또는 행동 규범들 중의 하나만을 나타낼 뿐이다. 문화가 다를 때뿐만 아니라 같은 문화 속에서도 예외적으로 특이한 문화적 특성이 발견될 수 있다. 또한 서로 똑같아 보이는 문화적 특징일지라도 그 강조하는 바가 다를 수도 있다.

따라서 미국인의 방식만이 가장 바람직한 것이라고 말할 수는 없다. 또 어떤 특수한 문화적 여건 아래서는 미국 문화가 반드시 정상적이고 자연스러운 방식이라고 말할 수 없음도 물론이다.

3. 자기 이해의 촉진

미국 문화와 매우 대조되는 사례들이 존재함을 인식함으로써 각자는 자신을 하나의 문화적 산물로서 이해해야만 한다. 그렇게 함으로써 해외에서 일할 때나 미국 안의 외국인들과 상대할 때 흔히 경험하는 문화적 충격이나 좌절이란 어려움에 더욱 효과적으로 대처할 수 있다.

또한 상대방을 평가하는 일뿐만 아니라 자기 자신을 판단함에 있어서도 더욱 객관적일 수 있을 것이다. 특히 자기 자신이나 타인의 문화적 특이성을 개인의 성격적 특성과 혼동하지 않고 구별할 수 있어야만 된다.

4. 촉진 요소와 저해 요소의 식별

각 개인은 외국인과 함께 일을 할 때 그의 업무에 지장을 주는 미국 문화적 특성뿐만 아니라, 오히려 일을 촉진시켜 줄 수 있는 특별히 미국 문화적인 요소들도 식별해 내어야 한다.

이상과 같은 네 가지 목표를 달성함으로써 우리 모두는 보다 더 객관적으로 자신과 상대방에 대해 필요한 내성적 관찰을 할 수 있다. 또한 문화에 대한 교차적인 이해를 통해 미국식 사고와 행동 방식을 다른 나라의 문화 여건에 적절한 형태로 조화시킬 수도 있다. 그렇게 함으로써 효과적인 인간 관계의 지침을 개발하고, 일을 성취시키는 기술의 진정한 명수가 되어, 국내에서나 해외에서 자신이 정립한 목표를 실현시킬 수 있는 능력을 갖추어야 할 것이다.

◆ 찾아보기 ◆

[ㅈ]

· 역자 ·

· 학력 ·

김성경

서울고등학교 졸업 (1964), 육군사관학교 졸업 (1968), 서울대학교 문리
과 대학 영어영문학과 졸업 (1972), 서울대학교 대학원 영어영문학과 석
사 (1975), 미국 University of Minnesota에서 미국학 (American
Studies) 박사학위 획득 (1984)

· 경력 ·

육군사관학교 영어과 교수 (1972~현재), 한국커뮤니케이션학회 회장 역임,
태평양-아시아 커뮤니케이션 학회 (Pacific and Asian Communication
Association) 부회장 (현재)

· 연구 분야 ·

문화간 커뮤니케이션 (Intercultural Communication)

문화차이와 인간관계

· 초판 인쇄   2005년 10월 21일
· 초판 발행   2005년 10월 21일

· 지 은 이   에드워드 스튜어트
· 역 은 이   김 성 경
· 펴 낸 이   채 종 준
· 펴 낸 곳   한국학술정보(주)
            경기도 파주시 교하읍 문발리 526-2
            파주출판문화정보산업단지
            전화 031) 908-3181(대표) · 팩스 031) 908-3189
            홈페이지 http://www.kstudy.com
            e-mail (e-Book 사업부) ebook@kstudy.com
· 등   록   제일산-115호 (2000. 6. 19.)
· 가   격   24,000원

ISBN   89-534-3968-X 93840 (Paper Book)
        89-534-3969-8 98840 (e-Book)